用胸膛行走西藏

党益民　著

陕西新华出版

太白文艺出版社

图书在版编目（CIP）数据

用胸膛行走西藏 / 党益民著. -- 新1版. -- 西安：
太白文艺出版社，2020.6（2025.1重印）
ISBN 978-7-5513-1784-9

Ⅰ．①用… Ⅱ．①党… Ⅲ．①报告文学－中国－当代
Ⅳ．①I25

中国版本图书馆CIP数据核字(2019)第284890号

用胸膛行走西藏
YONG XIONGTANG XINGZOU XIZANG

作　　者　党益民
责任编辑　申亚妮　蒋成龙
封面设计　王　洋
版式设计　建明文化
出版发行　太白文艺出版社
经　　销　新华书店
印　　刷　天津旭丰源印刷有限公司
开　　本　787mm×1092mm　1/16
字　　数　225千字
印　　张　15.75
版　　次　2020年6月新1版
印　　次　2025年1月第2次印刷
书　　号　ISBN 978-7-5513-1784-9
定　　价　58.00元

自　序

一条路的终点，是另一条路的起点。

天堂的路有几条，天堂的路有多远，只有虔诚的信徒知道。我就是一个虔诚的信徒。西藏是我的天堂，是我灵魂栖息的地方。

我曾经30多次走进西藏，进出西藏的每一条路我都走过。有些路尽管走过许多次，但每一次走都能有新发现、新感悟；有些路虽只走过一次，但也令我刻骨铭心、终生难忘。

最让我难忘的是川藏线和新藏线。这两条线，就像西藏伸向世界的两条多情的臂膀，邀请着安宁、繁荣和文明，也邀请着所有向往、崇拜她的人们。

难忘，不仅因为它们东西相连，横穿了整个西藏；也不仅因为我在2004年夏天用38天走完了两线全程，回到北京后又病了40天。更重要的是因为，在这两条被称为西藏"生命线"的国防公路上，常年生活、战斗着我的许许多多亲爱的战友们。

新藏线苦，川藏线险。新藏线像钝刀子割肉，川藏线像快刀子杀人。新藏线对生命的摧残是在不知不觉中一点一滴完成的，而川藏线上的塌方、雪崩、泥石流随时都有可能使生命化为乌有。

在西藏，我经历过许多次生死劫难。一个17岁的新兵，从运兵车上跳下来，脚刚落在高原的冻土地上就晕倒了，再也没能醒来。一个年轻的排长在"老虎口"施工，我刚刚拍摄完他打风钻的镜头，离开不到几十米，施工地突然发生了大塌方，他还没来得及喊一声就倒在了血泊中。一个和我一起从老家入伍，走上高原的战友，早上还和我说过话，中午就和他的车一起掉进了汹涌的帕隆藏布江，在雪谷间留下了他的衣冠冢和一个永远也讲不完的爱情故事……

他们走了，我还活着。我想念他们，想念西藏，所以，我一次又一次地走进西藏。每走一次西藏，我的灵魂就会得到一次透彻的洗涤和净化。通往西藏的高原公路上，每一公里都有一个筑路兵年轻而崇高的灵魂，每一个脚印都有一个鲜为人知的感人故事。我时常按捺不住自己，有一种再次行走的冲动和向人诉说的欲望。

于是，就有了这本书。

2004年12月25日，是青藏、川藏公路通车50周年纪念日。我之所以要赶在这个时候完成这本书，就是想把它献给这两条伟大的公路；献给为了它们的畅通付出过巨大代价，而且现在仍在继续付出的英雄的武警交通部队；献给那些已经长眠在雪山之下的我的亲爱的战友们！

走在西藏的路上，你时常会遇到朝圣的信徒，他们从遥远的地方磕着等身头，一步一步，一直磕到圣地拉萨。他们是用胸膛行走西藏的人。我也是在用胸膛行走西藏。不同的是，他们朝圣的是神灵，而我朝圣的是我的战友们平凡而崇高的灵魂。

朋友，我们一起去西藏，我用胸膛，你用目光。

党益民

2004 年 10 月 12 日

用胸膛行走西藏

目录

上部：天路之劫

1

中部：挺进阿里

上部
天路之劫

在西藏，
我感受最深的是，
活着的艰难和死去的容易。

　　在中国西南部一块隆起的土地上，有一条被人们称为"天路"的公路，它就是通往雪域西藏的川藏公路。

　　川藏公路 1954 年建成，是西藏解放后修建的里程最长、工程最艰巨的一条高原公路，它为国家巩固西南边防、繁荣西藏经济发挥了重要的作用。川藏公路全程 2400 多公里，东起四川成都，翻越 14 座海拔 4000 米以上的大山，跨越 10 余条大江大河，西至西藏拉萨。公路沿途一年四季冰冻、水患、塌方、泥石流、雪崩等公路病害不断，阻通现象经常发生，车毁人亡的事故频发。

　　这条路被称为"天路"，其中至少有两层含义：一层是，这条路海拔高，平均高度在 3000 米以上，人们行走在路上如同行走在天上；另一层是，走上了这条路，就等于走上了一条奇险之路、灾难之路，使人感觉就像在一步步走向西天。

　　我曾经许多次走上"天路"。每走一次，我的灵魂就会得到一次净化。我的身心像被铺天盖地的皓雪搓洗过一样，抹去了世俗的浮躁与污秽；心灵的窗户像被富有质感的祥云擦拭过似的，坦诚纯净如高原湛蓝的天空。感觉里，我属于西藏，属于川藏线。走在奇险无比的川藏公路上，我能感觉到西藏的脉搏在跳动。我的一切似乎都被强烈的阳光融化在那片土地上，变成了那里的一块山石、一捧冰雪、一双冰川上的脚印、一声神鹰的鸣叫。在那里，我深切地感到了活着的艰难和死去的容易。在那里，我两次目睹战友一声不吭地倒在雪地上、倒在血泊里，永远长眠在雪域高原。这哪里是路哟，分明是一个个平凡而伟大的忠魂铸起的永恒的丰碑。透过丰碑，我仿佛看到了冰山雪谷间那些橄榄绿的身影，感受到了川藏线勃勃的生命的力量……

第一章 历史的背影

解放前的西藏，120万平方公里的土地上，没有一米公路，没有一辆汽车。

那时，西藏的物资运输主要靠骡马和人工，还有少量的牛皮船，许多人畜冻死饿死在艰险的古老驿道上。从成都到拉萨，每天最多只能走三四十公里，来回一趟至少需要一年时间。而一年之中，真正能通行的时间只有四五个月，其余七八个月时间，驿道被雨水、冰雪封堵。

1930年出版的《西藏始末纪要》一书中，是这样描述西藏当时的交通的，"乱石纵横，人马路绝，艰险万状，不可名态""世上无论何人，到此未有不胆战股栗者"。

解放十年后的西藏，拥有公路5648公里，民用汽车1330辆。

1. 西柏坡，毛泽东决定出兵西藏

1949年2月初，在西柏坡的一间普通的屋子里，毛泽东对苏联特使米高扬说："西藏的问题不难解决，只是不能太快，不能过于鲁莽。因为一是交通困难，大军不便行动，给养供应麻烦较多；二是民族问题……"

可见，毛泽东已经把目光投向了西藏那块神秘之地，他在关注、思考西藏问题的特殊性、复杂性和交通运输困难的严重性。

1949年10月，毛泽东在给邓小平的电报中指示："经营云、贵、川、康及西藏的兵力，为二野全军及十八军团，共60万人。"这是解放军的精锐部队，足以说明毛泽东对进军西藏的重视。

40天后，毛泽东又致电解放军第一野战军司令员兼政治委员彭德怀："经营西藏问题请你提到西北局会议上讨论一下……西藏问题的解决应争取明年秋季或冬季完成之。就现在情况看，应责成西北局担负主要责任，西南局担负第二位的责任。因为西北结束战争较西南为早，由青海去西藏的道路据有些人说也比较平坦好走。班禅及其一群又在青海。解决西藏问题不出兵是不可能的，出兵当然不只有西北一路，还要有西南一路。故西南局在川康平定之后，即应着手经营西藏……"

当时，西北已无战事，西南正在剿匪。

二十几天后，也就是1949年12月中旬，毛泽东出访苏联途中，在火车上给第二野战军司令员刘伯承、政委邓小平，西南军区司令员贺龙写了封信。信中说：为不失时机地解放西藏，打击帝国主义侵略扩张野心，促使西藏朝内向转化，进军西藏宜早不宜迟，否则夜长梦多。

12月30日，彭德怀致电中共中央并毛泽东，详细报告了由新疆、青海进藏的道路和气候情况，提出：由青海、新疆入藏困难极大，难以克服。由四川康定兵分两路，一路经理塘、科麦，一路经甘孜、昌都，两路进藏，比从新疆、青海进藏容易。

两天后，1950年1月2日，毛泽东从莫斯科致电中共中央，以及彭德怀、邓小平、刘伯承、贺龙："西藏人口虽然不多，但国际地位极其重要……由青海、新疆进藏，既然有很大困难，则向西藏进军及经营西藏的任务应确定由西南局担负。……我意如果没有不可克服的困难，应当争取于今年5月中旬开始向西藏进军。由打箭炉（康定）分两路推进到西康、西藏的接境地区，修好汽车路或大车路……"

同时，毛泽东强调："必须一面进军，一面修路。"

根据毛泽东的指示，第二野战军确定由十八军担负进藏任务，以十八军军长张国华为领导核心，筹划进军西藏和经营西藏的任务。

为了保证进藏部队的物资供应，西南局和西南军区确定了"只要使用合理，需要什么给什么"的支援方针，做出了"不惜一切代价，克服一切困难，抢修公路"的决定。毛泽东进军西藏指示发出十天后，第二野战军发出指示，要求各部队"尽一切可能的力量，从人员、装备、运输等各方面"，支援十八军进藏。

用胸膛行走西藏

1950 年 1 月 15 日，在部署十八军进军西藏的会议上，邓小平说："解放西藏军事问题，需要一定数量之军事力量。但军事与政治比较，政治是主要的。从历史上看，对藏多次用兵未解决问题，而解决者，亦多靠政治、军事协同解决，还必须解决补给之公路。"刘伯承强调：进军的同时，要用很大的力量去筑路。只有这样，才能站得住脚，建设好西藏，保卫好西藏。

刘伯承在听取十八军参谋长陈明义汇报后，又一次指示："要保证和平解放西藏，关键问题是交通运输。从某种意义来说，修路、运输比打仗还重要。这就叫作解放西藏，政治重于军事，补给重于战斗。"

在大军准备向西藏进发的前夕，刘伯承、邓小平向中共中央提出"由西康、云南、青海、新疆四省多路进军西藏"的建议。这样，可以收到协力合击之功效，也能解决粮食与地形之困难。毛泽东很快同意了这个建议。进军西藏的序幕就此拉开。

最先行动的是西南一线。西南军区调集了十八军的三个步兵团、军区工兵部队和雅甘工程处的两个技术大队，还有数万民工，1950 年 3 月 25 日从成都誓师出征，"一面筑路，一面进军"。4 月 10 日，抢通了成都至雅安的道路，然后继续前进。

5 月中旬，青海方向，由第一军 8000 多人组成的筑路大军，从西宁向西藏进发。

5 月下旬，新疆独立骑兵师和一个骆驼团 2000 余人，以及民工 1800 多人，从于田普洛，修筑通往西藏的道路。

8 月初，十四军的一个步兵团和 3000 匹骡马，组成入藏纵队，开始修筑滇藏公路。

10 月，昌都战役打响。10 月 19 日昌都解放，为和平解放西藏铺平了道路。

1951 年 2 月 27 日，西藏地方政府已经派出以阿沛·阿旺晋美为首席代表的和谈代表团赴京谈判。5 月 23 日，双方达成《中央人民政府和西藏地方政府关于和平解放西藏办法的协议》并在中华人民共和国的首都北京签字。

2. 贺龙选定走南线，毛泽东最后拍板

川藏线，是当时所有进藏道路中地形最险峻，投入人力最多（先后有藏、汉等十多个民族十万人参战）的一条道路，也是对解放西藏发挥作用最大的一条道路。

修筑川藏线之所以极其艰难，主要有四个原因：一是没有可靠的地形地质资料，线路难以确定；二是山高路险，沿途有 14 座高山，山上空气稀薄，终年积雪，夜里气温低至零下 30 多摄氏度，此外还要跨越许多深谷激流；三是道路要通过原始森林、草原、沼泽地带，运输线长，给养极其困难；四是要穿越筑路史上罕见的新生代地质区，流沙、冰川、泥石流、雪崩等自然灾害较多。

为了选出一条通往拉萨的合理路线，部队从筑路初期，就先后派出十支勘探队走进崇山峻岭、冰峰雪谷。其中有一支勘探队，行程6000 多公里，翻越了 200 多座高山，历时一年多才回到部队。由于山高路险、密林重重，他们有好几个月与司令部失去联系，战友们以为他们已经……当他们一个个衣衫破烂、长发披肩、满腮胡须、面黄肌瘦地出现在营地时，在场的所有战友都认不出他们了，愣了半天才反应过来，然后扑上去抱住他们，一个个激动得泪流满面。

筑路司令部政委穰明德，亲自带领十名技术人员和一部电台，再次对南线进行了踏勘，积累了大量的资料。

通过大量的勘探和细致地比较，工程技术人员提出了两条通向拉萨的线路：一条是北线，从昌都经丁青、索县、那曲到拉萨。这条线路地势比较平坦，但海拔比较高，冬季冰雪封堵严重。另一条是南线，从昌都经邦达、波密、林芝到达拉萨。这条线路海拔较低，森林较多，气候温和，但问题是地形地质条件比较复杂，冰川、泥石流、塌方比较多。

走南线，还是走北线？筑路司令部拿不定主意。

1953 年 12 月初，筑路司令部政委穰明德和十八军参谋长陈明义带着技术人员赶到重庆，向贺龙和刘伯承两位领导汇报。他们打开地图，仔细介绍南北两线的难易和利弊。贺龙认真地听着，像战争年代

一样神情严峻地盯住面前的地图，沉思良久，然后挥动着手里的红铅笔，果断地在南线重重画了一道，说："走南线！"

接着，贺老总陈述了理由："第一，南线气候温和，海拔低。在西藏高原，这是黄金都买不到的优点。第二，南线经过森林、草原、湖泊，物产丰富，不仅筑路时有木材、石料等建筑材料，还有青稞、牛羊、水果、燃料等生活物资。更重要的是，将来建设西藏，这里有丰富的资源和极大的经济价值可以开发利用，更符合西藏人民的长远利益。"

刘伯承说："我同意老贺的意见，你们迅速向中央汇报！我认为这个方案，中央一定能够通过！"

第二天，穰明德飞抵北京。他先到交通部向王首道做了汇报，接着与王首道一起到彭德怀家。听了汇报，彭德怀高兴地说："我赞成走南线！"他当即打电话给邓小平，邓小平也表示赞同。

农历大年初一，穰明德随彭德怀、王首道到中南海怀仁堂，在中央举行的春节团拜会上向毛泽东主席汇报。毛泽东听取和阅读了走南线的方案，郑重地问彭德怀："现在这个方案的根据是什么？"

彭德怀说："穰明德同志亲自进行了实地踏勘和调查。"

毛泽东立即笑了，对穰明德说："你亲自品尝了梨子的味道，这很好！"

接着，毛泽东挥笔在报告上写下五个大字："同意新方案。"又说："就照你们的意见办！"

一条世界上著名公路的线路，就这样，在1953年春节的早晨确定了。

3. 毛泽东61岁寿辰的前一天，解放军将公路修到了拉萨

1954年12月25日，是一个值得纪念的日子。

这天，康藏公路、青藏公路全线通车了。西藏拉萨、西康雅安、

青海西宁三地，同时举行盛大集会，庆祝两路通车。

这一天，日光城拉萨的天空格外晴朗，藏族人民家家户户挂上了红旗，街道两旁红旗招展。布达拉宫前，三万多藏族人民穿着民族盛装，会聚在一起。修筑两条公路的指挥员陈明义、穰明德、慕生忠和筑路官兵们热烈握手，相互致意。张国华司令员在西藏地方政府代理官员的陪同下，走到彩门前，剪开了红色的绸子。载着毛泽东巨幅画像的彩车，带领着长龙一样的车队，从布达拉宫前缓缓驶过。军乐队和三大寺庙的佛乐鼓手一齐吹奏，人群中掌声、欢呼声、鞭炮声响成一片。人们高呼：

"中国共产党万岁！"

"毛主席万岁！"

藏族群众把一条条洁白的哈达争相挂在毛主席像上，搭在从身边经过的彩车上……

这天，新华社以《拉萨、雅安、西宁分别举行大会，庆祝康藏、青藏公路通车》为题，向全世界发布了这一消息。

这一天，中南海的工作人员，正在为毛泽东准备第二天的 61 岁寿辰宴会。阳光很好，正坐在院子里的藤椅上看报纸的毛泽东，听到西藏两路胜利通车的消息，分外高兴。他站起来，走进书房，在那张后来在纪录片中经常出现的大书桌前，挥笔写下一行大字：

"庆贺康藏、青藏两公路通车，巩固各族人民的团结，建设祖国！"

注：1950 年，解放军为了解放西藏，"一面进军，一面修路"，于是，由雅安到拉萨的进藏公路开始修建，这条公路称为"康藏公路"。后来西康撤省（1939—1955），"康藏公路"改称"川藏公路"。

第二章　记忆的碎片

川藏公路的建成通车，对解放军迅速平息 1959 年的西藏叛乱，取得 1962 年对印自卫反击战的胜利，以及西藏的社会稳定、经济发展和民族团结，都发挥了非常重要的作用。

但是，半个世纪以来，由于特殊的地质和气候条件，川藏公路各种自然灾害接连不断，仅载入我国公路灾害史的就有数十次：

1953 年，古乡冰川暴发大规模泥石流，数十里森林被毁，桥塌路断。

1967 年腊月，川藏公路发生 2000 万立方米的巨大塌方，毁坏路基，壅塞河道，道路阻断半年之久。

1988 年夏季，米堆冰川暴发泥石流，冰雪、山石裹挟着呼啸的寒风，飞泻而下，摧毁 200 多公里路段，直抵帕隆天堑。本来就处于半瘫痪状态的川藏线，遭此灭顶之灾，彻底瘫痪，整整阻断了两年。

1989 年，业拉山下的嘎玛沟发生特大泥石流，冲毁桥梁 6 座，毁坏路基 20 公里。1990 年 9 月 27 日，该路段又一次遭受暴雨袭击，发生塌方 100 多处，冲毁桥涵 25 座……

此后，川藏线处于半瘫痪状态，每年通车时间只有半年。

为了确保这条国防公路畅通无阻，几十年间，国家陆陆续续对一些重点路段进行了修补，但效果不佳。1990 年起，国家开始对川藏线进行大规模的整治，最初的投资是十个亿，之后又不断追加。武警交通部队接到上级命令，一部分兵力就是从这个时候，从青藏公路改建工地上陆续撤出，开进川藏线，对其中最艰难的路段进行整治的。

从此，这些身着橄榄绿的军人们，在千里川藏线上，与塌方、雪崩、泥石流展开了一次又一次的殊死搏斗，留下太多太多的故事和永恒的血染的忠诚。

川藏线上的故事太多了。十几年过去了，在我的记忆里，只留下一些难以忘却的碎片。这些碎片，经常在我的心头悄悄划过，留下一道道看不见的但又十分疼痛的血痕。

4. 一根竹竿，三座坟茔

那根竹竿，我经常想起。

竹竿的主人是个兵。兵叫潘学龙，十几年前就退伍了。

在西藏，我第一次见到潘学龙的时候，他刚入伍，一双年轻明亮的眼睛给我留下了很深的印象。第二次见到他，已经是三年之后。遗憾的是，我再也看不到那双明亮的眼睛了。

他戴着一副墨镜，手里拿着一根竹竿。我没有认出他来。在西藏，我见过的兵太多了，哪能都记得那么清楚？我对身边的战友说，中队的那个兵，怎么戴着墨镜？这么稀拉！战友告诉我，他叫潘学龙，施工放炮时炸伤了眼睛，已经双目失明了。我惊呆了，半天说不出话来。几年不见，那么年轻的一个兵，竟变成了这副模样。我一阵心酸，想走上前去拉住他的手，说点什么，甚至有一种想拥抱他的冲动。但我的双脚像扎了根一样，一动不动。我能说什么呢？还是不要打扰他，不要再去揭他伤痛的好。

我默默地看着他从我的面前走过。他手里的竹竿咚咚地敲打在地上，敲出了我的泪水，敲碎了我的心。黑暗将陪伴他一生。他才20岁啊！在今后漫长的人生旅途中，那根竹竿就是他的眼睛。后来我再也没有见过他。他和许多战友带着满身的病痛与残疾走下了高原，回到生他养他的故乡。

川藏线上，人的生命实在太脆弱了。

12年前，部队在樟木养护保通"300米死亡线"。一天，排长带着三辆车去给工地上拉运沙石料。那是一段崎岖的盘山路，30公里的道路，海拔落差竟有1000多米，而且路面很窄，许多地方只能容一辆车通过。所以车子走在那段路上，需要经常鸣喇叭，以防对面有车过来，两车相抵，无法通行。听到喇叭声，迎面开来的车就会提早找

用胸膛行走西藏

一处较宽的地方，等着会车。那天山谷白雾弥漫，能见度不到五米。排长怕途中危险，自己带着一辆车走在前面，让班长苏积浩的车走在中间，另外一个老兵的车跟在后面。苏积浩的车上还有另外两名战士。

很巧，那天是苏积浩 19 岁的生日。

途中，车队突然遇到了大暴雨。回到中队后，排长发现苏积浩的车不见了。前面的车回来了，后面的车也回来了，唯独不见走在中间的苏积浩的车。这么窄的路，他们能到哪儿去？还能飞了？排长慌了，急忙带领战士们顺原路寻找，一直找到料场仍不见那辆车的影子。他们又往回找。这次他们找得很仔细。走到一处悬崖时，发现路沿上有轮胎划痕。排长将绳子一头拴在汽车轮胎上，一头拴在自己腰上，下到山崖下去寻找。下到一半，在一块山石上看见一摊血迹，他头嗡地一下，人几乎掉下去……

谷底河边，散落着汽车的残骸。排长在河边找到两名战士的遗体，而班长苏积浩的遗体一直没有找到。

在烈士陵园里，战友们给苏积浩造了一个衣冠冢。

后来，一位军旅诗人经过烈士陵园，听说了这个凄惨的故事，站在他们的坟墓前，写了一首诗：

> 你修路，
> 是为了别人走向远方，
> 回归故里；
> 你自己，
> 却长眠在遥远的西藏，
> 连骨肉也没有留下。
> 是路属于你，
> 还是你属于路？

5. 最后一个镜头

这也是十几年前的事了。

那时，我是总队的新闻干事。部队在"老虎口"施工，我扛着摄像机去采访。

指导员李景文告诉我，见习排长黎卫芳可是一员虎将，让我好好拍拍他。他说，已经接到黎卫芳的提干命令，等晚上他从工地下来就宣布。可是，当时有五六个战士在那里打风钻，他们一个个满面尘土，我无法认出哪个是黎卫芳。

李指导员指着站在最前面的一个高个子说："他就是黎卫芳，已经带了三个班了，现在还没吃午饭哩。"我一看表，已经是下午4点多了。我说："你们为什么不把他换下来？"指导员说："换了几次，他都不下来，说今天风沙特别大，他不在这里盯着，怕战士们出事。"

那天的风沙确实很大。紧闭着嘴，沙子也能钻进口里。而且，崖顶上有沙土和碎石不断掉下来。刚才一上来，李指导员就给了我一顶安全帽。我刚戴上，一块拳头大的石头就落了下来，正好砸在我的安全帽上，震得脑子嗡嗡响，吓得我半天没有缓过神来。要不是那顶安全帽，那块石头可能就把我带到另一个世界去了。

我把镜头对准了黎卫芳和他的战友们。镜头里看不清他们的脸，只能看见一双双黑亮的眼睛。

风沙越来越大，我怕损坏摄像机，李指导员也一直在催促我赶快离开那里。

我走出不到100米，突然听到身后轰隆一声巨响，回头一看，"老虎口"烟尘四起。我心里一惊：不好，塌方了！急忙反身往山上跑。跑到半道，迎面遇到正朝山下奔来的李指导员和几个战士。李指导员身上背着一个战士，那战士耷拉着脑袋，我无法看清他的脸，只见大口大口的鲜血从他的嘴里涌出来，已经浸湿了李指导员的半边棉袄。我问是谁，李指导员脸色苍白，气喘吁吁地说："黎卫芳。"我一下子瘫坐在地上……

天黑的时候，黎卫芳被送到了15公里外的县医院。医院条件很差，又没有电，几个战士在急救室里举着蜡烛为医生照明，滚烫的蜡油流淌到手上，他们也全然不知。有个新兵一直在哭，下午排长刚把他替下来就出事了。他哭着说，排长是为了保护他才出事的。从江苏来的一位援藏医生在紧张地抢救着黎卫芳。我看见黎卫芳的血不断地从他身体的许多部位涌出来，流在床上，又浸透被褥，最后滴滴答答地落在床下尚未解冻的土地上。我不明白，他怎么会有那么多的血。我用颤抖的双手拍摄下了整个抢救过程。然而，黎卫芳还是去了。李指导员一把抓住医生的衣领吼道："你为什么不救活他？为什么?!"医生无可奈何地摇了摇头，眼睛里蒙上了一层水雾。李指导员蹲在地上，孩子似的大声痛哭。泪水盈满了我的双眼，我再也拍摄不下去了。急救室外黑暗的走廊上传来战士们的哭声……

掩埋黎卫芳的时候，战友们怎么也给他穿不上刚刚领到的军官皮鞋，因为他的腿和脚已经肿得失了形，脚比平时大了许多。这是他第一次穿军官皮鞋，也是最后一次。"不能让排长光着脚上路啊！"战友们只好将皮鞋剪开，流着泪为他们的排长穿到脚上……

整理黎卫芳的遗物时，我们在他的笔记本上看到了他写给妈妈的一句话：

妈妈：
站起来，我是您的希望；
倒下去，我是您的太阳！

那盘录像带，至今还保存在我的资料柜里，但我再也没有拿出来看过。我不忍心去打搅已经安息的灵魂。

6. 一个拥有两座坟墓的士兵，一个苦等丈夫十年的女人

走川藏线，地上有条路，空中也有条路。

从成都乘坐飞机，不到一个小时，就可以抵达川藏线腹地——邦达。但是，由于邦达机场建在海拔4300多米的高原，气候多变无常，从成都飞往邦达的飞机常常误点，一误就是好几天，甚至半个月。有时飞机起飞时，天气还好好的，可等飞到邦达机场上空，天气又突然变了，难以降落，只好又返回成都。

2000年的夏天，我去川藏线采访，飞机又一次延误，我不得不在成都等了三天。等候飞机的日子里，我意外地遇到了一个我想见又不忍见的女人。

王小宁带着女儿来到丈夫的坟墓前，才相信丈夫真的死了

她叫王小宁，是王立波的妻子。

王小宁和11岁的女儿王童刚从川藏线下来。她们是去探望王立波的。为了这次探望，她们母女整整准备了十年。然而，她们不可能见到王立波，因为他早在十年前就已经牺牲了，埋葬在雪山下的两座凄冷的坟墓中。

王立波是交通部队唯一拥有两座坟墓的士兵。

离西藏波密县城四公里的地方，有一个不起眼的烈士陵园，王立波的两座坟墓就在那里。每上一次川藏线，我都要到那里去看一看，有时烧几炷香，有时给他点一根烟，有时什么也不做，就默默地在那里站一会儿，用无声的语言和他说几句话。

王立波是我的战友。1982 年年底，我们从陕西老家一起坐火车、换汽车上的青藏高原。我们非常熟悉。那时，他在武警交通第三支队当汽车驾驶员。他生性开朗活泼，不拘小节，整日嘻嘻哈哈的，没个正形，一笑眼睛就眯成了一条缝，露出两颗大门牙。

王立波经历过三次生死劫难。头一次是在青海格尔木，那天夜里，他往青藏公路改建工地运送物资，回来已是深夜，十分疲劳，他给屋里的火炉加满了煤后，倒头就睡。第二天早上，战友们去叫他吃饭，才发现他已经煤气中毒了，送到解放军第二十二医院抢救了两天两夜，才脱离危险。醒来后，他说："大难不死，必有后福。"可是，他等来的不是后福，而是死神的又一次光临。

几年后，在西藏的那昌公路施工工地，他单独执行一次运输任务。车行至卡拉山遇到了大雪，他被堵在半山腰五天五夜。五天五夜里，他只啃了两个干馒头。饿急了，他就抓起雪和枯黄的干草往嘴里塞。后来，他昏死在驾驶室里。被救出来后，他在卫生队里躺了半个多月，生命不息，"拉稀"不止。当时我刚好在那里采访，去卫生队看他，他悄悄告诉我，他每天至少要换四五个裤头，护士们见他一皱眉头，就知道他"出事了"。他边说，边捂着嘴哧哧地笑。

第三次是在川藏公路，这次他再也没能躲过死神的纠缠，真的永远地走了。当时我正好也在波密，他们汽车中队就在波密支队机关旁边，没事的时候，我们经常在一起聊天。他告诉我，跟大部队上川藏线的时候，妻子抱着一岁的女儿刚到江油留守处两天。分别的时候，妻子死死拽住背包，不让他走，他还是硬着心肠走了。听到身后妻子撕心裂肺的痛哭声，从不流泪的他也禁不住泪水长流。

可谁能想到，他们夫妻的这次分别，竟成了诀别。

王立波曾跟我开玩笑说："你这个老乡，写了那么多文章，咋就不写写我呢？"

　　我说："你整天吊儿郎当的，没个正形，我写你什么？"

　　他憨厚地笑了。

　　当时我真的认为他没有什么好写的。写他的两次大难不死的经历？这种事情在交通部队见得多了，不足为奇；写他常年驾车在崎岖危险的川藏公路上奔波？川藏线的筑路兵哪个不是天天与死神打交道？我没有把他的话放在心上，一笑了之。

　　可是，几天后我就后悔了。而且这种内疚持续了许多年。

　　1990 年 10 月 18 日早晨，细雨蒙蒙，我准备离开川藏线，王立波来到车边给我送行。当时他情绪很低沉，似乎冥冥之中已经预感到将要发生的一切。他说他想家，想转业，他说他对不起妻子和女儿。

　　我刚一走，王立波就驾车去林场拉木柴。结果，由于路基塌陷，车子不慎掉进了悬崖下的河里。一车九个战士，其中五人受了点轻伤。战士李仕明和王海军当场就牺牲了，战友们在河边找到了他们俩的遗体。另一个战士郭占树也牺牲了，遗体第二天才浮出水面。而王立波的遗体，战友们连续打捞寻找了一个星期也没有找到。半个月后，才在下游的一处河滩上找到一具无法辨认、残缺不全的遗体，战友们以为是他，就埋在了山坡上。第二年春天，在下游几十里的沙滩上，又发现一具尸骨，上面裹着一块毛衣碎片，有人认出是王立波生前穿的毛衣，这才认定这具尸骨是他的。于是，王立波就有了第二座坟墓。

　　王立波出事的第二天，我回到拉萨指挥所，还没来得及洗脸吃饭，就接到了王立波车队的事故报告。我傻了似的站在原地，半天没有说话。我非常震惊、非常悲痛。我不相信他会死。昨天他还好好的，还和我说过话，怎么说死就死了呢？但多次走过川藏线的经历告诉我，他可能真的出事了。在川藏线上，这样的事情随时随地都可能发生。

　　我突然感悟到：王立波，川藏线上一个普普通通的筑路兵，他的平凡中不正包含着不平凡，渺小中不正孕育着伟大吗？当天夜里，我独自坐在屋里开始写他，写他的故事，写我对他的思念。在我写作的整个过程中，始终感觉他就站在我的身后，坐在我的桌边，笑嘻嘻地看着我。我泪如泉涌，眼前一片模糊。我不得不几次停下来洗把脸，再写。那一夜的经历令我终生难忘。那是我写得最悲痛的一篇文章，也是我唯一一挥而就，没有改过一个字的文章。凌晨 1 点，我终于写完了。天亮后，我就将这篇文章寄了出去。

再次上川藏线的时候，在王立波的坟前，我将已经发表的文章烧给他。我心里说：立波，你不是想让我写你吗？我写了，现在给你，你看看吧。

我见到王立波的妻子王小宁，是个意外。尽管十年来，我多次打听她们母女的消息，但始终没有结果。这次，我们却在成都不期而遇。

王小宁告诉我，丈夫牺牲后，她便离开家乡，到西安一家纺织厂打工，用每月 400 多块钱的工资供养年迈的老人和女儿。女儿上学后一直寄宿在亲戚家。后来这家纺织厂倒闭了，她又到一家私人纺织厂打工。她从不对人说起她的苦难，和她共事多年的姐妹，至今还不知道她是一位失去了丈夫的军嫂。王小宁是一个十分要强的女人，尽管生活很清苦，但她从不求人，更没有向部队提出过任何要求。她用一个女人瘦弱的肩膀，支撑着一个破碎的家。

见到我这个和她丈夫一起入伍的老乡，王小宁才流下了强忍多年的泪水。她说丈夫走后，她每次在大街上看到身穿军装的军人，都感到非常亲切，就会想起自己的丈夫，然后一个人躲在屋里偷偷大哭一场。

王小宁知道丈夫已经死了，地方政府每个月给她送来的抚恤金就是明证。但她就是不愿相信这个事实，总是幻想着丈夫有一天会突然出现在她的面前。当年部队处理善后工作的同志给她看过的那张追悼会照片，照片上，王立波的棺木里只有一顶军帽和一套军装。十年来，她始终坚守着一个念头：王立波没有死。他可能被河水冲到一个谁也找不到的地方，被藏族群众救了，只因山高路远一时回不来；或者，他被冲到一个深谷密林里，迷了路，走不出西藏绵延的大山和茂密的森林。她甚至想，是不是部队交给他一个连家人也不能告诉的秘密任务，任务没有完成，他不能回家。这些幻想，也许就是她一直没有再嫁的原因。

十年那，整整十年！王小宁一直生活在这种幻想里。

十年来，她一直想着到王立波的坟前亲眼看看，看见了，也许就死心了。

为了不给女儿王童的生活带来阴影，她一直没有把丈夫牺牲的消息告诉女儿。每当逢年过节的时候，女儿总是问："爸爸为什么还不回来？"她就哄骗说："爸爸在部队里工作特殊，忙，回不来。"这样骗一次两次可以，骗多了，女儿就不相信了。女儿再问到她的时候，她也不知如何回答，只说："我也不知道你爸爸为啥还不回来。"一次，女儿看到了她藏在柜子里的影集，指着丈夫和她结婚时的合影问："这个穿军装的人是不是爸爸？"她只看了丈夫一眼，就再也坚持不住了，失声痛哭。已经长大懂事的女儿明白了，她的爸爸永远也不可能再回来了。母女俩抱头痛哭。

半个月前，她们母女终于如愿以偿，上川藏线探望了长眠在雪山下已经十年的亲人。部队对她们母女这次上山祭奠很重视，原计划派专车来接她们娘儿俩，但汽车因为遇到了泥石流，堵在了半道上。七八月份，正是西藏的雨季，川藏线时常会发生泥石流、塌方等灾害，道路中断实属正常。部队临时决定让她们坐飞机到邦达，然后再由部队用车接她们到波密。

还好，那天飞机按时降落在邦达机场。王小宁母女经过一天的艰难颠簸，在黄昏时分，终于来到了亲人的出事地点——帕隆藏布江边。

当年那场灾难的幸存者，向王小宁述说了当时的真实情景。面对滔滔的江水，王小宁失声痛哭。当她把从家乡带来的纸钱撒向江中的时候，天下起了大雨。第二天，王小宁带着女儿来到丈夫的坟墓前，这才相信丈夫真的死了。她拉着女儿跪倒在坟前，哭着说："立波，我和女儿来看你了……"

用胸膛行走西藏

女儿王童泪流满面，将她在来的路上折的十几只纸鹤和画的两幅画烧给了爸爸。希望她的爸爸能够骑着纸鹤，飞到她营造的那个美丽的童话世界里去……

听完王小宁的诉说，我说："立波已经走了，你和女儿还有很长的路要走。你要打起精神来，好好活着。"

我犹豫了好几次，还是问了那句话："你还年轻，就没有打算再婚吗？"

王小宁说："等我渐渐地忘了他，再考虑这个问题。我现在还没有这个想法。真的，一点也没有。我总是忘不了他。他走了十年，对我来说，好像刚刚才走……"

从内心讲，我不希望她成为永远的军嫂。可此时此刻，面对痴情的她，我能说什么呢？

我无话可说。

第三章　白色的灾难

1996 年 10 月，中央军委主席江泽民签署命令，组建一支我军历史上从来没有过的，以公路养护为主要任务的部队——武警交通川藏公路机械化养护支队（后改为武警交通第四支队）。

为了踏勘线路、制定沿线部署兵力计划，武警交通第一总队副总队长柴金存陪同交通部副部长刘锷，驱车在川藏线上行驶了七天，一路上爆了六个轮胎。这位曾经在红旗拉甫、天山公路建立过功勋的交通部队老兵，谈起那次经历时说："那时的川藏线，真的是千疮百孔，不组建养护部队，这条路就完了。中央军委的决策非常英明！"

几个月后，交通部队紧急调遣精兵强将，会集川藏线，打响了川藏线养护保通这场特殊战役的第一枪。部队迅速在金沙江畔的竹东段（竹巴龙至东久桥近 800 公里的路段）摆开战场，在不到一年的时间里，就使川藏线这段海拔最高、病害最多的道路路况得到了极大改善，第一年就实现了通车 11 个月的目标。

其间，我曾经多次到一线采访，官兵们养护保通的许多故事令我感动落泪。但给我最先留下深刻印象的，是 2000 年的那场大雪。

那是一场白色的灾难。

7. 大雪，没过了大腿

2000 年 4 月 2 日 6 时 20 分，然乌湖畔。

六中队中队长李仕林像往常一样，起了个大早。但他刚走出房门，就陷进了一腿深的积雪里，他啊呀地大叫一声，惊呆在那里。眼前一片雪白，除了白色没有别的颜色。他知道灾难又一次降临了。他顾不得洗脸，立即向支队值班室报告灾情。

电报只有一句话：大雪，没过了大腿。

10 分钟后，他接到了支队的第一道命令：做好紧急抢险准备，继续观察灾情，立即派出巡道小分队，向五中队方向搜索，发现受堵人员和车辆，及时报告！

大雪封堵了营门，官兵们只有扒开积雪，才能走出来

雪还在下，雪片大得有些吓人。大雪封堵了营门，官兵们扒开积雪，才能走出来。

李仕林站在雪地里，嘘嘘嘘地吹响了紧急集合哨。战士们从梦中惊醒，不知发生了什么事，急忙从屋里跑了出来。当他们看见满世界白晃晃的雪和李仕林铁黑的脸，便知道又一场战斗要开始了。

李仕林带领七人小分队，背着两天的干粮出发了。走在茫茫的雪原上，李仕林心里有些害怕。部队进藏以来，他从来没有见过这么大的雪。但他马上又调整心态，告诉自己不能害怕，作为一个基层指挥员，在这种时候，绝对不能有半点怯懦。

他不会忘记，在支队成立大会上，一条十米长的红色条幅布上写着"誓叫川藏变通途"七个遒劲有力的大字，全体官兵纷纷在条幅布上面庄严地签上了自己的名字，写下了养路兵的铮铮誓言。誓言铮铮，吼声如雷，那是一个多么令他难忘的庄严时刻啊！

他也不会忘记，两年前的那场大雪，尽管没有这次的雪大，但他和他的中队也经受了一场严峻的考验。

1998 年 3 月，连续多日的暴雪把藏东高原包裹得严严实实，川藏公路平均积雪厚达 30 厘米。20 日上午，李仕林正带领战士清理积雪，突然，一阵沉闷的轰隆声从远处传来，凭着 14 年在高原修路的经验，李仕林知道前方发生雪崩了。

果然，刚刚过去的一辆汽车又慌慌张张开了回来，司机跳下车说："武警同志，不好了，前面发生了大雪崩！"

李仕林立即带领战士赶到几公里外的雪崩现场。只见小山似的雪崩堆积物横在路上，绵延数里，最高处足有三层楼那么高。官兵们投入了紧张的抢通战斗。在海拔 4000 多米、高寒缺氧的雪山上，饥饿、寒冷、疲劳和高原反应一齐向官兵们袭来。干不了一会儿，他们就觉得天旋地转，脑涨欲裂。有的战士实在站不住了，就跪在积雪中。起初，由于作业面太窄，大机械派不上用场，只能用人力清除积雪。为了不致滑下山崖，官兵们腰上都拴着安全绳。后来，作业面拓宽了，小型机械可以进场施工，进度加快了。战士吴先河开的推土机在冰路上左右滑动，十分危险。在推一块大石头时，眼见就要把石头推到崖边了，可推土机停不住，竟随石头一起滑向崖边，旁边的几个战士急中生智，急忙脱下棉衣塞在履带下，才使推土机停止了滑动，避免了一场车毁人亡的灾祸。

经过两天两夜的奋力拼搏，路终于抢通了。

可是，未等李仕林和他的战士们喘口气，84 道班附近又发生了雪崩，冰雪壅塞了河道，河水涌上了公路，水深达两三米。短短十天时间里，然乌至中坝 50 公里范围内，就接连发生了 23 处雪崩，其中特大雪崩 6 处，大雪崩 10 处。两个汽车运输团和 100 多辆地方货车，以及上千名群众被堵在路上，还有许多西进东出的军地车辆一批又一批滞留在波密、八宿和邦达。情况十分危急，必须尽快抢通。为了节省时间，官兵们把方便面和压缩菜带到工地，昼夜抢通。

"雪崩下来了!"

推土机手苏成云听到战友的呼喊,赶紧踩了刹车,抬头一看,只见一块巨大的雪崩山石从山坡飞滚下来,跑是来不及了,小苏双手抱头蹲在地上。山石落在推土机前方一米处,路基被砸了一个深坑……

十天后,道路全部抢通了。昌都车队的一名藏族司机说:"从车子被堵的第一天起,我就绝望了,没想到我还能活下来。是你们救了我的命啊!土基其(谢谢)!土基其!"

西藏昌都地委领导冒着纷飞的大雪,驱车400多公里,专程赶到然乌沟慰问六中队。西藏交通厅、成都军区后勤部发来了慰问电,武警交通第一总队为六中队记了集体三等功。李仕林的标兵中队,就是这样产生的。

现在,雪灾又来了。

李仕林没有想到,这场雪灾竟是川藏线40年不遇的。

暴雪,整整下了半个月。

8. 兵分两路,向安久拉山进发

4月1日,夜里11点,成都。

武警交通第一总队政委陈振有接到报告后,给部队下达了三点指示:第一,在最短的时间里抢通道路;第二,确保沿线群众的生命安全;第三,要周密部署,精心组织,靠前指挥,减少部队伤亡。

这位曾经在西藏东北无人区,陪同时任西藏自治区党委书记胡锦涛视察过黑昌线的高原老兵,知道川藏线养护部队要做到这三点,将面临什么样的考验。

4月2日凌晨,波密,养护支队机关。

支队长易继宏、政委汪海召开党委紧急会议。会议综合雪灾中心部位两个中队报告的情况,分析了灾情:道路中断,沿线数十万藏族群众被堵在家里,无法出门。更为严重的是,这时正值川藏线第一个运输高峰,肯定有大量的车辆和人员被大雪封堵在半道上,如不及时抢通,后果不堪设想。

党委很快研究制定出了抢通方案，并对整个行动进行了周密部署。支队机关迅速成立了由干部、党员为主力的两支抢险突击队，由支队副政委张迪春和参谋长蒲仕光分别担任这两支抢险突击队队长，支援五中队和六中队，兵分两路，一路负责救人，一路负责抢通。

正在支队蹲点的武警交通第一总队政治部主任刘根水，给养护支队下了死命令：誓死也要抢通道路，救出被围困的群众和车辆！

上午10点，六中队中队长接到了支队的2号指令：立即出发，全力以赴向安久拉山方向推进，力争尽快与东坡的五中队会合。

六中队指导员杨晓武带领一队人马，立即出发。

他们破冰炸雪，开辟道路。前面推土机开道，后面人力清除积雪。在海拔4000多米的高寒缺氧路段抢通，雪崩时常威胁着官兵们的生命。零下30多摄氏度的严寒，把官兵们吃的罐头冻成了冰块，用火一烤，外面是热的，里面还是冰。许多官兵的嘴唇裂开了血口子，他们吮一吮，和着血水一起咽下肚去。连日高强度的抢通和严重的高原反应，已使官兵们筋疲力尽。有的实在没有了力气，只好跪在地上用手扒雪，就连小便，也是这种姿势。

他们从下午一直干到午夜12点，才前进了不到五公里。路上的积雪很厚，推土机刚刚推出一条雪路，山崖上的积雪又轰然坍塌下来，掩盖了道路，积雪甚至比之前还要高。有时，推土机和人也被坍塌下来的积雪掩埋了。天黑，看不见路，一边是山崖，一边是深沟，杨晓武走在前面，用手电筒为推土机照明，手和手电筒冻在一起，他就揣在怀里暖开了，再继续照明。

与此同时，五中队官兵在中队长刘红春和指导员黄明的带领下，正由八宿县向安久拉山东坡推进。他们用了整整一天时间，在山坡上开出了一条雪路。半夜12点，开路的推土机大灯冻坏了。刘红春和黄明一左一右站在推土机两边的踏板上探路，副中队长唐怀军拿着手电筒在前面指挥。路完全被大雪埋没了，他们凭着记忆，凭着感觉，一米一米地向前推进。有的地方积雪比推土机高出好几倍，小山似的，推土机变成了"穿山甲"，硬是在冰雪堆里开出了一条雪的隧道。

官兵们破冰炸雪，开辟道路。前面推土机开道，后面人力清除积雪

支队机关组成的抢险突击队，也在参谋长蒲仕光的带领下，从支队机关驻地波密出发，向然乌沟的六中队进发。他们的任务是打通波密至然乌沟的道路，尽快与六中队会合。三天后，这支抢险突击队被阻隔在大流沙地段。几米高的积雪掩埋了道路，山上的流沙和雪崩频繁发生，部队向前推进得十分艰难。他们只有在雪崩和流沙肆虐的间隙，才能抓紧时间突击一段，等雪崩再次发生时再急忙撤下来。抢险突击队在大流沙地段的雪地里安营扎寨。

抢险突击队里的老兵，对几年前制服大流沙地段的情景还记忆犹新。他们用了将近一年的时间，在流沙上建起了长达三公里的高高的挡土墙。这段挡土墙后来被西藏交通厅的领导称为"建在流沙上的长城"，成为川藏线上的一大景观。

从前的这段路，流沙裹挟着飞石常年流泻，没完没了。刚用推土机推过，转眼又流泻了一路。经过工地时，脑后都要长眼睛，稍有不慎就会遭遇流沙飞石，轻则擦破皮肉，重则置人死地。

制服流沙的唯一办法，就是在这里筑起一道数公里长的挡墙。要在流沙上筑起川藏线上最长的挡墙，谈何容易。好不容易挖出的数百米墙基，一顿饭工夫又全部被流沙吞没。十几天的心血转眼付之东流，战士们哭了。哭归哭，挡墙还得砌，墙基还得挖。他们擦干眼泪，又从头干起。

战士李建荣、何永正在埋头挖墙基，突然一波流沙飞泻而下，他们没有反应过来就被沙子埋过了头顶。战友们喊着他们俩的名字，扑上去用手刨沙，手指磨破了皮，指甲盖也掉了，好不容易才使他们俩露出脑袋。此时的李建荣和何永正的脸色变成了茄子色，口鼻塞满了沙子，活像刚出土的兵马俑。

志愿兵冯宝宝正在三米高的挡墙下干活，只听放哨的战士失声喊道："快闪开！"话音未落，一块磨盘大的石头滚落在挡墙上，又从冯宝宝的头顶飞过去，砸在了墙基上。在场的人都吓出了一身冷汗：好悬啊……

不管如何艰难，战士们还是在流沙上奇迹般地筑起了阻挡流沙飞石的"长城"。

可是现在,"长城"被积雪掩埋了,已经找不到一点痕迹。

抢险突击队在这里与雪崩、流沙和死神,进行了一个礼拜的殊死搏斗。

抢险突击队将这段路修出一半的时候,看见前面几公里外,两处雪崩地段中间堵了三辆车,车上的人拼命向他们挥手。但中间有积雪阻隔,抢险突击队无法靠近。要抢通这段路,抢险突击队队员不吃不喝不睡觉也得两天后。蒲仕光从周围环境判断,那三辆车上的人暂时不会遇到雪崩的威胁,但时间一长,他们很可能被饿死、冻死。他当机立断,将抢险突击队分成两组,一组继续抢通,一组绕道翻过山去,给被困的群众送去食品和棉衣。六个小时后,战士们冒着生命危险,终于将方便面、棉衣、药物送到了受阻群众的手里……

另一支由机关官兵组成的抢险突击队,也经受了严峻的考验。

雪灾之后,我遇到了抢险突击队队长、支队副政委张迪春,说起那次抢险,他激动地说:"那可真是九死一生啊!尤其是战士们,他们更苦,几天几夜睡不成觉,吃不上饭,没有一张不脱皮的脸。好多战士都得了雪盲症,眼睛看不见,只能靠战友拉着手走路,好多天他们的眼睛都在疼痛得流泪……"

十余天里,两支抢险突击队,先后战胜了30多次雪崩……

9. 一个也不能少

"不能漏掉一个人!不能冻死一个人!不能饿死一个人!"

这是支队给全线所有中队下达的第3号指令。

4月5日中午,五中队接到支队指令:海拔4000多米的安久拉山有10辆车和25名过路群众被大雪围困,生命危在旦夕,你们要立即派人前往营救。

中队立即组成营救突击队,冒雪赶赴安久拉山。寒风凛冽,大雪狂舞,气温低达零下30多摄氏度。脚下已经没有了路。官兵们背着馒头、水壶和药品,踏着没膝深的积雪,凭着感觉和记忆摸索前进,艰难跋涉，寻找被困的群众。

黄昏时分，指导员黄明带领的营救突击队爬到半山腰，看见前面不远处有几个小黑点，等他们走到跟前，才发现是一辆小型客车。车上有九个人，一个女人看见他们，一下子扑进战士的怀里，哭着说："亲人呐，你们可来了……"

营救突击队继续往山上搜索，又发现一辆被困车辆，车体已被厚厚的积雪掩埋了一半。车上的 15 名群众在风雪中已经坚持了三天三夜，此时已经精疲力竭，嘴唇发紫，四肢麻木，大部分人已经奄奄一息。被困群众看见武警官兵突然到来，禁不住哭了起来。官兵们掏出干粮让群众吃，将早已冻成冰块的水壶暖在怀里，等壶里水化开了再递给群众喝。有人用手艰难地指着山顶说："山上还有人，你们快去救他们吧……"

营救突击队分成两组，一组将 15 名获救群众护送下山，一组继续往山上爬去。越往山上走积雪越厚，行路非常困难，官兵们只能连滚带爬地前进。雪还在下，夜幕降临。为了防止滑下山崖或掉进雪窝，官兵们将背包带捆扎在腰带上，一个连着一个，相互搀扶着，用铁锹和木棍一边探路，一边前行。经过十几个小时的艰难跋涉，官兵们终于爬到了山顶，找到了已翻进边沟的客车。此时，五名藏族群众已经瘫软在雪地里。司机丹增冻得四肢僵硬、神志不清。官兵们将干粮和水送到他嘴边时，他只条件反射地张了一下嘴，便昏了过去。官兵们脱下身上的大衣裹住他，将他和其他四名群众一起背下山。

拉网式的搜索营救，在安久拉山东西两面山坡同时展开。

黎明时分，六中队指导员杨晓武带领的小分队抵达安久拉山山腰，遇到一个已经被围困了两天的车队。这个车队共有 15 辆车，40 多个人。见到武警来救他们，司机们哭着说："我们什么吃的都没有了，要不是你们来，我们就死定了！"司机们无以回报，将身上的钱掏出来硬往推土机里塞。官兵们坚决不要，又还给他们。有的司机就跪下来乞求，说："你们是救命恩人，这是我们的一点心意啊！"杨晓武生气了，说："这是我们的职责！你们这样做，是在侮辱我们！"

截至 8 日傍晚，全支队从大雪中共救出被困车 70 多辆，群众 300 多人。可是，茫茫雪野里还有 200 多名群众没有脱离险境。部队还得继续营救。

而此时，官兵们已经整整四天没有合眼，没有吃上一顿热饭了。他们爬行在雪山冰谷，一次次被风刮倒，被积雪掩埋，又一次次顽强地站起来。强烈的高原反应折磨得几个新战士不断呕吐，头痛欲裂，他们只能用背包带勒住额头，以此减轻疼痛。

营救过程中，五中队中队长刘红春发现雪地里有一串鲜红的血迹，他大声问前面的战士："谁流血了？"战士们没人吭声，仍然拼命铲雪。刘红春顺着血迹找到了一个新战士，那个战士一手捂着鼻子，一手拼命扒雪，鲜血从他的手指缝里流出来，滴落在地上。刘红春拉住战士，让他回去休息。战士说："中队长，你别让我下去，救人要紧……"刘红春眼睛潮湿了，心疼地说："救人要紧，可你也得学会保护自己呀。自己都不行了，怎么去救人！"

六中队中队长李仕林开着推土机，带领他的战士正往山上开进。在冰雪路上开着推土机行驶，是十分危险的。

突然，轰隆一声，五六米高的雪墙倒了下来，将李仕林和推土机掩埋了。后面的战士一边呼喊着"中队长！中队长！"，一边拼命铲雪，想救出他们的中队长。然而不一会儿，李仕林奇迹般地从雪堆里将推土机开了出来，身后留下了一个长长的雪洞。

东达山，海拔 5000 余米。三中队指导员王振岭带着官兵开着推土机从左贡出发，开了一天一夜，才到达东达山北坡。在那里，他们营救出了两辆大客车，车上有 90 多名群众。客车是三天前从芒康出发，准备到昌都去的，夜里被大雪封堵在了东达山上。

之后，官兵们继续向山顶搜索，又营救出一个车队。

那天半夜，王振岭救援车队到达了东达山顶。他们看见一辆出租车歪倒在一米深的雪地里。车上除了司机，还有两个女人。三个人已经在这里被雪围困了三天。两个女人是姐妹俩，在昌都做蔬菜生意。

几天前，姐姐四岁的儿子由一个老乡领着从成都上来。走到理塘，孩子因高原反应病了。姐妹俩心急如焚，雇了辆出租车准备去接孩子，没想到却被大雪堵在了东达山上。姐姐哭着说："求你们把我们送下山去，我儿子要死了，我要去救他……"母亲的生命危在旦夕，还念念不忘自己的孩子。这种强烈的母爱，震撼了每一个官兵的心。王振岭安慰女人说："你们放心，我们一定把你们护送过去！"推土机在前面开道，后面用钢丝绳牵引着出租车。经过六个小时的努力，官兵们终于将姐妹俩送出了雪地……

最后一个被营救出来的是藏族司机次仁。次仁当时已经处于深度昏迷状态，新战士姜胜背着他一路跌跌撞撞地往山下转移，没走多远就累倒在地上。在这海拔四五千米的高原，即使空手行走也相当于身背30公斤的东西，何况还背了一个90公斤的次仁？姜胜倒下后，后面的战士接着背。他们一个接一个，硬是将次仁背到了营救车上。

至此，所有被围困在大雪中的群众和车辆全部脱险。

这次雪灾中，部队先后共营救出512名群众。

10. 德国人威廉说："你们是中国军人的骄傲！"

由于道路堵塞，被救出的512名群众大都吃住在部队。

官兵们腾出营房床铺给群众住，自己打地铺。他们裹着大衣睡在冰窖般的仓库里或车上。这时，最珍贵的就是粮食和蔬菜。平时最多只能住100人的六中队，一下子容纳了300多人，粮食、蔬菜眼看所剩无几，但再困难也不能让群众饿肚子。中队倾其所有，救济群众。炊事班每天都要蒸几大锅馒头、米饭供群众食用。

一位藏族老阿妈摇着手中的转经筒，嘴里不停地念叨："亚古都（好）、亚古都。"她说，西藏解放前，在一次大雪灾中，她们村饿死了40多人，这次一个人都没有被饿死，真得感谢共产党、感谢金珠玛米（解放军）！

由于人多，中队储备的蔬菜、大米和面粉眼看就要吃完了。为了不让群众挨饿，中队党支部决定：所有官兵饭量减半，把省下来的粮

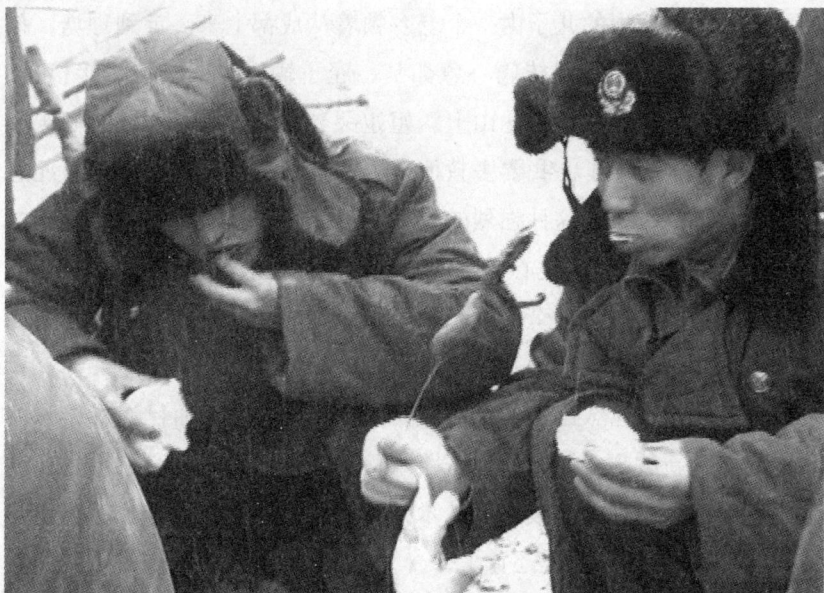

官兵们把热腾腾的饭菜让给群众吃，自己则躲到一边吃烤辣椒、啃干馒头

食留给群众。每到开饭时，除留下几个打饭的官兵外，中队其余人员假说有任务，都躲到营区外面的雪地里去了，等群众吃完了他们才回来。这个秘密很快被群众发现了，他们坚持要求官兵先吃，官兵们劝道："我们年轻，能坚持。"可群众不听劝，说官兵们不吃他们也不吃！双方一时僵持起来。从四川雅安来的妇女张娟的五岁的儿子饿了，见了馒头抓起来就吃。张娟又气又恼，打了孩子一巴掌，孩子哇的一声哭了。这一哭把官兵和群众的眼泪都哭了下来。战士说："大嫂，孩子还小，正在长身体，你就让他吃吧。"张娟流着眼泪说："你们不吃，他凭啥子吃？没有你们，我们母子命都没有了。"无奈，官兵们端起碗，群众这才跟着吃了起来。

后来，面粉越来越少，柴火也快烧完了，一次蒸不了几个馒头。米饭每人每顿也只能盛小半碗，又没有菜，孩子们难以下咽，年龄小的就哭了起来。被救群众里有 16 个孩子。中队又悄悄做出了一项规定：把馒头和咸菜留给孩子们吃，把米饭留给群众吃，等群众吃过了中队再开饭。群众说："你们还有任务啊，不吃饭怎么能有力气去抢险?"官兵们不与群众争辩，干脆扛了铁锹上了工地。

连日的抢通，使得官兵们疲惫不堪，走路都摇摇晃晃。他们太累了啊！群众看在眼里，疼在心上。群众着急，但又想不出什么办法帮助官兵们，便要求和他们一起上工地抢通。中队考虑到工地太危险，极力劝阻，命令哨兵守好营门，不让群众到危险的路上去。可就是这样，还是有个别群众偷偷跑到工地上，同官兵们一起破冰刨雪，抢通道路。在安久拉山被救出的客车售票员洛桑，一直跟在推土机后面铲雪，怎么劝他也不回去，同官兵们一起抢通了十多公里的道路。

养护支队的官兵们经过半个月的昼夜奋战，路终于全线抢通了。

被营救出的数百名群众就要踏上归程了。可他们的脚步却迟缓而沉重，一步一回头。他们留恋那些给过他们温暖的营房，留恋那些救过他们性命的官兵们。他们可以回家了，可官兵们还将继续留在这冰天雪地里维护这条"生命之路"。相聚是一种缘分，分别是一种痛苦。"执手相看泪眼，竟无语凝噎。"藏族群众表达感激之情的唯一方式，就是将一条条雪白的哈达挂在官兵们的脖子上，挂在为他们"杀"出过一条"雪路"的推土机上。

在五中队，来自德国的威廉·皮德画家夫妇，以及他们的两个孩子琼花和亚当，获救后一直住在中队。他们是来西藏旅游的。几天前，他们被困在安久拉山上，多亏指导员黄明带领营救突击队及时赶到，才使他们幸免于难。战士们把自己的褥子、被子让给他们用，自己忍受着零下30多摄氏度的严寒，蜷缩在汽车车厢里睡觉。半夜两个孩子因感冒发烧，中队卫生员及时给他们治疗，使两个孩子脱离了危险。他们在中队住了12天。

威廉·皮德临走时，留下了一封感谢信："我和我的夫人、孩子非常感谢你们，是你们救了我们一家子。你们的品德像雪山一样美丽，我的两个孩子像喜欢雪山一样喜欢上了你们这些中国大兵。你们是中国军人的骄傲！愿上帝保佑你们！"

第四章　易贡大滑坡

就在四支队官兵奋力抗雪救灾的时候，川藏公路易贡段又发生了更大的灾难。

2000年4月9日晚8点左右，林芝市波密县易贡茶场一带，暮色苍茫，寒风凛凛，除了几声鸟鸣和附近牧归的牛羊偶尔发出的叫声，别无他声，大山里显得十分幽静。

茶场退休老工人格桑，正走在回家的路上。突然，眼前一道明亮的火光冲天而起，大地剧烈地晃动，旋即传来震天的轰鸣声。他吓蒙了，呆立在那里，不知发生了什么事情。他脑子里反应出来的第一个词就是"地震"。

然而，他很快就明白了，这不是地震，而是一次山体大滑坡。他看见高耸入云的雪山轰然坍塌。轰鸣声和冲天的火光就是从山体断裂处发出的。他猛然回过神来，拔腿就往家跑……

是的，这是近100年来发生在我国境内的滑坡规模排在亚洲第一、世界第三的山体大滑坡！

雪山像是被一把神斧劈开，半边山体顿时化作三亿立方米的泥石，以排山倒海之势涌向易贡藏布，在那里堆积成一座长宽各2500多米，高80多米的天然大坝，大坝将江流斩断，形成一个巨大的堰塞湖。

由于气候转暖，又适逢雨季，融化了的雪和雨水交汇后涌入堰塞湖，湖水水位以每天一米左右的速度上涨，易贡地区变成了一个泽国。

一旦湖水漫顶，刚刚形成的堰塞湖大坝垮塌，附近两乡三场4000多名藏族同胞的生命财产，下游几十公里的川藏公路、沿线军用设施、战备桥梁以及众多村庄将在顷刻间遭到灭顶之灾！

11. 易贡，易贡

易贡滑坡，举国震惊。

中共中央、国务院、中央军委紧急部署抢险救灾工作。在川藏线担负改建整治和养护保通任务的武警交通部队，离灾区最近，他们率先抵达现场，开始紧急抢险，救护被围困的群众。

国家防总专家组几天后飞抵雪域高原，勘察完现场后确定：必须采取工程性抢险措施，尽快在坝体腹部开凿出一条"V"形引流渠槽，疏导堰塞湖水，以防止大坝承受不了越来越大的压力而溃决。

哪支部队能担此重任呢？

从中央到地方，从军内到军外，人们都把信任的目光投向了武警部队的两支警种部队：交通部队和水电部队。这两支部队都是由原来的基建工程兵部队改编而成的警种部队。这两支部队有着多年高原施工经验，建立过卓著的功勋。

易贡抢险指挥部总指挥、西藏自治区政府常务副主席杨传堂说："有这两支工程部队打头阵，再加上解放军一个工兵团协同作战，抢险工作就有了充分的技术、机械和人力保障。"

正在川藏线上指挥部队抗雪救灾的武警交通第一总队政治部主任刘根水，听完易贡发生特大山体滑坡汇报后，敏锐地感觉到这场灾难比刚刚发生的雪灾还要严重，他果断指示养护支队：从雪灾现场迅速撤下部分兵力，投入易贡更加艰险的抢险战斗，立即无条件地保障川藏公路24小时畅通，为进入抢险现场的人员和车辆扫清障碍。

首都北京，在武警交通指挥部机关里，指挥部将军们一夜未眠，面对地图上那块隆起的黄褐色土地，研究部队调动和抢险方案。

次日凌晨，指挥部给抢险部队下达了命令：二支队、三支队、养护支队全体官兵立即做好易贡抢险的战斗准备，全力以赴确保川藏线道路畅通，坚决完成抢险任务，不获全胜，决不收兵！

之后，指挥部副主任虞国伟少将、参谋长王志亭，武警交通第一总队政委陈振有和副政委许凤麟飞抵西藏拉萨。第二天，他们直奔易贡抢险现场。

在国家防总和现场总指挥部的统一部署下，两支警种部队从川藏线沿线、西藏区域以及千里之外的内地各施工点，开始紧急调动兵力和机械，以最快的速度向易贡地区集结。

用胸膛行走西藏

　　武警交通第二支队支队长兰健康，4月28日接到抢险紧急命令。当晚就调集兵力和机械，12个小时后，他带着机械抢险突击队浩浩荡荡地向易贡出发了。五一国际劳动节那天早上，这位曾经被交通部评为劳动模范、两次荣立二等功、四次荣立三等功、当选党的十四大代表的支队长，第一个赶到了抢险现场。

　　杨传堂副主席赞扬说："交通部队行动真是神速！"

　　从广西调集的16名技术操作手，坐汽车，转火车，乘飞机，一路狂奔，抵达成都。可是成都大雨如注，飞往西藏的飞机延误。时不我待，怎么办？驻地在成都的武警四川总队立即派专车将操作手们送到重庆，再由重庆送往拉萨。

　　2日，这16人赶到了易贡。

　　3日，三支队的两台推土机抵达。

　　4日，内蒙古施工工地的官兵赶到。

　　武警水电指挥部宣传干事方金勇，参加了这次部队千里大调动的行动。他后来对我说："那简直就是一次死亡之旅！"

　　方金勇说，从格尔木运送推土机的一位驾驶员，翻越海拔5000多米的唐古拉山口时，严重的高原反应使他眼睛红肿，口鼻出血，呕吐不止。这位驾驶员一连三天吃不下饭，睡不着觉，眼看着人一圈一圈瘦了下去，可他硬是咬紧牙关将机械运到指定地点。从拉萨到易贡路段，塌方频发，战士们跳下车搬石头，清除路障，一耽搁就是好几个小时。有的路段变成了河床，水哗哗地流，修整起来特别吃力缓慢；有的地方路特别窄，只能过去一辆车，对面车过来了，这边就得停下来等，一等就是老半天。经过色季拉雪山时，飞雪弥漫，10米之外看不见路面，路上到处是积雪和坚冰，车走在上面老甩屁股，像溜冰一样，十分危险。弯急路窄的帕隆天堑，山高谷深、陡崖千仞、沟深百丈，九座简易钢架桥最大承载重量只有20吨，而许多机械设备的自重就超过了30吨。有些道路转弯半径太小，大型拖车转不过来，好几次几乎要车毁人亡。一些临时雇用的地方司机，硬着头皮跑了一半的路程，到了帕隆天堑，死活不敢再往前开了……

两支部队所有参加抢险的人员克服种种困难，在短短一个星期内，全部抵达易贡抢险现场。

12. 剖开魔鬼的胸膛

特大山体滑坡形成的堰塞湖大坝，像一个巨大的魔鬼横卧在易贡藏布上。大坝一旦溃决，后果不可估量。

国家防总要求部队必须在 30 日内，在大坝上开挖出一条长 2500米、宽 150 米、深 20 米的引流渠槽。

这项工程，需挖运土石方 750 多万立方米。

5 月 3 日上午 10 点，蒙蒙细雨中，开渠引流工程誓师大会在易贡藏布江边举行。会场上，军旗猎猎，机械轰鸣，身着迷彩服的武警官兵举着"青年突击队""党员突击队""永远做党和人民的忠诚卫士，誓死完成易贡抢险任务"的红旗和横幅，精神抖擞，列阵以待。

易贡抢险战斗打响了。

从通麦到易贡抢险现场，有一段 18 公里崎岖坎坷的简易公路，抢险部队的"金戈铁马"行进到离现场还有两公里的地方，发现简易公路没了踪影。

突击队队长兰健康手臂一挥："王清和、刘江，你们俩开推土机，跟我先上，其他人员和机械随后跟上！"

推土机的轰鸣声，钢钎、铁锹与顽石的撞击声以及开山的炮声，回荡在雪山白云之间……

仅仅五个小时，官兵们就搭起了两座便桥，炸运土石方三万立方米，在没有路的地方，修出了一条通往大坝的道路。

抢险大军在易贡大坝上摆开了战场。烈日炎炎，地表温度最高时达 45 摄氏度，机械操作室就像蒸笼一样，闷热到几乎让人窒息。操作机械的官兵们汗流如注，矿泉水、凉开水一个劲地往肚子里灌，可喝进去的水马上又被蒸发了出来，还是觉得口渴。每位官兵每天至少要喝掉六七公斤水，却极少小便。

5 月 15 日，施工进度过半，此时，湖水水位以每天 1.5 米的速度上涨，施工地点几次受到泥石流的袭击。为防不测，现场指挥部决定在大坝西侧坡度达 70 度的半山腰上，开辟一条四公里长的安全撤离应急便道。

由谁来啃这块硬骨头呢？当然是兰健康的抢险突击队！

兰健康带着几台推土机冲了上去，后面是他虎虎生威的士兵。兰健康站在最前面，不断地打着手势："向左，向右，倒倒倒，进进进……"荆棘被铲掉，巨石被推走，沟壑被填平，突击队只用了短短 36 个小时就完成了任务。

突击队里个头最小的一个战士名叫周朗。他是从养护支队抽调来的装载机手。他坐在高处的装载机驾驶室里，站在下面的人很难看见他的身影。兄弟部队的一个战士看见走动的装载机，惊讶地说："咦，这装载机无人驾驶也能走？"站在一旁的周朗的战友笑了，说："你站在高处再看看。"那个战士就站到一块山石上去看，这才看见了驾驶室里的周朗。周朗瞪着两只发红的眼睛，专心致志地操作着机械，技术相当娴熟。战士说："这小子，人小鬼大呢！"

我们在工地上见到周朗的时候，他已经连续操作装载机 18 个小时。我趁周朗给装载机加油的时机，上前采访他："听说你有肝病，最近常常发作，你为什么再三向支队领导请求要来参加这次抢险呢？"

周朗说："在高原工作久了，谁身上没有病？这点病在我们这里根本就不能算作病！"

"那你连续工作了这么长时间，累不累呢？"

"累呀，当然累，说不累那是假话。我们又不是铁打钢铸的，咋能不累。"周朗说，"但是看到一天天上涨的湖水，心里就着急，坐也坐不住，睡也睡不着。不赶快排除险情，大坝被湖水冲垮了，那麻烦可就大了，要是下游的百十里路段被冲毁了，我们几年也修不好，川藏线就彻底瘫痪了。更何况下游还有那么多的村庄和藏族群众，谁心里不着急呀！"

"你觉得在交通部队当兵苦不苦？"

"苦，确实苦。没上川藏线前，听人说这里非常苦，但那时我想像不出来会有多苦。现在这苦已经吃惯了，也不觉得怎么苦了。人家是'身在福中不知福'，我们是'身在苦中不知苦'……"

我在抢险现场，还遇到了一个名叫梁明伟的推土机手。梁明伟给我留下印象最深的有两件事。第一件事，是采访时听别人说的：梁明伟所在的中队接到易贡抢险命令时，他正在脱产复习，准备参加军队院校统一招生考试。能否进院校学习，对一个农村入伍的战士来讲，比什么都重要，这关系到他的前途和命运。但在这个决定前途和命运的关键时刻，梁明伟做出了一生中最艰难的选择。他决定放弃这次考试的机会，主动向中队请求参加易贡抢险战斗。部队驻地距易贡有300多公里，开着26吨重的推土机去，一是时间不允许，到易贡至少得八九天；二是路途太远，对机械损伤太大。于是，他想了一个办法，将推土机解体，装运到易贡后再重新组装。这样一拆一运一装，放在往常至少得四五天，可他只用了三天就完成了。这件事令抢险一线的机械工程师们惊奇不已，给人们留下了深刻的印象。

第二件事是我亲眼看见的。那天在工地上采访，听说梁明伟的脚被机械的一个部件砸伤了，我急忙跑过去。一看，梁明伟果然受了伤，右脚的大拇指指甲已经脱落，鲜血浸染了胶鞋，一个卫生员正在给他包扎。梁明伟疼得直咧嘴，头上的汗直流。可等卫生员刚包扎好，他又站起来一瘸一拐地爬上了推土机。

卫生员说："梁老兵，你得回去休息，不能再开推土机了，否则伤口会发炎溃烂的。"

梁明伟说："我休息了机械怎么办？"

卫生员说："离了你地球就不转了？这工地上就你一个人会开推土机？"

梁明伟说："我的机子我熟悉，别人玩不转。再说，我还怕别人给我开坏了呢。"说完，他就开着推土机突突突地走了。

就是这个梁明伟，在三个月后的川藏线又一次抢险战斗中，和他的推土机一起被泥石流卷走了。

用胸膛行走西藏

5月19日，开渠引流进入了攻坚阶段。恶劣的自然环境和超负荷的日夜运转，使得机械损伤很大，故障频繁发生。

一日傍晚，正在施工的一台推土机突然停止了运转，操作手找不到故障到底出在什么地方，急得围着机子团团转。已经在工地连续工作了两天一夜，修好了六台机械的机械抢修小分队队长、修理技师雷忠英，身背沉重的工具箱及时赶到，他顾不得疲劳，开始爬上爬下检测修理。天上正下着大雨，地上泥泞不堪，不一会儿，雷忠英就浑身泥水、满脸油污了。夜色渐浓，他不得不躺在泥地里，打着手电筒修理。

抢险总指挥、西藏自治区政府常务副主席杨传堂正好路过这里，见状便蹲下身来，用手里的手电筒为雷忠英照明。躺在推土机底下的雷忠英以为是战友，伸出手说："给我扳手！"杨副主席忙从工具箱里找出扳手递过去。雷忠英说："拿钳子来！"杨副主席赶忙递上了钳子。雷忠英训斥道："你怎么搞的！不是这把，是那把大个的！"杨副主席赶忙又换了一把大个的……

就这样，杨副主席在大雨中给雷忠英当了半个小时的修理助手。推土机修好了，雷忠英从机子底下爬出来，见抢险总指挥蹲在地上，便不好意思地挠了挠糊满泥巴的头说："总指挥，我不知道是您……"

杨副主席幽默地说："我没拜师，就给你当了徒弟，你可不要怪我哟！"

在高原当了20年兵，具有十几年机修经验的雷忠英，只要往坏了的机械旁边一站，听上两声马达的轰鸣，就能判断出哪儿出了毛病。但他这个能随时随地排除机械故障的"神医"，却无法医治自己心里的那块病痛。

15年前，妻子上高原探亲的时候，在恶劣的气候条件和环境下生下了儿子。可儿子一落地就双腿残疾，至今还站不起来。妻子一口咬定儿子的病是由于在高原出生而得下的。他无言以对。他唯一能做的就是每次休假的时候，和妻子背着儿子下广州、上北京，东奔西走，为儿子求医治病。十几年来，他的所有探亲假几乎都是在背着儿子四

抢险工地，战士们正在修理机械

处求医的迢迢路途中度过的。

今年3月，他们终于打听到了在东北有一家专门治疗这类疾病的医院。可就在这时，他接到了参加易贡抢险的加急电报。作为军人的他，别无选择。他打点了行李，当天就踏上了西去的列车。

一年后，我在三支队江油基地见到了雷忠英，问起他儿子的病情，他说手术做得还可以，只是儿子不再理他了。

雷忠英告诉我，他上了西藏后，妻子一个人背着儿子赶汽车、坐火车，跑到几千公里以外的东北那家医院，为儿子做了手术。动手术那天，儿子十分害怕，特别想听爸爸的声音，以增强战胜病魔的勇气。可是因为易贡山体大滑坡，川藏线的通信中断，儿子没能如愿。

半年后，雷忠英才回到家。他走到儿子的病床前，抱歉地说："儿子，爸爸回来晚了，实在对不起！"

儿子把脸扭到一边，看也不看他一眼。

站在一旁的妻子劝儿子："你不是想听爸爸说话吗，现在爸爸回来了，你怎么又不吭气了？"

儿子说："他心里只有川藏线，根本就没有我这个儿子，我的死活与他无关！"

妻子很生气，说："你爸爸在川藏线上九死一生，你没见他人都瘦了一圈，你还说这种话！快叫，叫爸爸！"

儿子说："我不叫，就是不叫！"

妻子更加生气，打了儿子一巴掌。这一巴掌，把一家三口的眼泪都打了出来……

13. 蚊子与厕所，蚂蟥与香烟

抢险现场，一会儿大雨倾盆，一会儿烈日炎炎，吸饱了雨水的土地经烈日一暴晒，蒸腾着热气，工地变成了巨大的蒸笼，日夜煎熬着抢险的官兵。

上厕所成了一个难题。总队抢险指挥组成员、组织处处长卢庭俊走进厕所刚蹲下，就感觉屁股被什么东西猛叮了一下，他啪的一巴掌打过去，伸手一看，手心上是一摊黑红黑红的污血。原来是易贡特有的一种长脚毒蚊子。这种蚊子足有半根香烟长，身体呈紫黑色，叮在哪里，哪里就会立马鼓起一个肿包。还没等他站起来，更多的蚊子像敌人的机群一样向他扑来，赶也赶不走，裸露的屁股成了蚊子们进攻的目标。他提着裤子跑出了厕所，跑出老远，还感觉裤子里有蚊子在叮咬。

上厕所成了头痛事，大家就忍着尽量少上厕所。少上一次厕所，就少受一回毒蚊子的袭击。后来大家发现，黎明时分，空气比较潮湿，蚊子的翅膀被露水打湿了，一时飞不起来，这时蚊子比较少，是个上厕所的好时机。于是，每天这个时间，厕所里人满为患。不想解手的人，这时也要去蹲一蹲，腾空了肚子，以免白天上厕所的时候受罪。

还有比蚊子更可怕的东西，那就是蚂蟥。

蚊子在进攻的时候，还嗡嗡叫着，打声招呼，蚂蟥却从不声张，悄没声息地附在你的肌肤上，吸饱了血，你还不知道。据说蚂蟥吐出的黏液里有一种麻醉毒素，使得它钻进你的肉里，你却毫无知觉。易贡的蚂蟥，可能是世界上个体最大的蚂蟥，而且很多，遍地都是。从工地上下来，每个战士的身上都能找出几条蚂蟥。听说有个战士一次就在身上找出了十几条。那战士晚上回到住处，发现自己的裤裆里全是血，吓得惊叫起来，以为关键部位出了问题，结果是蚂蟥在作怪，他从短裤里和大腿根部一共捉到了17条蚂蟥。

蚂蟥无孔不入，没有"孔"它也会钻出"孔"来。蚂蟥最拿手的绝活，就是在不知不觉中钻进人的肌肤，等吸饱了血才大腹便便地退出来。刚开始，有的战士没有经验，看见蚂蟥钻进了肉里，就害怕地急忙抓住蚂蟥的尾巴往外拽，结果蚂蟥被扯断了，另一半留在了肉里，还在继续往里钻。战士们就把盐巴、炸药往蚂蟥咬开的伤口上撒，蚂蟥便极不情愿地从肉里退出来。蚂蟥是退出来了，但那种疼痛可想而知。

总队参谋长王志亭看在眼里，疼在心上："同志们，不能这样啊！你们这是在往自己的伤口上撒盐啊！尤其是炸药，怎么能往伤口上撒呢？感染了怎么办？"

可不这样，又能怎么样呢？

一日，王参谋长坐在树下吸烟，无意中发现一条挂在树上的蚂蟥被烟一熏，立即就掉了下来。"蚂蟥怕烟味儿！"王参谋长将这一重大发现告诉了工地上的战士。战士们都吸上了香烟，这招果然灵验，身上的蚂蟥渐渐地少了。即使有一两条钻进肉里去，用烟头在蚂蟥屁股后面一熏，蚂蟥就乖乖地退了出来。

香烟是对付蚂蟥的好武器。于是，在易贡工地上，几乎每一个战士都开始吸烟，以前不会的不得不学着吸，已经戒了好几年、发誓再也不吸烟的，也不得不重操旧业，又吸上了。

14. 杨焱的一只鞋被泥石流卷走了

蚊子和蚂蟥再厉害，也不会对生命造成直接的威胁。但泥石流就不同了，弄不好就会有人牺牲。

从官兵搭起的帐篷营地到易贡抢险工地，有四公里的路程。这段路盘绕在陡峭的山坡上，山体土质疏松，泥石流经常发生。战士们称之为"死亡通道"。

炊事员杨焱和朱遵楼，每天要从"死亡通道"上来回六趟，给工地上的战友们送饭。每走一趟，都是一次生与死的体验和考验。向下看，山沟深不见底；向上看，经常有山石滚落。他们挑着60多公斤重的饭菜保温桶，在崎岖的山道上艰难前行，既要防止掉下沟去，又要留意山上的泥石流。

一次，刚走到半路，朱遵楼脚下的一块山石被踩掉，哗啦啦地落进了沟里，他急忙抓住一根树干才没有摔倒，但肩膀上的扁担却咔嚓一声折断了。他急忙松开树干，双手搂住两个保温饭桶，半躺在地上，双脚死死地蹬住树根，才保住了饭菜和自己。没有了扁担，饭菜怎么送到工地？他从旁边的树上折下一根树干当作扁担，挑着饭桶继续往前走。树干上的毛刺深深地扎进他的肩膀，但他当时一点也没有感觉到疼痛。到了工地，饥饿的战友们围着饭桶盛饭时，发现他的肩膀上全是血……

回来的路上，他们遭遇了泥石流。刚才天还好好的，日头晒得人头皮发烫，这会儿又下起了大雨。

杨焱说："赶快走，下雨的时候最容易发生泥石流！"

话音未落，只听头顶响起轰隆隆的低沉声音。朱遵楼抬头一看，泥石流真的从山顶汹涌而下，他大叫一声："杨焱，快跑！"

他们拼命向前奔跑。泥石流从他们的脚后跟旁呼啸而过。杨焱的一只鞋被泥石流冲走了。两个人死里逃生，坐在一块高地上，淋着大雨，看着从眼前飞泻而去的泥石流。

杨焱说："咱们俩命大，又躲过了一劫！"

在易贡抢险工地上，几乎每一个官兵都遭遇过泥石流。突击队队长兰健康也不例外。

一天清晨，兰健康带着两辆车往大坝运送机械配件。"三菱"在前，"沙漠王子"在后。兰健康坐在后面的沙漠王子上。突然，他听到一阵异常的声音，凭经验判断是泥石流来了。他还没来得及采取措施，泥石流就铺天盖地奔涌下来。驾驶员猛踩刹车，车刚好停在了泥石流的边缘，但前面的三菱车却没了踪影。

兰健康用力推开被泥石流堵住的车门，跳进泥浆里，冲着前方滚滚的泥石流大声叫喊："小郑！小郑！"

小郑是前面三菱车的驾驶员。没有人回答，只有泥石流在涌动。泥石流挡住了去路，焦急的兰健康无法寻找三菱车，只好用电台向大坝上的部队喊话，让他们赶快从那头寻找失踪了的三菱车。他疯了似的在泥浆里来回走动，不安地等待着三菱车的消息。

15分钟后，心急如焚的兰健康终于得到了消息，三菱车已经平安地到达了大坝工地，除了车屁股被泥石流擦伤以外，驾驶员小郑和运送的机械配件没有什么损伤。兰健康这才长长地舒了一口气。

但是，水电部队的官兵却没有这么幸运。他们完成大坝抢险任务，乘坐大客车撤退，经过被泥石流冲毁的路段，不幸翻车，四名战士当场牺牲，三名身受重伤。

　　事后，水电指挥部宣传干事方金勇给我说起那段亲身经历时，眼睛里噙满了泪水。他说，死去的四名战友都是第一次上高原，因为抢险任务紧急，他们20多天来一直没黑没明地战斗在易贡抢险一线，甚至还没来得及看一眼这里的蓝天白云，雪山草地；没有来得及在自己经历过生死劫难的地方留一张相片，就永远地倒了下去，将自己年轻的生命和这古老的雪山冰川融为一体。

　　他说，那段日子，他的耳畔老是萦绕着《怀念战友》那首无比忧伤的歌：

　　　　　　　　当我永别了战友的时候，
　　　　　　　　好像那雪崩飞滚万丈。
　　　　　　　　啊，亲爱的战友，
　　　　　　　　我再不能看到你，
　　　　　　　　雄伟的身影和蔼的脸庞；
　　　　　　　　啊，亲爱的战友，
　　　　　　　　你也再不能听我弹琴，
　　　　　　　　听我歌唱……

　　川藏线上的每一位官兵，都会唱这首动情而又忧伤的歌。每唱一次，他们都会为长眠在青藏高原的战友落泪。

15. 挂在树梢上的罐头盒

　　离易贡几十公里，有一个地方非常有名。有名，是因为那里有一个塌方群，几百米的路段，几乎每年都有五六个甚至十几个路人在那里遇难。因此处属川藏线102道班的管护范围，故名"102塌方区"。

　　那里是波密以东地区，是通往易贡的"生死之路"。易贡抢险期间，那里也在天天塌方。保证"生死之路"的畅通，就是保证易贡战斗的供给通道畅通。

去 102 塌方区的路上，你会发现在海拔四五千米的山道上，到处都有橄榄绿的身影。那是一群多么鲜活的生命啊！强烈的高原紫外线、凛冽的寒风在他们的耳朵、脸颊、嘴唇和手背上割开了一道道血口，他们的脸上无一例外地闪耀着"藏光"。初上高原，每一个人脸上都会脱三五层皮，然后就结出紫黑发亮的疤痕，他们把这种疤痕叫作藏光。

藏光，西藏的希望之光，多么富有内涵的名字啊！

在 102 塌方区，我看见路旁孤零零地矗立着一顶帐篷。帐篷有些发白，高原强烈的光线早已剥落了它原有的绿色，使它远远看去像一堆雪。山岩边有一棵古树，帐篷依树而搭。不远处就是塌方区，那里的山体像是被谁用刀纵向削去了一半，裸露出赤红色粗糙疏松的岩体。人站在帐篷外能隐约听见山石滚落的声音。帐篷后面是百丈深谷，探身俯瞰，帕隆藏布江汹涌东流，浪花飞溅。江边的沙滩上，散落着一台推土机的残骸和一些汽车的碎片。那些机械和车辆都是被塌方和泥石流推下山崖去的。

我弯腰走进帐篷，里面光线暗淡，空无一人，床上的被子叠放得整整齐齐。炉火上的高压锅噗噗地冒着热气。我闻到了饭香。帐篷的支架上挂着一块扇子大小的猪肉，肉下面已经被人用刀挖去了几块，留下方方正正的空缺，像是长城上面的垛口。凑近细看，发现猪肉上面有圆珠笔画出的方格。这些兵，吃肉也是线条加方块。

这时，帐篷帘一闪，进来一个泥猴似的兵。他见我正在看他们的杰作，便解释说，现在是抢险时期，为了首先保障一线官兵，他们的供给减少了，两个人半个月就这么几斤肉，得计划着吃。这是养护支队八中队的一个抢通点。这里有一个新兵，一个老兵，还有一台半老不新的推土机。走进来的是新兵。

新兵告诉我，遇到小的塌方，他们俩能独立完成抢通任务；遇到大的塌方和泥石流，就得跑回十几里外的中队去搬援兵。他去年才入伍，另一位老兵已经在川藏线上干了十多年了。正说着，老兵回来了。同样一身泥巴，同样黑黑的脸庞。老兵礼貌地对我笑笑，敬了个军礼，露出白白的牙齿。牙齿和他脸上的颜色形成了强烈的反差。

他们是回来吃午饭的。饭是一锅刚煮熟的稠稠的粥；菜是三样：一盘雪里蕻，一盘煮黄豆，还有一盘昨天剩的肉菜。我问他们为什么不吃干饭。老兵说吃干饭得炒菜，现在一来缺菜，二来抢险忙，没工夫，吃粥比较省事。

我心里一阵发酸。

老兵接着说，其实他们平时的伙食还是很不错的，只是最近遇到了抢险，路不好走，蔬菜一时供应不上来，等渡过这个难关就好了。

我知道他们不愿意在我面前说自己苦。川藏线上的战友们都是这样：积极、乐观、向上。他们从不向人诉苦，尽管他们的生活十分艰苦。我想给他们来个画饼充饥，问他们现在最想吃什么。新兵说他想吃清蒸鱼、辣子鸡、黄焖兔，还有四川泡菜。显然他是四川人。

我们的话题从吃说到了家乡。我问他们春节能不能回家，他们说绝大多数人都不能回家，得留在这里守护公路。新兵告诉我，老兵已经有三个春节没在家过了。我问他们在这里怎么过春节。老兵说，还不是老一套，全中队包饺子、看电视、唱歌、讲笑话。他们俩回不了中队，中队长每次都跑十几里山路给他们送饺子。虽然饺子早就冻成了冰疙瘩，但重新热热，吃起来照样香。

今年春节，中队长还特意给他们俩送来了一台收录机和一盒电池。头几天，他们俩天天听歌，一遍又一遍，百听不厌。后来电池电量不足了，歌听不成了，但听广播还是没问题的。可是，收录机渐渐收不到信号了，他们就把一根细铁丝从帐篷捅出去，沿着那棵古树攀缘而上，直到树梢，再在上面挂上几个空罐头盒，算是天线。这办法还真灵，收录机里终于传出了清晰的声音。可后来，有一天夜里刮起了大风，树枝折断了，天线也不见了，收录机只剩下了咝咝啦啦的声音……

他们讲了许多这样的日常小事，听得我一会儿热血沸腾，一会儿又鼻腔发酸。当然，他们讲得最多的还是自己的部队、战友和这条险象环生、朝夕相伴的公路。

他们说，102 塌方区是川藏线最难治理的病害区，连北京来的公路专家也拿它没办法。

去年 8 月的一次大塌方，半个山体都垮塌了下来，他们全中队修了几个月的新路基，眨眼就不见了。当时许多新兵都哭了，谁也没有心思吃饭。中队长劝劝这个，又劝劝那个，最后发火了，说："我命令你们吃，每人吃三大碗，吃完了上工地继续干，谁不吃我处分谁！"他们擦干眼泪又上了工地，从头干起。

老兵说，上个月他开着推土机正在作业，一块牛头大的石头从天而降，把推土机驾驶室的顶盖砸了一个大坑，险些把他砸死在里面。

新兵抢着说，去年冬天那次才危险呢，路上积了两米多厚的冰雪，老兵开着推土机在前面推，他跟在后面用铁铲子铲，眼看推土机甩屁股就要滑落山崖，他急忙脱下棉大衣塞在履带下，推土机才没有掉下去……

他们说，现在是施工最紧张的时候，他们必须每天 24 小时守护着这段路，出现险情就立即排除，要千方百计保证道路畅通，保证运往易贡灾区的物资安全通过。

离开了 102 塌方区，我才想起忘记问那两个兵的名字了。后来想想，不问也罢，在千里川藏线上，像他们这样的兵还有许许多多，他们的名字记也记不完，他们的故事写也写不尽。

16. 他们被洪水围困了三天三夜

"西藏易贡抢险一线，洪水高出川藏公路通麦大桥 26 米，一片汪洋把两名武警交通部队战士困在绝境……两天过去了，两名战士还没有获救……"

6 月 12 日早晨，当中央人民广播电台《新闻与报纸摘要》节目将这一消息传遍全国后，身处绝境的两名战士立即成了千万人心中的牵挂。

这两名战士是突击队员康建祖、薛代斌。6 月 10 日晚 9 点，对于易贡抢险现场的官兵来说，无疑是一个灾难；对于这两名战士来说，更是一场惊心动魄、终生难忘的生死劫难。

部队开渠引流工程已经在昨日完成，为防止洪水下泄时冲毁通麦大桥，部队在大桥西侧山坡上一溜儿停放了十多辆机械车，以便关键时刻抢险保通。这一带山高坡陡，荒无人烟，作为技术骨干的康建祖和薛代斌被留在山上，担负观察险情、守护机械的任务。

9点左右，因大坝土质松软，汹涌的洪水突然冲破导流明渠，飞泻而下。刹那间，铺天盖地的洪水裹挟着泥石，咆哮着冲出大坝，高达50米的巨浪以12万立方米每秒的流量冲垮了通麦大桥。康建祖、薛代斌猛然感到山崩地裂，一股气浪几乎掀倒帐篷，他们跑出帐篷一看，洪水已经到了跟前。

"赶快撤离！"

他们一边迅速往安全地带撤离，一边用对讲机向大部队报告险情。他们刚爬到半山腰，听到身后一阵咔嚓乱响，回头一看，发现洪峰卷着石头正在袭击停放在半山坡的机械设备，两台推土机和一台装载机即将被洪水淹没。他们又往回跑，想将机械设备开出险地。洪水将机械淹没了大半，已经无法发动。康建祖打破一台推土机的后窗玻璃，从那里爬进去；薛代斌找来一根铁棍，通过启动机直接打燃了发动机，他们开着推土机朝地势高处撤离。

第一台推土机被抢了出来，又一台推土机被抢了出来，一台电焊机也被他们抬到了安全地带。

洪水不停地上涨。他们无法将所有的机械设备带出危险地带，眼看着心爱的机械设备被恶魔似的洪水卷走了。帐篷没了，机械没了，一切都不复存在了。脚下的洪水逐渐升高，已是精疲力竭的小康和小薛挥泪向山顶转移……

因为抢救机械耽搁了撤离的时间，他们被洪水围住。对讲机信号全无，他们在一片汪洋中与大部队失去了联系。

消息传到了北京，武警部队司令员吴双战、政治委员徐永清立即做出重要批示，交通指挥部的将军们也下达了紧急营救命令——

"要不惜一切代价，全力营救两名被困战士！"

12套营救方案很快产生了。部队和地方的十几个小分队出发了，开始了长达三天三夜的绝地大营救行动。

孤寂的山顶上，长夜漫漫，寒气清骨，雨越下越大。白天的高原闷热难忍，夜晚的高原却冷得出奇。两名战士在一棵树下背靠背坐着，彼此取暖。但被雨水浇透了的冰冷的迷彩服紧裹着他们的身躯，使他们瑟瑟发抖。他们相互鼓励着：要坚持，一定要坚持！等到天亮了就好了。

可是天亮了，他们发现四周茫茫一片，脚下的山顶变成了一座小小的孤岛。他们看不见猎猎的军旗，看不见身着橄榄绿的战友。他们迷失了方向，毫无目的地轮流向四周喊话。他们喊呀喊，喊破了嗓子，也没有得到一声回音，身旁只有洪水的咆哮声和不知名的鸟儿惊慌的鸣叫声。他们怀疑自己被洪水赶到了另外一个世界。

雨过天晴，是毒蚊子和蚂蟥最活跃的时候。两名战士身上没有香烟，只得任凭它们轮番进攻。没过多久，迷彩服就血迹斑斑了。他们饿了，从挎包里取出仅有的半包压缩饼干，每人只能吃一小块。他们心里清楚，更加难熬的日子也许还在后面，必须有所准备。口渴了，四周是浑黄的洪水，附近又找不到水源。他们知道继续往上爬，就到了海拔4000米的雪线，那里肯定有雪。高原的雪是纯净的，可以用来解渴。他们艰难地向雪线爬去。

黑夜又来临了。和黑夜一起来临的除了饥饿、寒冷、蚂蟥，还有高原的黑熊和雪狼。两名战士想笼起一堆篝火，好驱赶黑暗、蚊虫和野兽。他们好不容易找来了一堆潮湿的树枝，可一摸身上，却没有火柴。他们只得用最原始的办法取火，两个人找来石头，从迷彩服上撕下一块布，垫在上面，开始用两块石头相互撞击。火花十分微弱，点不着布头。他们俩不死心，顽强地轮换着一下一下撞击石头。手磨破了，胳膊酸了，奇迹终于出现了，布头燃起了蓝色的小火苗。树枝被点燃了！火，帮他们驱赶了黑暗、蚊虫、野兽，也给他们带来了温暖，带来了生的希望。

正在苦苦寻找的战友们，看见了火光，终于找到了他们。西藏总队林芝支队和西藏军区某工兵团的营救小分队，兵分两路，迅速向两个战士靠近。

12日晚9点，林芝支队营救小分队攀悬崖、越急流、穿密林，经过一整天艰难跋涉，终于将康建祖、薛代斌从"孤岛"营救了出来。

抢险总指挥杨传堂副主席见到两名被营救出来的战士，眼睛湿润了。他紧紧地将两名战士拥在怀里，说："你们表现得很勇敢，我要为你们请功！"

事后，武警交通第一总队党委做出决定：给易贡抢险战斗中被洪水围困后保护机械、积极自救、最终战胜困难的战士康建祖、薛代斌各记二等功一次，并号召全体官兵向他们学习。

17. 金珠玛米亚古都

肆虐的洪水，淹没了两乡三场4000多名藏族同胞的家园。群众不得不露宿山头，喝雪水，吃糌粑，等待部队来救援。

部队一边组织兵力抢险，一边组织兵力救济群众。他们把救灾物资和官兵临时捐献的钱物，一批批地送到了藏族同胞的手中。

据不完全统计，仅参加抢险的交通部队官兵，就为灾区人民捐款9万余元，大米4万多公斤，面粉2万多公斤，食盐3500公斤，茶叶500公斤，解放鞋500多双，衣物600余件，孩子们的学习用品800余件……

80多岁的孤寡老人索朗群布，用颤抖的双手接过战士递给的衣物和现金，她怎么也不敢相信眼前的事实。距离灾难发生仅仅过了十几个小时，亲人金珠玛米就把救灾物资送到了她的手中。

我见到老人时，她叽里咕噜冲我说了一大堆，由于都是藏话，我没有听懂。通过旁边的一位小学老师翻译，我才知道老人是在说西藏解放前的一场雪灾。那场大雪整整下了半个月，他们的村子被大雪封堵了，和外界失去了联系。他们在雪地里苦苦挣扎了两个月，许多乡亲都被冻死、饿死了，她的丈夫和两个儿子就是在那场大雪中被活活冻死的。

80 多岁的孤寡老人索朗群布，转动着手里的转经筒，一个劲地说："金珠玛米亚古都！"

老人转动着手里的转经筒，一个劲地说："金珠玛米亚古都！"

这句话我听懂了，意思是解放军好。

养护支队政委汪海早上起来，找不到自己的迷彩服，问公务员："我的衣服呢？"

公务员找出一身马裤呢常服。

汪海说："怎么能穿马裤呢常服上工地呢？"

养护支队早就有规定，所有的干部在施工一线，尤其是抢险期间，不能穿笔挺的马裤呢常服，必须和战士们一样穿迷彩服，为的是和战士们同吃、同住、同劳动。

公务员说："昨天晚上，你不是让我把你的最后一套迷彩服捐献给灾区群众了吗？"

汪政委恍然大悟，这段时间一直处在抢险的激烈战斗中，精神十分紧张，也十分疲劳，他已经将这茬给忘了。他只好违反自己制定的规定，穿上马裤呢常服上了抢险工地。半道上，几个战士抬着一副担架从他面前匆匆跑过。

他连忙上前问："怎么回事？"

一个战士说："我们在半山腰发现了这个人，他连冻带饿已经昏迷了，我们准备送到卫生队去抢救。"

汪海看见担架上奄奄一息的藏族汉子，身上只穿着一件衬衣，当即脱下自己身上的上衣，盖在他的身上，对战士说："赶快走吧，一定要救活他！"

汪海只穿着一件制式衬衣便上了工地，同行的战友说："政委，你这样穿不太符合军容吧？"

汪海说："哪里顾得了这些！"

整个抢险营救过程中，除部队牺牲了4名战士外，4000多名群众没有一个人被冻死、饿死、淹死。

灾区100多名藏族孩子的校舍被洪水淹没了，琅琅的读书声消失了。参谋长王志亭和抢险的官兵们看着孩子们一双双期盼的眼睛，心急如焚。王参谋长根据抢险现场的有限条件，做出决定：用帐篷作教室，用被洪水冲下来的树木赶制课桌板凳，尽快让灾区的孩子读上书。

官兵们白天在工地上抢险施工，晚上拖着疲惫的身子回来为孩子们做课桌、打木桩、绑支架、搭篷布。经过十多天的挑灯夜战，做好了30张课桌，30条长凳，5块黑板，泥石流灾区的帐篷小学终于建起来了。

5月26日，100多名藏族孩子在老师的带领下，走进这所奇特的帐篷小学，他们激动地唱起了歌，跳起了舞。歌声，是那么的悦耳；舞姿，是那么的飞扬……

第五章　怒八，怒八

2000 年 8 月 14 日，我与人民日报社主任记者陈晓钟，从北京乘机抵达成都，然后与武警交通第一总队新闻干事郝亚明一起飞抵川藏线腹地邦达。从那里开始，我们将对川藏线沿线交通部队进行一次全方位的采访。

可谁知道，我们在那里却遭遇了怒八段（怒江大桥至八宿县路段）有记载以来最大的一次塌方，几乎命丧川藏线。

18. 死神触摸了我们的额头

我们一行三人，乘坐波音 757 客机飞往邦达。

坐飞机去邦达有些麻烦。由于高原气候的原因，航班正点起飞、降落的情况不常见，延误或者取消航班的情况倒很常见。有时飞机三五天甚至一个礼拜也不一定能降落在邦达机场。武警西藏总队第三支队支队长刘柏苍的妻子带着孩子去部队驻地探亲，飞机飞了一个礼拜也没能降落，只好改坐汽车，经过千辛万苦到达部队时假期却快结束了，她们住了几天又急忙往回返，结果还是耽搁了孩子的上学报到。

我们这次很顺利，从来没有过的顺利。飞机按时起飞了。

原本可以乘坐 200 人的飞机，只在机舱中间位置坐了 80 多个人。据说是为了安全。从成都到邦达坐飞机只要一个小时。飞机起飞不久，就可以从机舱的窗户看到下面绵延的雪山以及鸡肠似的川藏公路。公路时隐时现，蜿蜒在冰山雪谷之间，看上去是那样的纤细和不堪一击。但它自 20 世纪 50 年代建成后，一直在西南边陲默默地发挥着巨大的国防和经济作用。俯瞰这条路，我不由得心潮澎湃，思绪万千。

据统计，通车 50 年间，有 2500 多名官兵为了这条"天路"的畅通，付出了生命的代价，平均每公里就掩埋着一位官兵的忠骨。这哪里是路哟，分明是用生命铸成的丰碑！

飞机仿佛缺氧似的颠簸了几下，摇摇晃晃地降落在"世界上气候最恶劣"的邦达机场。我们走出机舱，放眼望去，山上白雪皑皑，一股寒气扑面而来。接着就感到头晕，脚下轻飘飘的，一时找不到踩在土地上的感觉。我和郝亚明毕竟是老高原了，走上一段路就好了。从没上过高原的陈晓钟记者反应极大，他的脸一下就青了，嘴唇也紫了。陈记者毕竟50岁了，高原反应当然是免不了的。作为人民日报社的一位资深记者，他能到川藏线上来，就已经很了不起了。

老陈说："我感觉头疼。"

我说："头疼就对了。你不是要体验高原反应吗？这就是！"

老陈说："反应这么大，我走路都打晃，你们的官兵怎么施工？"

我说："他们已经习惯了。"

三支队的驾驶员小苏开车来机场接我们。我们刚准备走，一个脚穿松糕鞋、打扮时髦的年轻姑娘向我们走来。

她问我："你们是三支队的吧？"

我说："你怎么知道？"

她说："我认识车牌子。我是三支队一个志愿兵的家属，能不能捎上我？"

一听说是部队家属，我们赶忙让她上了车。姑娘很年轻，很兴奋，话也很多。第一次上高原的人开始都这样。她说她家在江油，离三支队基地不远，前年冬天别人介绍她和她爱人认识，今年3月部队上山前才结的婚，蜜月没度完丈夫就走了。她几次写信要上来看他，他都不同意，说上面经常塌方，还会引发高原反应，很危险。

姑娘说："我才不管那么多呢，没给他打招呼就上来了。他还用高原反应吓唬我呢，我上来了，这不好好的吗？一点感觉也没有！"

这话说完不久，她的脸色开始发白，叫司机停车，说想吐。小苏将车停在路边。姑娘蹲在路边吐了半天。吐完后，看到邦达草原上到处盛开的艳丽的格桑花，她又来了精神。

她看着我手里的照相机说："你能不能给我照张相？我要拿回去给我的姐妹看，这地方太美了！"

用胸膛行走西藏

　　我满足了她的要求。两个多小时后，我们翻过了川藏线上有名的海拔4618米的业拉山（怒江山）。业拉山山顶上，有养护部队竖立的标语牌，还有藏族群众悬挂的五色经幡。走过九十九道回头弯，便进入了嘎玛沟。

　　在工地上，我们找到了江油姑娘的新婚丈夫。姑娘一看见浑身尘土的丈夫，跳下车就向他跑过去，顾不了有那么多人看着，一下子就搂住了那个正在发愣的战士，战士的泪水唰唰地流了下来。我用相机抓拍了这个感人的镜头。可惜，那卷胶卷和采访本在几天后翻越大塌方区域时遗失了。姑娘和她丈夫的名字我当时记在采访本上，现在已经想不起来了。

　　我们继续前行，计划在天黑前赶到八宿县，三支队川藏线指挥机关就设在那里。从嘎玛沟到八宿县，公路绕来绕去一直往下，好像要一直延伸到地狱，路的一边是波涛翻滚的怒江。这就是绵延百里的川藏线怒江大峡谷。

　　我们的车子行驶在怒江的右岸，等过了前方的怒江大桥，驶入了怒八段，公路就会被甩到左岸。怒八段是川藏线上典型的塌方多发地段，几乎年年都有大小不同的塌方发生。但愿今天老天开眼，平平安安。

　　部队刚刚改建过怒八段40多公里的公路，但由于地质条件极差，路几乎是从疏松的山崖上凿出来的，很窄，而且头顶上经常有石头滚落，行车十分危险。提起怒八段，我有说不完的话题。

　　三支队政委李生荣的妻子王桂英，见丈夫一年没回家，就带着儿子上高原寻夫。经过怒八段时，她吓得脸色苍白，一句话也不敢说，双手紧紧地抓住丈夫的胳膊，浑身不住地颤抖。他们过去不久，怒八段就塌方了，王桂英和儿子李非被堵在了八宿县。儿子开学的时间到了，不能不回成都，可塌方路段还没有抢通。李生荣只有跋山涉水，绕过塌方地段，步行40多公里，将母子俩送出怒八段。在这段路上，儿子李非穿坏了一双爸爸的新黄胶鞋。王桂英一回到成都，就对其他军嫂说："他们在上面太苦了，那里简直就是地狱。等他们回来了，我

　　业拉山山顶上，有养护部队竖立的标语牌，还有藏族群众悬挂的
五色经幡

们要对他们好些，不能再埋怨他们不顾家了。"

1997年9月22日，三支队一中队的黄新忠、张志宏、李炳岑三名战士在怒八段执行运输任务时，不慎翻车，三人不幸牺牲。黄新忠结婚不久就返回了川藏线，这是他与妻子的第一次分别，也是永别。他牺牲时，妻子已经有了三个月身孕。张志宏，19岁，他给父母的信中说，还有两个月就可以回家探亲了。可是，这两个月却成了没有尽头的时光。李炳岑，20岁，弥留之际，他对战友只说了一句话："这路太险了，一定要把它整治好，让它安全畅通。"这三位年轻的战士把自己的生命融进了川藏线，融进了苍茫的雪域高原。

三位战士牺牲后，一连三天老天都下着细雨，像是为他们送行。灵堂设在简陋的八宿县医院，藏族群众从四面八方拥来，自发地为烈士守灵，劝也劝不走。三天三夜里，守灵的群众走了一批又来一批，络绎不绝。开追悼会那天，县委书记来了，县长来了。八宿县城万人空巷，几乎所有的人都聚集到县医院。原计划悼词是由政委李生荣念的，可追悼会还没开始，他已被悲凄的场面感染得难以自制，只好临时换了一位副支队长。这位副支队长一向很坚强，可那天他三次哽咽，中断致辞。

送葬的时候，雨突然大了起来。群众冒着大雨，放着自己买来的鞭炮，紧跟在灵车后面，一路走，一路放。张志宏、李炳岑生前照顾过的一位孤寡老人走了两天的山路才赶到县城。他来晚了，等他买了鞭炮和烧纸，跌跌撞撞跑到墓地，三位烈士已经下葬，老人面对三座新坟，长跪不起，泪流满面……

离怒八段越来越近，我的心情也越来越沉重。陈记者问我在想什么，我没有告诉他以前怒八段上发生过的事情，怕给他增加心理压力。我给他讲述了怒江桥头"征服山"上那幅保存了50年的岩画的故事——

当年解放军修筑怒江大桥时，有个技术员晚上独自去查看刚刚浇筑还没有凝固的桥墩，脚下一滑跌进了混凝土泥浆，他想呼喊，嘴里却灌满了泥浆。他拼命地挣扎，却越陷越深，泥浆很快就没过了他的头顶。战友们第二天发现他时，他已经和桥墩凝固在了一起，只露出一只僵硬的手，直直地伸向天空。直到现在，那个技术员还站在桥墩里。后来，桥修好了，一个排的战士都牺牲了，只剩下了排长。排长悲痛欲绝，纵身跳进了滚滚的怒江，去追寻他那些日夜相伴的战友了……为了纪念这些川藏线第一代筑路官兵，后来的筑路官兵在岩石上刻了一幅《排长跳江图》。几十年过去了，那幅岩画经受了无数的风吹雨淋，也没有被侵蚀，至今还完好无损，栩栩如生。

陈记者心情沉重地说："这幅岩画，是一段凝固的历史啊！到了怒江桥桥头，你一定要指给我看看。"

大约还有一两公里就到怒江桥桥头了，天突然下起了小雨。我奇怪路上怎么不见开过来的汽车。细雨中，一个姑娘从路的另一头朝我们奔来，她的红上衣在灰蒙蒙的色调里特别显眼。看见了我们的车，她直挥手，示意我们停下来。车停在她的身边。

她气喘吁吁地说："前面塌方了，过不去了……"

我抬眼望去，只见怒江桥那边尘土飞扬，天空一片灰暗。

真的塌方了！又是怒八段！

我问姑娘塌方的情况，她也说不清到底有多严重，只说一辆过路车失踪了，车上还有三个人，可能被泥石流冲到江里去了。

姑娘已经被雨淋湿了，她说如果碰不到我们，她就准备这样一直走回丈夫所在的中队去。这里离嘎玛沟还有四五十公里路，她居然要走回去！我们急忙让她上了车，说等我们到前面了解了塌方的情况，再将她送回嘎玛沟去。我们来到怒江桥桥头，那里已经堵了十几辆车，前面的塌方还在继续，能清楚地听到轰隆轰隆的声音。尽管下着雨，但还是能看到浓浓的烟尘从前面翻卷过来，能闻到呛人的土腥味。

好险哪，仅仅只差一两公里路！要不是我们在路上为穿松糕鞋的那个姑娘照了几张相，也许我们和失踪的那三个过路人一样，刚好就走进塌方路段……

死神已经触摸了我们的额头！

了解了塌方路段的初步情况，我们赶忙往回返。

路上，姑娘说她也当过兵，在陆军的一个通信营，去年才复员回到四川江油。她上来是和四中队的一个排长结婚的。她已经被报考的一所院校录取了，可是报到的时间快到了，回去的路却断了，又买不到邦达到成都的机票。刚才她搭一辆过路车，准备去八宿县给学校打电话报到，结果刚过了怒江桥就遇到塌方了，差一点就没命了。

返回嘎玛沟，我们将怒八段塌方的消息上报部队。这时，嘎玛沟的部队也刚刚接到了支队前进指挥所的命令，正在准备派小分队前往怒八塌方地段，寻找失踪人员。

战士们寻找了三天，也没有找到那三个失踪的人。他们成了这次塌方中最先死去的人。

据技术人员对塌方现场初步勘测，怒八段公路对面的半边山体发生坍塌，冷曲河被拦腰斩断，河水猛涨，漫上峡谷，形成了一个长三公里的狭长的堰塞湖，六公里路段被毁。

官兵们无意中发现，该段公路在 1998 年 8 月 13 日也曾经发生过类似的大塌方，与这次塌方的时间仅差一天。那次塌方，经过三支队官兵 40 多天的抢通，才恢复了通车。这次塌方比上一次的情况还要严重。由于后期小塌方仍在继续，塌方的规模暂时还无法估量。

川藏线上，抢通战斗又一次拉开了序幕。

19. 生命，停留在 18 岁

前面塌方了，我们不得不住在嘎玛沟三支队施工中队里。中队部分官兵已经到塌方现场寻找失踪人员去了。由于塌方还在继续，部队无法进入现场抢险，只能待在嘎玛沟待命。

部队吃的水，是用一根塑料管子从海拔四五千米的山顶引下来的雪水。新兵刚上来，一吃雪水就拉肚子。

说起新兵，我想起了今年入伍的一个名叫曾钰的新兵。

曾钰所在的中队就在嘎玛沟。曾钰3月17日上的川藏线，4月18日就牺牲在了嘎玛沟的施工工地上。当时大约是下午3点，他和战友们正施工，突然头顶上的山石塌了下来，他当场被砸得血肉模糊，停止了呼吸。他的生命永远停留在了18岁。

三支队副政委李新国后来回忆说：曾钰是个好兵，在新兵连就表现突出，被评为优秀士兵。他多才多艺，爱打球，能说会道，是中队的文艺骨干。就在他牺牲的前一天晚上，他和几个新兵还在中队举办的文艺晚会上给战友们表演了"三句半"。曾钰出事那天，李新国正在距离不远的另一个工地指挥施工，小车驾驶员田明福跑来报告说，三中队工地塌方了，他急忙朝出事地点跑。赶到出事地点，看见曾钰躺在血泊中，脸上盖着一件迷彩服，指导员黄宏伟脸色煞白，傻了一样站在一边。李新国大吼一声："还不赶快抬下去抢救?!"黄宏伟痛苦地摇着头，泪水摇落了一地。他掀开迷彩服一看，惊呆了：曾钰的半个脑袋和身子被石头砸扁了，像一本书贴在血染的土地上。整理遗体时，军医赵亚军不得不用针线将曾钰的肢体连缀在一起……

夜里，我在三中队见到了和曾钰一起入伍的新兵周先智，他和曾钰在一个排。他们俩在一个木板房的通铺上睡觉，一张桌子上吃饭。

他说："当时我正在车上装石头，曾钰在车下搬石头，听到山石塌下来，我大叫一声：曾钰，快跑！我跳下车抱着头躲到车底。等尘土散尽，我连着叫了几声曾钰，没有回应。我跑过去一看，他已经倒在地上，身上压着一块好大的石头，地上好多血……"

周先智泪流满面，说不下去了。

过了好一会儿，他才继续说："我和曾钰是一个乡的，上学的时候，我们经常在一起打篮球。他个子高，跑得快，人也长得帅，同学们都喜欢看他打球。刚上高原时，我们反应很大，施工又很苦，我经常头疼，吃不下饭，曾钰就安慰我说，我们既然来了就得干出个样子来，不能给父母丢脸……

"他走后，我每次吃饭，都不自觉地要看一眼以前他常坐的那个凳子，凳子上空空的，没有他，我就想哭。我有时想他想得心里特别难受，就一个人躲到河边去哭，越哭越伤心。我站的地方正是我们俩以前经常谈心的地方。他总是很乐观，对前途充满信心，很有理想。他说，对一个人来说，苦难是一笔难得的财富，他庆幸上了川藏线。他喜欢川藏线，喜欢西藏。他还写过一篇文章……"

这篇文章，是曾钰上川藏线后写的，他牺牲前就寄给了我们指挥部政治部主办的内部小报。可惜由于路途遥远，我们收到的时候他已经牺牲了。我们以最快的速度编发了这篇文章，还配了编者按，并在曾钰的名字上加了黑框。这篇文章的标题是《为了美丽而战斗》，全文如下：

为了美丽而战斗

西藏，是世界上最美、最神秘的地方，她让我日夜牵挂，激情荡漾。在家的时候我就常想，如果有一天我能走上西藏，那该多好啊！

可是，当我身着橄榄绿，以一个武警筑路兵的身份踏上了这块土地，却发现它与我心中想象的并不一样。这里的山，确实很高很大，一眼望不到头，但山上却没有参天的古木，只有厚厚的积雪和各种奇形怪状的石头，还有一只只在我们面前肆无忌惮地飞翔的苍鹰。看到这一切，我感到苍凉。我没有看到巍峨的米堆冰川、雄壮的喜马拉雅山；没有看到雅鲁藏布江，还有神奇的布达拉宫。我看到的只是设施简陋的部队驻地和路况极差的川藏公路。这里到处都是自然灾害，每时每刻都有生命危险，车辆来往十分不便。看到这些，我的内心非常沉重。它让我更加坚定了扎根高原、建设西藏的决心。我要为祖国的国防事业和西藏的繁荣发展尽自己最大的努力，我要无愧于这身橄榄绿……

中队周围环境虽然很荒凉，但并没有使我心里感到荒凉，因为中队的干部和老兵给了我春天般的温暖。我们3月27日到达工地后，中队领导问寒问暖，还有排长、班长的关心和呵护，他们对我们像亲兄弟一样。备料炸石头，班长总是走在前面，还经常告诫我们要戴好安全帽，提醒我们：注意！小心！靠后站！当我们看见老兵们流血的手和黑紫的脸，怎能不像他们一样拼命干活呢？现在，如果有人问我：来高原后悔不后悔？我会毫不犹豫地回答：不，决不后悔！因为祖国需要我们，西藏需要我们，川藏线需要我们！作为一名武警交通战士，维护川藏线畅通是我们的神圣职责！

心里有了神圣的职责，我不再觉得这里荒凉了，我觉得这里越来越美丽。西藏，我已经从心底爱上了你。不仅仅是因为你美丽，更重要的是，有我许许多多的战友在为你的明天更加美丽而战斗！

20. 嘎玛沟只有星星，没有月亮

嘎玛沟，意思是星星沟。指的是这沟很深很窄，白天看不见太阳，夜里看不见月亮，只能看见星星。嘎玛沟，星星沟，这名字听起来多有诗意！

但生活在这里的官兵却找不到诗意的感觉，他们体验到的只有艰苦、艰险和生死劫难。

三个施工中队相隔两三公里，沿公路排列在半山腰上。施工中队来到这里已经快一年了，正在改建这段破烂不堪的公路。常言说，"铁打的营盘流水的兵"。但对于武警交通部队的官兵来说，正好相反，是"流水的营盘铁打的兵"。他们要不断地搬家，哪里需要修路

用胸膛行走西藏

了，他们就搬到哪里。路修好了，他们又会搬到一个没有路的地方去。他们像候鸟一样没有一个固定的家，总是搬来搬去，甚至还不如候鸟。候鸟还有歇息的时候，他们却要不停地搬迁，因为路在不停地向前延伸。

嘎玛沟的施工部队像川藏线上的大多数筑路部队一样，住的是帐篷或者简易木板房，为的是便于搬迁。帐篷冬冷夏热，木板房四面透风，隔壁说话这边全听得见。部队最发愁的是家属来队。官兵们回不了家，若再不允许家属来探亲，就未免太不人道了。能大着胆子走上高原的女人，是了不起的女人。她们也不在乎住房条件差，只要能和丈夫待上那么几天也就心满意足了。

晚上休息的时候，我们被黄指导员"赶"到下面的一个中队去了，理由是黄指导员所在中队驻地海拔太高，怕我们夜里睡不着。为了上了年纪的陈记者，我只好同意了。

我们到达下面那个中队的时候，已经快夜里 11 点了，指导员和队部里的几个干部还没有吃饭。他们刚刚从塌方现场回来，说没有找到要找的几个人，明天还得继续找。

指导员的妻子来队了，为他们包的饺子，刚刚出锅。这是一个漂亮的女人，她热情地邀请我们一起吃。我吃了几个，觉得不好吃，不想再吃了。原来中队没有了蔬菜，饺子馅是用土豆和一些剩菜叶做的。女人招呼刚刚回来的战士也来吃饺子，结果一个人只吃了两三个，盘子就见了底。

她对战士们说："你们爱吃，嫂子明天再给你们包。"

指导员夫妻俩给我的印象是：恩爱、和谐、幸福。但夜里指导员悄悄给我讲述了他们的故事，让我觉得十分心酸。

指导员说，他最害怕家属来队，每年到了该下山探亲的时候，他就感到十分为难。他爱他的妻子，爱她胜过爱自己，可他又怕见到她。每一次夫妻相聚他都十分自卑、懊恼和不安。他觉得对不住妻子。原因是，三年前，他在指挥施工中从挡墙上掉了下来，下身被石

66

头碰伤了。尽管他们还能勉强过夫妻生活，但对他来说却是一种痛苦。开始，他把这种痛苦埋在心里，没有告诉妻子。后来痛苦不断加剧，他实在受不了，就告诉了妻子。妻子没有埋怨他，搂着他哭了，说："你怎么不早说呢?"他说："我们夫妻一年才见一次面，我不想委屈你。"妻子说："你呀，可真傻……"从此，每次休假，妻子都要陪他到各地去求医。现在虽说伤情有所好转，但还没有彻底康复。他们夫妻还有很长一段路要走。

川藏线上的筑路官兵们经历了许许多多看得见的灾难和痛苦，也有许许多多外人看不见的难以给人言及的痛苦。我和这个指导员见过几面，有些交情，所以他才将他的难言之隐悄悄告诉了我。可谁又能知道，川藏线上还有多少这样不为人知的心酸故事?

这是他们夫妻的隐私，我本不应该写在这里，但我还是忍不住写了。请允许我在文中隐去这个中队的番号和这位指导员的姓名。我只能用这种方式对他们夫妻表示尊重和歉意。

21. 翻越塌方区

这次塌方，规模之大、范围之广，实属罕见。

塌方再次惊动中共中央、国务院和西藏自治区政府。国务院总理温家宝做了重要批示，责成国家有关部委与西藏自治区组成抢险指挥领导小组，亲临一线踏勘灾情，制定抢通方案，指挥协调抢险战斗。

险情发生后，在嘎玛沟和八宿县一带施工的武警交通第三支队、养护支队立即出动，疏散两头被堵的数百辆过往车辆和上千名险区群众。同时，养护支队在八宿县城和邦达兵站张贴告示，设置临时路障，禁止群众进入塌方危险区域。部队技术人员冒着生命危险进入现场，踏勘灾情，为抢险战斗的展开做准备。三支队官兵迅速出击，在抢险地段搭起帐篷，调集机械和物资，开始了前期抢通战斗。只两天工夫，三支队就挖出便道 200 米，牵引便道 80 米，修筑铁丝笼基础50 米。

8 月 20 日，西藏自治区副主席加保和西藏交通厅副厅长杨文银以及武警交通第一总队副总队长许遵传赶到塌方现场，同技术专家组一起研究制定了抢通方案：河道疏通沿原路抢修；提高线位，新开路基；炸开堵河堆积物，将"湖"水排出……

抢险指挥部规定：9月22日，为抢通的最后期限。

也就是说，三支队官兵们要在一个月内，在上有塌方、泥石流时常发生，下有急水浊流的陡峭山崖上开凿出一条4.5米宽、6公里长的简易公路。

受领任务后，许遵传一夜没合眼，一直在帐篷里和参谋们研究抢通具体方案。这位20世纪70年代初走上高原的老兵，深知这又是一次与大自然的殊死较量。

第二天，三支队一线官兵被迅速编成两个突击队，分别从塌方区的上游和下游开始抢通。

8月24日，我们随武警交通第一总队抢险领导小组，徒步从山上翻过塌方区，到八宿县那边去了解抢通情况。这是一次死亡之旅。

一路上，小的塌方不断发生，我们不得不走走停停，左躲右闪，浑身沾满了泥浆。随专家组上来的摄影干事张晔和陆钰，肩扛摄像机，跋山涉水，行动困难。陆钰刚从北京广播学院毕业，这是第一次上高原。在经过一处泥石流地段时，他脚下一滑，从十几米高的山坡上滚了下去。所有人都惊叫起来，想，这下完了！可幸运的是，陆钰只是手脚擦破了皮，并没有危及生命。在他掉下去的时候，一直用身体护着摄像机，机器竟没有一点损伤。大家虚惊一场！

摄像机就是陆钰的枪。关键时候，他宁愿自己受伤，也要保护他的枪。一个刚入伍不久的大学生，能有如此高的觉悟，让我很感动。

中午时分，我们经过三个小时的艰难跋涉，才到达山顶。前面至少还有一多半路程要走。此时的我们，已经精疲力竭，迷彩服完全被汗水打湿，鞋里灌满了泥浆，四肢一点力气也没有了，只想躺在水里泥里歇上一会儿。可是不行，泥石流随时都有可能发生，停下来就有生命危险。这时，我们真正体验到了高原筑路官兵的艰辛。我们空手走路都这么艰难，他们在抢通过程中还要身背几十公斤甚至上百公斤的物资，那艰辛就可想而知了。

许遵传副总队长告诉我，每次遇到大的自然灾害，道路中断，部队的施工物资和生活物资的运输就得靠战士们身背肩扛，翻山越岭。他说，他在三支队当支队长的时候，部队就经历过一次160天的与世隔绝的严峻考验。

他说，当时部队在川藏线中坝段担负整治任务。一场大雨接连下了一个多月，道路多处中断，部队被堵在了中间。官兵们一边抢通道路，一边生产自救，其间，所有的物资都由官兵们一袋袋背到一线工地。二中队地处然乌沟，营区两头的路被洪水冲刷得无踪无影，90%的新建工程被洪水吞没。中队迅速组成三个突击队冲上公路，战士们咕嘟咕嘟喝了几口酒，跃入齐腰深的刺骨洪水中，打木桩、扎木笼、夯路基，个个被冻得嘴唇发紫脸发乌，胸前背后被树枝、山石划出一道道血口子。他们每天至少要在工地奋战15个小时，饭都是炊事员送到工地的。一个月下来，大米、面粉、蔬菜等食物吃完了，就连最易存放的海带、干菜、土豆也所剩无几。施工用的水泥、油料等物资更是供不应求。路不通，运输供给跟不上，怎么办？背！身背肩扛也要闯过这一关！官兵们来回跋涉几十公里，硬是用钢铁般的脊梁将生活物资和施工物资一袋袋背到工地，维持着自己的生命，也维护着这条生命之路。

工地成了孤岛，官兵们几个月没有见到一点肉了，大多时候以盐水泡饭维持生命。后来，部队从扎木兵站背来了20世纪50年代储备的战备压缩菜。这些菜比官兵们的年龄都大，塞进嘴里跟嚼木头似的。就连这样的菜，也从一天三顿减为两顿、一顿。情急之下，支队调用一辆冷藏车装载四吨大肉，从青海格尔木经由拉萨千里迢迢运入川藏线，可途中遇到了塌方，冷藏车在半道滞留了七八天。负责运送的战士步行100公里到支队报告，支队立即组织官兵前往搬运，将四吨大肉一扇一扇背过来，再一扇一扇送到各中队。等这批大肉经历千辛万苦，送到官兵们嘴里，已经是半个月后了，肉已严重变味……

我们咬着牙，迈着沉重的双腿继续前行。

上山容易，下山难。山上到处是泥石流冲下的泥浆，很滑。为了在下山的时候不至于滑下悬崖和深谷，我们在树上拴一根长绳子抓着走。找不到树的时候，几个人就用手拽着绳子，让其他人一个一个抓着绳子往下溜。有人下到了半截，看见脚下翻滚的江水直发晕，加之力气差不多已经耗尽，手没抓牢，顺着绳子溜了下去。幸亏被下面的战友抓住，才没酿成悲剧，但双手早已血迹斑斑……

我们行走在塌方区，不时能听到巨石坠落的回声，还有山体坍塌和泥石流奔涌的声音。头顶经常有秃鹫在盘旋，发出几声凄厉苍凉的怪叫，似乎在提醒我们：这里是死亡之谷。

黄昏时分，当我们出现在上游抢险工地的时候，在那里指挥抢险的三支队政委黄尧祥惊讶地说："你们是从天上掉下来的?!"

黄尧祥已经十多天没有好好睡觉了，他的眼睛里布满了血丝。握手的时候，我才发现他手里拄着的不是铁锹，而是一根树枝。一问才知道，几天前他在工地上指挥施工时，脚被一块石头砸伤了。这几天，他一直拄着这根树枝，忙碌在抢通一线。

黄尧祥向许副总队长报告说："任务已经完成了一半，施工进展还算顺利，只是偶尔有人受伤……"

22. 丈夫在她面前永远消失了

8月18日这天，对于董杰的妻子杨开云来说，是一生中最悲痛、最悲惨的日子。

董杰是三支队装备股副营职助理员，当时在六中队代职蹲点。抢险战斗中，他负责突击队的机械管理和油料供应。董杰已经好长时间没有下山了，杨开云只好带着儿子董春山上来找他。他们母子是跟王立波的妻子王小宁一起上川藏线的。王小宁是为死去十年的丈夫来扫墓的，杨开云是来看望丈夫的。她从王小宁身上看到了做军人妻子的所有艰难和痛苦，对王小宁给予了极大的同情和安慰。她想，作为女人，她比王小宁幸运得多。丈夫尽管很少回家，但他毕竟好好地活着，可王小宁的丈夫……

儿子董春山出生时正好是春天，丈夫远在川藏线的雪山上，杨开云思念丈夫，就给儿子起了"春山"这个名字。

一家三口一年难得团聚一次，他们母子千辛万苦来到山上，却碰上了部队抢险。董杰整天在一线忙碌，连回来吃饭的时间也没有，经常是到了半夜才疲惫地回到屋里，洗也懒得洗，倒头就呼呼睡着了。第二天天不亮又上了工地。杨开云来部队半个月，跟自己的丈夫难得说上几句话。

部队都去抢险了，只有她和儿子守着空空荡荡的营房。在家独守空房，来到了部队还是独守空房。杨开云心里很不是滋味。

18日凌晨，董杰起来准备往外走。

杨开云问："这么早，你去干啥？"

董杰说："油料没了，我得带车到波密去拉运，今天晚上就回来了。"

杨开云不放心地说："路上千万要小心……"

丈夫踏着晨曦走了。这一走他就再也没有回来。

中午时分，杨开云得到消息：丈夫董杰在拉运油料的途中，由于下雨路滑，汽车跌进了悬崖下的江里……

部队派出了营救小分队，沿江寻找了三天，把下游几十公里的河道找了个遍，也没有找到董杰的影子。八宿县的上百名群众也自发加入了寻找董杰的队伍。人们打着手电筒，举着火把，沿江呼喊着董杰的名字。可是除了咆哮的江水，什么也没有。为了寻找董杰，八宿县城所有商店里的手电筒电池都被人们买光了……

本来是鹊桥会，却人去屋空，成了生死诀别。杨开云是来看望丈夫的，没想到却成了为丈夫送葬。她痛不欲生，跪倒在江边，呼唤着丈夫："你早上出门时还好好的，怎么说走就走了啊……你不能撇下我们娘儿俩不管呀……"

就在头天晚上，丈夫还对她说，这几年没有照顾好他们母子，等有一天他转业回去了，好好补偿对他们母子的亏欠。可是现在，丈夫的诺言永远也不能实现了。董杰才32岁，正是风华正茂的年龄，就带着对妻子的愧疚和遗憾，消失在妻子的面前……

部队寻找了十多日，也没有找到董杰的尸骨，确定他已经牺牲，就在雪山下为他造了一个衣冠冢。掩埋了"丈夫"，孩子开学的时间已经过了，杨开云不得不下山，可是路还没有抢通。丈夫的战友用了整整两天时间，翻山越岭将他们母子送出了塌方地段，送上了邦达飞往成都的飞机。

登上飞机舷梯的那一刻，杨开云茫然回望茫茫雪域，对身边的儿子董春山说："儿子，你记住那座雪山了吗？等你长大了，别忘了给爸爸来上坟……"

23. 泥石流卷走了梁明伟和推土机

26 日，部队正在塌方区抢险。

我们在一线官兵们喘息喝水间隙，采访了他们。

一脸疲惫的上游突击队副队长温广元上尉说："我们是 8 月 17 日凌晨正式进点的，官兵们已经连续抢险十天了，一直没有休息。你看到了，现在塌方还时有发生，这里十分危险，你们最好不要在这里久留。"

我问他现在最大的困难是什么，他说："小的泥石流不断，河水时涨时落，有时候路基刚刚挖好，又被泥石流和河水冲没了，抢险难度很大。但是难度再大，我们也得把路基挖出来，保证按时完成任务！"

装载机手刘勇说，他每天都要面对十多次小塌方，飞石经常从他的头顶掠过，塌方掀起的灰尘呛得他喘不过气来，眼睛都睁不开……

在我采访的时候，摄影干事张晔无意中将镜头对准了一个推土机手。他就是我在上一章中提到的梁明伟。他从易贡抢险一线回来不久就参加了这次战斗。张晔拍摄梁明伟，并没有特别的意思，只是被他那一丝不苟的神态所吸引。

可是就在我们离开现场半个小时后，梁明伟连同他的推土机一起被泥石流卷走了……

下午 4 点左右，抢险现场突然发生了自 14 日以来的第二次特大塌方。随着一声巨大的轰塌声，工地上腾起弥天的烟尘，河水四溢，泥石流以排山倒海之势滚滚而来，巨大的气流冲击力将站在最前面的战士推倒。现场指挥员大声命令官兵赶快撤离。可是处在最危险地带的梁明伟，却不愿丢下自己心爱的推土机独自撤离，他固执地驾驶着机械向安全地带转移。由于烟尘弥漫，视线模糊，加之河岸被上涨的洪水浸软，推土机掉进了十几米深的河谷，梁明伟被泥石流卷走了……

我们赶到出事现场，塌方已经停止，战友们正在焦急地沿河寻找梁明伟。

梁明伟的师傅、机械工程师雷忠英含着泪用颤抖的声音给我们描述了当时的情景："我当时离梁明伟不远，听到轰隆一声，我看到一个蘑菇云，便叫他赶快撤。接着第二次塌方又来了，我被气流推倒在地，嘴里全是沙土。我大声喊叫：'不要管推土机了，赶快跳下来，撤！'可他没跳。塌方带来的蘑菇云又压了下来，我的眼前一片漆黑，什么也看不见了。我摸索着向前爬，想把梁明伟拉回来。可刚爬出两三米，就听到轰隆一声，我知道推土机掉河里了……"

梁明伟，一个年仅 22 岁的士兵，一个主动放弃了报考军校的机会，在短短的几个月内连续两次参加了川藏线特大抢险战斗的士兵，就这样被无情的泥石流卷走了……

张晔无意中拍下的这组镜头，成了梁明伟留在世上最后的影像。这与我十几年前在"老虎口"拍摄黎卫芳的事情，有惊人的相似之处。在后来的一段时间里，这组镜头经常出现在中央电视台新闻报道里。

前去梁明伟家乡四川万源市处理后事的三支队军需股股长周长辉后来对我说："梁明伟家里很穷，一家人至今住的还是三间茅草屋，屋里几乎没有一件像样的家具。"让周长辉想不通的是，家里这样贫穷，梁明伟还坚持用自己的津贴资助川藏线上的藏族孩子上学。但他很快就在梁明伟的父亲梁文福身上找到了原因。当听到儿子牺牲的噩耗，这位有着 30 多年党龄的老党员、村干部，蹲在地上，抱着头，一言不发，只有大滴大滴的泪水无声地滴落在地上。身有残疾的母亲涂维碧号啕大哭，晕倒在地上……

周长辉问他们对部队有什么要求，老父亲强忍着悲痛说："明伟他做的一切都是对的，他当了兵，入了党，就应该这样。我们没有啥子要求，只是听明伟说，川藏线附近的藏族孩子上学很困难，他每年都要和战友们一起给那里的希望工程捐款。他还专门资助了一个叫普布的孩子，政府给我们的抚恤金你们带回去给那里的孩子们吧，就算我们老两口替儿子了却了一个心愿吧。"

周长辉感动得流泪了，说："那里的孩子有政府、有我们呢，山上的战友会资助他们的，这抚恤金你们万万不能再捐了。"

老父亲说："儿子都没有了，还要这钱有啥用。你就让我替儿子做这最后一件事吧。"

两个人僵持不下，周长辉百般无奈，只好接受了其中的 2000 元。他将钱带回了川藏线，捐给了八宿县希望工程。

11 月 7 日，武警总部在四川成都召开命名大会，追授梁明伟"川藏线抢险英雄"荣誉称号。

命名大会上，我见到了梁明伟老实巴交的父亲和身患残疾的母亲。当梁明伟的母亲由三支队副政委李新国搀扶着，一瘸一拐艰难地走上主席台，从武警部队副政委刘源中将手里接过荣誉证书，转身向在场的官兵鞠躬致意的时候，全场响起了雷鸣般的掌声，我和其他战友一样，泪水夺眶而出……

2000 年 9 月 19 日，新华社发布了一条消息：

> 昨日，被山体大塌方封堵了 34 天的川藏公路，在武警交通部队官兵日夜奋战下提前 4 天恢复通车。被困的 390 余辆军地车和上千名过往群众顺利返程。八宿、波密、墨脱、察隅四县领导前往抢险一线部队慰问，藏族群众为参加抢险的官兵们捧上了香醇的青稞酒，献上了洁白的哈达……

我们回到北京时，陈记者还惊魂未定。一下飞机，他长长地舒了一口气，搂着我的肩膀说："兄弟，我们终于活着回来了。"

之后，他眼睛渐渐发红，有一层水雾在那里弥漫。他说："我们回来了，可是那些死去的战士……还有那些现在还在抢险的官兵们……"

他哽咽着说不下去了，我的眼睛也潮湿了。

路通了，藏族汉子跳起了欢快的锅庄舞

在无人区，
你留下的任何一个脚印，
都有可能成为地球诞生以来，
人类留下的第一个脚印。

2002 年 4 月，武警交通部队受命挺进西藏阿里无人区，创下了武警部队整建制团队开进海拔最高、战线最长、环境最恶劣地区的历史纪录。部队经受住了严峻的考验，同时也付出了生命的代价。

第一章　初闯无人区

部队开进阿里前，曾经有三批武警交通部队官兵，走进过陌生而艰险的无人区。

他们在那里留下的任何一个脚印，都有可能成为地球诞生以来，人类在那里留下的第一个脚印。

1."铁牦牛"第一次开进无人区

阿里，亚洲海拔最高地区，是青藏高原的高原，被人们称为"世界屋脊的屋脊"。

这个西藏西部最边远的地区，平均海拔在 4000 米以上，毗邻印度、尼泊尔等国家，北边紧连新疆，有 60 多道山口通向国外。生活在这里的藏族同胞以游牧为生，主要生产羊毛制品和食盐等，很少发展农业。著名的狮泉河、象泉河、马泉河和孔雀河，分别是印度河、萨特累季河、雅鲁藏布江和恒河的源头。

阿里地区行政公署所在地狮泉河镇，距西藏首府拉萨 1500 多公里，距新疆叶城 1000 多公里。沿途雪山连绵、高寒缺氧、鲜生草木、荒无人烟，行路特别困难。

西藏解放前，阿里地区没有公路，几乎与世隔绝。藏民的生活必需品主要靠商人的牦牛驮队运输，跑一趟往往需要几个月，所以物价很高，当地藏民的生活极其贫困。

1951 年，解放军进驻阿里，部队所需后勤保障物资只能用骆驼和牦牛驮队运输，并且只能在每年的 6 至 9 月份运送，每名驻军官兵所需物资需要十头骆驼或牦牛及三个运输人员承担运输，每年每人耗资近万元。途中由于高寒缺氧，牲畜死亡率很高，物资补充来源也难以为继。只有解决交通问题，驻阿里的官兵才能站住脚跟。

经过多次勘测，大家最后选定了从叶城到阿里的一条比较理想的路线。1956 年 4 月，这条路正式开工修建，第二年 10 月建成通车。原计划三年的工程，在 4000 多名筑路官兵和工人的艰苦努力下，提前一年半就完成了。

10 月 5 日那天，当有史以来第一次有汽车开到狮泉河镇的时候，当地藏民都惊呆了，不知道这个"铁牦牛"是从地里冒出来的，还是从天上掉下来的。他们看着铁牦牛激动得热泪盈眶。

这条世界上海拔最高的公路，全线蜿蜒在昆仑山山脉和冈底斯山山脉的十余座冰达坂上，海拔 4000 米以上的路段有近 1000 公里，海拔 5000 米以上的路段有 130 公里，其中界山达坂高达 6700 米；有 900 公里路段在永冻地带；沿途空气中氧气含量只有内地的 50%，机械功率相比内地下降 40%。通车后，每年最好的行车时间是 7、8 两个月，冬季往往大雪封山，道路不通，其他季节道路也时常中断，短则几天，长则十天半月才能抢通。

为了确保这条在西藏政治上、经济上、军事上都具有十分重要战略地位的道路畅通，2001 年，国家和中央军委决定把界山达坂至萨嘎段 1375 公里（含普兰支线 104 公里）的养护保通任务交给武警交通部队。

11 月，武警交通第八支队在新疆叶城组建，并派出先遣组进入无人区，为部队上勤做各项前期准备工作。

12 月 24 日，国家有关部委、总参谋部、总后勤部及新疆、西藏自治区政府、武警交通部队等有关单位，在北京举行了接养新藏公路（西藏段）的仪式。

2002 年春天，部队陆续开进阿里，开始对阿里人民的这条交通生命线进行养护保通。

2. 一泡尿救了一条命

早在 2000 年 7 月，新藏线养护部队还没有组建的时候，就有一支武警交通部队的小分队受命走进阿里无人区。

这支 45 人小分队的任务是，测量阿里山岗到什布奇的边防公路。什布奇离印度很近，只有几公里。那次任务，他们几个月就完成了。他们没有想到，一年半后，他们再次走进阿里，成了长驻在那里的部队。部队分散在 1375 公里的战线上，成为无人区里一道绿色的风景。

陈余仓，现任八支队九中队副中队长。当时，他是小分队的一名排长。一次基层干部集训班上，我见到了他。

陈余仓告诉我，他们从叶城到山岗走了 29 天，从山岗到什布奇，走了一个月，测量了 128 公里的国防公路。

日土县到狮泉河镇之间，有个日松桥。由于水势很大，桥被水冲垮了，小分队被困在那里。四周荒无人烟，没别的办法，只能自己修路架桥闯过去。好在修路架桥是他们的强项。他们打木桩、架浮桥、修便道。可是今天刚修好一段，第二天又被河水冲走了。他们用了整整六天时间，才把那段路修通。

在无人区测量公路，可不是一件容易的事情。正测绘着，天就突然下起了冰雹，躲又没地方躲，战士们只能蹲在地上任凭冰雹打在头上、身上。在无人区的沙石地上走得多了，非常费鞋。部队搬家的时候，帐篷底下全是一堆烂鞋。生活环境艰苦，做饭没有固定的炉灶，也没有案板，但这些问题难不倒战士们。没炉灶，战士们就用三块石头把锅支起来，照样煮饭；没案板，战士们就用河水把石板洗净，在上面照样能擀出面来。不过再好的面，在高压锅里一煮，就变成了一截一截的渣渣面。因为海拔高，水只能烧到 70 摄氏度，面根本煮不熟。

战士们没有菜吃。这里几十里不见人烟，有钱也买不到菜。地上连草都不长，更别说野菜了。好在偶尔能在牧民那里买到羊。一天下午，炊事员用一袋面粉在牧民那里换了一只羊，拉到半路上，羊跑了。炊事员已经走得没有了力气，没追上羊，眼看着羊消失在夜色里。巧的是，三天后队伍在行进的路上，与那只羊又不期而遇了。这次羊没跑，因为它的一条腿断了。羊的腿也不知道是怎么断的，也许是野兽袭击它时弄断的，也许是从山崖掉下来摔断的，也许是它自己走啊走啊走断的。战士们心生怜悯，不忍心吃掉这只羊，就一直带着、养着，给羊治好了伤。后来碰到了一个牧民，战士们就把这只羊送给了牧民。

陈余仓说："那只羊和我们一样，也很孤独。一只羊走在无人区，只有死路一条。我们把它送给了牧民，它就不会有危险了。"

我说："从那以后，你们再也不吃羊了？"

"吃，不吃哪行？我们会饿死的。"陈余仓不好意思地笑了笑，"其实，人有时候会自欺欺人。当时我们只是看着那只羊受了伤，不忍心吃。过后，该咋样还是咋样。"

陈余仓说他们返程的时候，走到界山达坂时，已经是清晨5点多了。在那里本不应该停车的，但有人想小便，憋得难受，只好停下来，大家一起下车解手。陈余仓和技术员柏茂峰站在一起，陈余仓感觉头痛，身子发飘，晃了几下又站稳了。柏茂峰晃了几下，没有站稳，顺势靠在车厢上，解了半天才解出来。解手难，也是高原反应的表现。

车子又继续走。陈余仓昏睡起来。不知过了多久，又有人要解手。停车时，陈余仓醒了。黎明的微光中，他看见柏茂峰张着嘴，双目看着一个地方，脸上挂着两行泪水，泪水已经干了。

陈余仓推了柏茂峰一下："你哭什么？"

柏茂峰一动不动，也没说话，还保持原来的姿势。陈余仓感觉不对头，把手伸到他的鼻子底下，试试有没有气息。没有！陈余仓吓坏了，用大拇指掐他的人中，没反应；在脸上打了两下，也没有反应。陈余仓赶紧用对讲机叫来医生张科。

张科给柏茂峰输氧。陈余仓和其他人在一旁喊着柏茂峰的名字，有人都哭出了声。十几分钟后，柏茂峰慢慢苏醒了。他像刚从睡梦中醒来，看着围着他的战友们，奇怪地问："你们这是干什么？"

张科说："你刚才昏迷了。要不是陈余仓发现得早，你就没命了。"

刚才要求停车解手的战士说："多亏我刚才要求停车撒尿！是我的一泡尿，救了你一条命。"

3. 吃了一路安眠药

2001 年 5 月，武警交通指挥部 17 人勘查组率先走上了阿里高原。他们历时 22 天，穿戈壁、越雪山、过沼泽，克服高原缺氧、道路险恶、生活条件艰苦等困难，行程 4500 多公里，途经 2 个自治区、8 个县、16 个乡镇、9 个湖泊、21 条河流，翻越了 8 座达坂。一路上，勘查组收集了新藏公路接养路段沿线的路况、主要病害等信息，了解所经地区社情、民情，将所见所得整理成文字、影像资料，为部队进驻接养奠定了基础。

跟随勘查组一起走完新藏公路全程的司令部办公室秘书刘军民说，那是他一生中最为艰难的一次跋涉。路上，他的腰几乎被颠断，头痛得厉害，有好几次他都感觉挺不住了，但最后还是奇迹般地挺了过来。他一路上很乐观，始终没有说一个苦字，尽管脸色很难看，黑紫黑紫的，嘴唇也是乌黑的。刘军民说，他印象最深刻的是，有一天他们赶了 17 个小时的路，路上没有看见一个人，没有吃一口饭，简直就像走进了地狱。

大部队进军阿里前夕，武警交通指挥部党委专门指派党委常委、总工程师朱德保，带领前线指挥组抵达拉萨，沿新藏公路反方向提前进入阿里狮泉河镇，在那里迎接大部队。4 月 12 日，朱总工他们从拉萨出发，昼夜兼程，16 日抵达指挥地点。这位在新疆干了 30 多年、修筑过著名的天山公路的老兵，一位副军职干部，调到北京还不到一年，又重新回到了高原。

指挥组里还有一位 50 岁的老兵，他是武警交通第二总队总工程师马三三。1973 年，马总工毕业于河海大学，学的是水利工程专业，现在已经是技术五级的高级工程师，享受副军级待遇。

马总工后来回忆说，当时的新藏线，只有100多公里的成型碎石路，其他都不成型，只有车辙，甚至有的地方连车辙都没有，而且，夏天和冬天的路线还不一样。

从拉萨出发的第二天，早上在日喀则起来，马总工发现嘴唇发乌，心里有些担心。刚刚开始走进新藏线就这样，以后不知道会有多难受。一路上确实很辛苦，主要是晚上睡不着觉。组里成员都向医生王小梅要安眠药。马总工吃一粒，朱总工吃两粒，这样才能勉强睡几个小时。安眠药，他们吃了一路，一直吃了30多天。从萨嘎到仲巴，翻一座冰达坂时，朱总工高原反应很大，气都喘不上来。大家吓坏了，赶紧让他吸氧。一直到仲巴，朱总工才慢慢缓过劲来。

晚上他们住在县委招待所。说是招待所，其实就是一间房子，地上一圈铺，中间一个火炉灶。里面烧的是牛粪，很臭。没有热水，不能洗脚。朱总工把袜子脱下来，在柱子上掸掉上面的土，放在一边，就倒下睡觉。

马总工说："一个月时间里，我记得朱总一路上只在狮泉河洗过一次脚。"

4. 先遣队进出阿里，整整走了134天

部队上勤前夕，我听说一支先遣队回来了，想采访他们。但他们离我很远，我只好打电话询问了一些情况。

下面的内容，就是我采访八支队总经济师简八一的电话录音：

2001年11月初，支队长马海卿让我当先遣队的副组长，做好上山前的准备工作。我在昆仑山上干了12年，是个老高原了，这个任务当然得我去。我高兴地接受了。

11月8日，我们先遣队人员戴上大红花，到总队的大礼堂参加了动员大会。西藏自治区、新疆维吾尔自治区，以及交通厅的领导和我们武警交通指挥部的领导都来了。车队出

发时，鞭炮齐鸣，很隆重，很热闹。那场面太隆重了，隆重得让人心里难受，就像我们要去上战场一样。当时送行队伍里有许多人都哭了。车队出城的时候，我老婆打来电话，她在电话里也哭了，搞得我心里也很难受。

我们先到叶城，然后从那里开始翻越昆仑山。中午在路上吃了一点干粮，下午6点车队到达了库地兵站。由于是大车和小车组成的车队，速度上快慢不一，我们只能是走走停停。半道上，救护车的油路出了问题，两辆大车也跑不动，一辆车的保险杠颠掉了，另一辆车的大灯颠掉了。到三十里营房兵站时，已经是下午6点30分，再往前走就是大红柳滩。可到那里还有120公里，走夜路很危险，我们只好住下来。

兵站的副站长是陕西老乡，把我们照顾得挺好。但晚上我有反应，一直没有睡着。第二天最艰难，我们走过了大红柳滩，翻越了沿线海拔最高的界山达坂。到达多玛兵站的时候，大部分人都反应强烈，我的手脚都麻木了，头痛得厉害。晚上给老婆打电话，老婆在电话那头听到我说话气喘得厉害，半天不说话，我听到她在小声哭泣。我对她讲，这是正常的高原反应，不反应反倒不正常了，不用担心。妻子不信，还是一个劲地哭……

先遣队17日到达狮泉河。地方政府和阿里军分区的同志很热情，帮助我们选择支队机关营建地址，解决了许多部队上勤前需要解决的难题。我们在狮泉河停留了20多天后，分成两个小组，第一组留在狮泉河协调有关事宜，第二组乘坐两辆车继续往前走。我没有留下，带着第二组继续往前走。

没想到走了几十公里，一辆车陷进了冰河里。我们把车底下的冰刨开，车子还是开不出来。我们又把车上的东西全部卸掉，还是没有用。让后面的车拖，也拖不出来。当时路上荒无人烟，天又冷、风又大，我们站在冰河上，腿都冻得没有了知觉。车子越陷越深，驾驶室已经进水了。一点办法也没有，真是倒霉！我们只有等。两个小时后，过来了几辆解放军的大车，才帮我们把车拖上来。

快到圣湖的时候，后面那辆车的轮胎又坏了。我们跑在前面，并不知道，两辆车就失去了联系。我们在圣湖边上等呀等，又耽误了几个小时。等后面的车赶上来，到普兰的时候已经是晚上8点多了。那天，我们没有吃上一口热饭，每人只啃了两包干方便面。

我记得很清楚，12月13日那天，我们从普兰口岸出发，一天走了16个小时。下午到达霍尔乡。我们找到乡长，乡长不懂普通话，正好他妹妹在，就给他当翻译。她妹妹白玛拉吉在地区行政公署当秘书，会讲普通话。乡长一听我们是来养护公路的，很高兴，带着我们一起为中队划定营区。事情办得很顺利，两个小时就全部办完了。

我们又往仲巴赶，路上又遇到了冰河，绕了几十公里，夜里12点多才到仲巴。我们住在政府招待所，晚上特别冷，屋里生着牛粪炉子也得盖两床被子。那天大家的高原反应都很大，我也很难受，头痛、气短、胸闷、手指发麻，再加上天气冷，别提多难受了。牛粪烧起来很臭，一会儿不加粪火就会灭。而且牛粪数量有限，晚上只给一筐。据藏族服务员讲，到了冬季这里燃料特别缺，牛粪很贵，一车500元，一麻袋10元，让我们将就点。到了后半夜，牛粪没有了，炉子灭了，我们冷得直打哆嗦，几个人裹着被子一直坐到天亮。

12月19日，我们到达拉萨。一到拉萨，我就病了。感冒、咳嗽、浑身无力，但我还得坚持到政府和交通厅办事，办完事回来再输液。我一连输了八天液，病还没好，就不敢再输了，怕产生抗药性，以后感冒了更不好办。

2001 年的元旦，我们是在拉萨过的。那天，我们先遣队的成员每人只吃了一碗炒米饭。不是买不到好吃的，主要是太忙了，没有时间出去吃饭。

返回阿里的时候，我们在查务村迷了路，走错了方向。本应该往西，却走向了西南。错走了 100 多公里才发觉，赶紧掉头往回走。这样一折腾，耽误了时间，到达萨嘎时已经很晚了。回来的路比去时的路更难走，因为那时已经进入了隆冬，路上全是雪。无人区里白茫茫一片，许多地方几乎看不见路，只能靠经验和感觉往前走。

后来还有几次迷路，但都及时发现了，幸好没有出什么大事。我们里面有好几个人都患了雪盲症，我也是，眼睛被雪光刺得直流泪，晚上疼得睡不着觉。

我们就这样一直在路上走，边走边工作，回到叶城的时候，已经是 3 月 21 日了。一算时间，自己都吓了一跳，这次执行先遣任务，我们在路上来来回回，整整走了 134 天……

第二章　千里兵车行

2002 年 4 月 16 日清晨,刚刚组建的新藏公路养护部队——武警交通第八支队上千名官兵,集结在昆仑山下,整装待发。

5."天山深处的大兵"挑战生命极限

这是一支英雄的部队。

作家李斌奎的小说《天山深处的"大兵"》和 20 多年前轰动一时的电影《天山行》,反映的就是这支部队的事迹。现在,这些当年打通了天山南北通道的勇士们,即将开进阿里无人区,去挑战生命极限。

出发前,养护部队在叶城召开了声势浩大的誓师大会。官兵们举起拳头,庄严宣誓:"牢记使命,不怕牺牲……"

而后,部队分两批先后向阿里进发。

第一批历时六天,行程 1400 多公里,于 4 月 22 日到达目的地西藏普兰。第二批 25 日出发,历时八天,行程 2000 多公里,于 5 月 2 日按时到达指定地点西藏萨嘎。

在漫长的行军路途中,长长的车队载着上百吨军用物资、生产物资以及各种装备,跋山涉水,穿越数百里无人区,翻越 8 座海拔 5000 米以上的冰达坂,闯过了 21 道冰河险滩。

后来我们问八支队的领导,为什么要把部队出发的时间都定在早上 9 点。支队政委邹聪说:"毛主席说过'你们青年人朝气蓬勃,好像早晨八九点钟的太阳',我们这样做,表明'我们的队伍向太阳',能够克服一切困难,胜利完成挺进阿里的任务。"

一位 12 年前退伍的老兵司瑞存,听说老部队要上阿里,连夜创作了一首歌词,从兰州传真到了叶城。歌词这样写道:"那里星最亮,那里月最圆,那里天最蓝,那里氧最少,那里路最险……那是离天最近的地方,那是神秘的阿里高原。阿里,阿里,我们士兵守护的家园……"

出发前，官兵们举起拳头，庄严宣誓："牢记使命，不怕牺牲……"

用胸膛行走西藏

2001年，刘海龙从兰州大学中文系毕业后，入伍来到了新疆。集训快结束的时候，他知道了部队要上阿里的消息，强烈要求去阿里，结果他和另外九名大学生被分到了八支队。他的女朋友在酒泉，两个人感情很深。集训的时候，他们一打电话就是一个多小时，每月要花费五六百元购买磁卡。听说他要上阿里，女友很支持，还说让他回家时带朵西藏的格桑花回来。

刘海龙所在的中队是第一批上阿里的。后来我见到他，问起上勤路上的事。他告诉我说，路上特别难受，特别害怕。走到危险路段，车子往右边斜，他就下意识地往左边斜，想用身体的重量压住车子，以防翻车。其实他知道这是徒劳的，但一遇到这种情况，还是不由自主地会这么做。一路上，他就是这么东倒西歪、摇摇晃晃走过来的。开始他精神处于高度紧张状态，后来高原反应越来越大，就基本处于半睡眠状态。迷迷糊糊中，他能听到别人说话，但就是醒不过来。要是谁推了他一把，让他醒了，他心里就特别感激，好像是把他从死亡线上拉回来一样。

2004年6月，我在阿里又一次见到了刘海龙。他高兴地告诉我："我去年已经结婚了，今年4月妻子给我生了一个女儿，名字叫刘雨杨。不过，我到现在还没有见到她呢。"

同样是大学生，同样有一个大学生女友，但何进就没有刘海龙幸运。他的女友听说他要上阿里后，极力反对。可他坚持要上，一是迷恋阿里，二是军令如山。结果，在他上勤的前一天，两个人分了手。

九中队排长康继善是甘肃民勤人，1994年12月入伍，毕业于西安公路学院。父亲是小学教师，母亲是农民。父亲教了32年的书，刚刚退休。两位老人已经两年没有见到儿子了，听说儿子要上阿里，便急急赶到乌鲁木齐来看儿子。父亲一辈子没有出过远门，最远只到过县城，但康继善只陪父母在乌鲁木齐转了一天，第二天就跟着部队上了阿里。

临走的头天晚上，他买了条雪莲牌香烟给了父亲。他知道，父亲喜欢吸烟。父亲吸着烟，一句话也不说，母亲用衣袖擦了擦眼睛，躲到里屋去了。他知道，母亲在哭，只是不愿让他看见。等父亲仰起头来，他看见老人脸上挂满了泪水。

后来，我采访康继善的时候，他对我说："父亲的眼泪，我一辈子也忘不了！我是他们唯一的希望，他们在为我担心啊！"

他走了，父母也走了。父母是在看着他们的兵车消失在茫茫戈壁后，才相互搀扶着去了火车站。

参谋长蔡从伦和政委邹聪是第二批带队上勤的。开始，蔡从伦高原反应不大，到了麻扎达坂情况就不同了，头痛欲裂，恶心想吐，可是他始终没有表现出来。随军医生看他脸色不对，一号脉，脉动过快。让他输液，他坚决不输，怕影响部队情绪。第二天他反应更大，

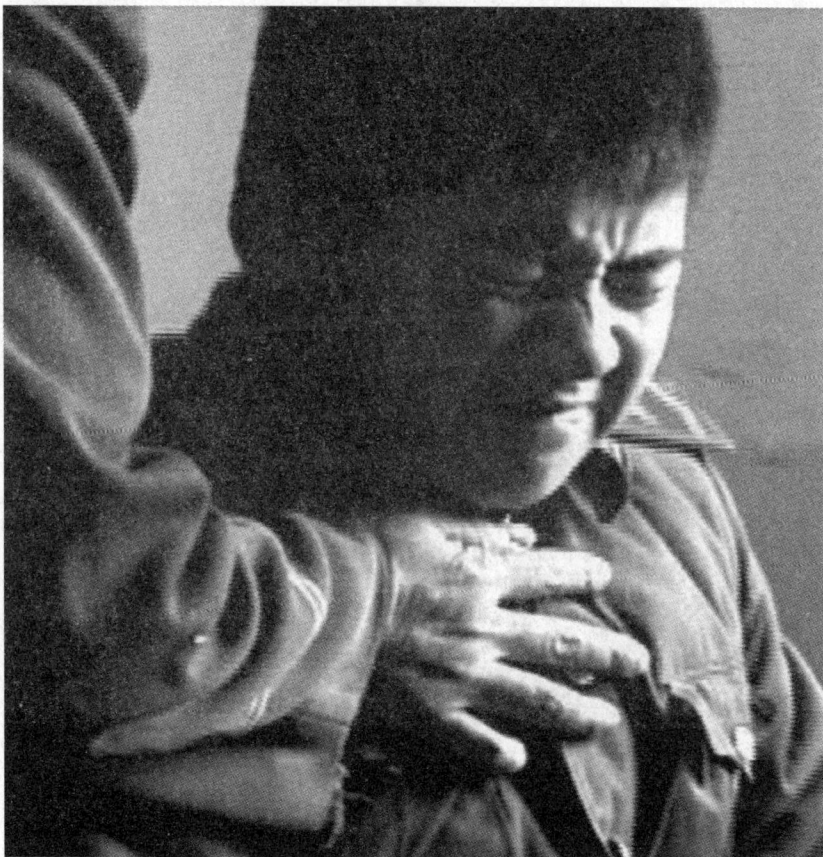

许多战士都是第一次上阿里，高原反应很大，头痛欲裂，十分难受

一天没有吃进东西，脸色很难看。但是他晚上强打精神到各中队查铺查哨。回到自己房间，才悄悄输液，早上照样早早起来，指挥部队前进。路上遇到反应大的战士，他就把指挥车让出来给战士坐，自己坐到战士的大车厢里。

路上遇到了冰雪，车打滑，行进十分困难。经过一处冰河的时候，过重车辆无法通过，只有把车上的物资先卸下来，等过了河再装上。

邹聪看见蔡从伦身体越来越不行了，递给他一根火腿肠。他接到手里，怎么也吃不下。

邹聪说："吃吧，再难受也得吃！我们倒下了，部队怎么办？"

蔡从伦勉强吃下去半根。他吃着火腿肠，看着邹聪。邹聪也在看他。两个人谁也没有再说话。但邹聪目光里的内容，蔡从伦心里很明白：兄弟，前面的路还很长，你得挺住啊！

保障中队副中队长郭树军也是第二批上勤，给他留下印象最深的不是路上的艰难，而是内心的苦痛。他不是为自己难过，而是为一个兵。

这个兵叫樊立峰，是炊事班班长，陕西兴平人。部队上勤前，樊立峰的妻子因子宫癌刚刚去世，家里留下一个小女孩。他没有告诉任何人，将女儿交给老人后，他悄悄打点行装，准备跟随大部队出发。所以上勤前，中队里谁也不知道他家里的情况。走在路上，郭树军见樊立峰很少说话，以为他有高原反应，后来一问才知道他家里出了事。

郭树军说："你怎么不早说？"

樊立峰说："说了你们就不让我上了。人死不能复生，可是这次上勤是我们部队第一次进军阿里，我不参加，会遗憾一辈子的。"

6. 天不怕，地不怕，就怕红柳到多玛

走进阿里，要过的第一道门槛是阿卡孜达坂，也叫库地达坂。汽车沿着陡峭的山道，三步一喘、五步一歇地行驶着。车上的人只觉得

呼吸短促，五脏六腑像被搅成了一锅粥。达坂上的皑皑白雪，闪动着耀眼的光芒。积雪在车轮的碾压下发出嘎吱嘎吱的声响。

跟随部队挺进的八支队政治处宣传干事辛志伟后来向我们描述：站在达坂顶上远眺，感到自己很渺小。只见昆仑山巍巍峨峨，山连山、峰挨峰，公路像一条饥饿的蛇一样在山间逶迤。从阿卡孜达坂开始，许多官兵就开始出现胸闷、头痛、恶心、呕吐等高原反应。但谁心里都清楚，艰难的行程这才刚刚开始。

过了阿卡孜达坂，是海拔4950米的麻扎达坂。"麻扎"，维吾尔语的意思是坟墓。这里的公路是从山上硬凿出来的，头上是崖顶，脚下是深渊，汽车像是在老虎嘴里爬行，稍有不慎，就会连人带车滚下万丈深渊。这里随处可见滚下悬崖的汽车残骸，这些残骸遗留在万丈谷底，铁锈在岩石上留下赭红色的痕迹，像凝固的血，这如血的锈迹向人们诉说着一个个不幸的遭遇。

官兵们感到呼吸困难，无人说话了。山上很少看见人影，除了偶尔看见一两头野骆驼和野驴从眼前跑过，再也看不到什么鲜活的生命。

行军途中，许多战士被高原反应折磨得实在受不了，伸手向医生要止痛片

用胸膛行走西藏

高原的阳光很刺眼，白云棉絮般在头顶飘浮。

山越来越高，路越来越窄。行军途中，许多战士被高原反应折磨得实在受不了，伸手向医生要止痛药。没有止痛药，安眠药也行，只要能让他们一时躲避痛苦。

4月17日，车队翻越海拔4909米的第三座达坂——黑卡达坂时，许多官兵头晕目眩，吃不进干粮，有些人还吐酸水。下车休息时，大家两条腿像灌满了铅。出发前，所有的官兵都配发了"一棉四皮"：棉衣、大头皮鞋、皮帽子、皮手套、皮大衣。但此时此刻，刺骨的寒风还是让他们颤抖不止。

那天，车队很晚才到大红柳滩兵站。熄灯时间过去很久了，刘传学参谋长和八支队支队长马海卿躺在床上翻来覆去睡不着。他们俩头痛欲裂，将背包带勒在头上也无济于事。自己都这样，其他战士呢？他们来到战士们的床前，用手电一个个照过去，几乎没有一个人睡着，战士们被高原反应折磨得鼻涕、眼泪和口水交织在一起，有的正趴在那里哇哇地吐黄水。这样消耗下去，到天亮大家也睡不着，还可能拖垮部队，削弱士气。与其在这里受罪，还不如早早离开这里。于是，他们俩果断下达命令：凌晨4点30分起床，5点吃饭，然后出发！

车队在茫茫的风雪高原上又继续向阿里深处进军。

中午，车队来到死人沟。这时寒风怒号，大雪纷飞。死人沟地处喀喇昆仑山腹地，距界山达坂约100公里。这条长达几十公里的山沟，夹在喀喇昆仑山腹地。历年在这里冻死、病死以及翻车死亡者留下的累累白骨数不胜数。车过这里，凄厉的风声犹似鬼哭狼嚎。夜幕降临，沟两旁星星点点的磷火连成一片，令人毛骨悚然。

有着丰富高原工作经验的马海卿，下令部队在通过死人沟之前进行休整。炊事班就地埋锅做饭，为官兵们提供了行军以来最丰盛的午餐。

队伍休整后，官兵们高唱战歌，开始征服死人沟。死人沟名不虚传。官兵们嘴唇青紫，面部浮肿，大张着嘴喘着粗气，一个个被高原反应折磨得不成人形。新兵徐明新反应严重，头昏得连站也站不起来了。随队医生刘盛鼻子流血不止，他扯一把棉花把鼻孔一塞，又忙着为官兵治病。

经过两个多小时的奋战，长长的车队终于走出了死人沟。

4月29日，第二批车队最后收尾的救护车经过死人沟时，天已经黑了，车上一名患病的战士需要停车方便。谁知道，战士刚下车，就招来了一群野狼。情急之中，带队的副中队长往自己的大衣上浇上汽油，点燃扔了过去，这才驱散狼群，救出了战友。

界山达坂是全线海拔最高的路段，也是西藏和新疆的分界线，空气中氧气含量还不到平原的40%，道路多为盐碱地，夏季翻浆严重。过往车辆一旦陷住，司机不是弃车，就是丢命。部队到达界山达坂时，狂风、暴雨、寒冷、缺氧一齐向官兵袭来。有的战士晕倒了，有的连胆汁都吐出来了。新兵郭晓力高原反应十分严重，他哭着对班长小声说："我想我妈，我想吐。"但为了不引起其他战友的条件反射，他强忍着恶心把吐的东西咽了下去。但不管怎么艰难，四个小时后，官兵们还是将界山达坂甩在了身后。

马海卿无比自豪地说："我们有这样一支过硬的队伍，这样一群坚强的官兵，别说是界山达坂，就是珠穆朗玛峰我们也能将它踩在脚下。"

武警交通指挥组成员、指挥部战勤处处长赵剑平后来回忆说，第二批车队经历得最艰苦的一天，就是从大红柳滩到多玛那天。当地人说："天不怕，地不怕，就怕红柳到多玛。"这段路程的艰难程度可想而知。那天的暴风雪特别大，高原白茫茫一片，什么也看不见，车队只能凭感觉往前走。前面的车刚过，车辙就被大雪覆盖了，紧跟在后面的车就找不到路了。红土达坂说是达坂，其实是200多公里长的一片小平原，那里看起来很普通，但海拔很高。连续走在高海拔的地方，反应就特别大。他们凌晨4点出发，直到晚上11点最后一辆车才赶到多玛。

到了多玛，总指挥朱德保挺立在寒风中等待着他们。朱总是进军队伍里职务最高的老兵,副军级。所有的人都穿着皮大衣,只有他一人没有穿。他像见到亲人一样,热情地与每一位战士握手。战士们看见年过半百的朱总精神抖擞地站在风雪中,深受鼓舞,战胜高原的信心倍增。

那天晚上,赵剑平问朱总:"你不穿大衣,不冷吗?"

朱总说:"冷啊,我都快要冻僵了。可是为了鼓舞士气,我必须这样做!"

这件事,让我想起了巴顿将军的一个著名的故事:一次部队进军中,由于道路泥泞,行进很慢。可是时间就是生命,部队必须全速前进。进军途中,巴顿将军看见一辆坦克陷在泥潭里出了故障,一向爱干净的他二话没说,戴着雪白的手套爬到坦克底下。十几分钟后,他从坦克下面爬了出来,一身污泥。手下的军官问他:"修没修好了?"他说:"我根本就不会修什么见鬼的坦克。"军官问:"那你为什么还要这么做?"巴顿说:"修没修好坦克并不重要,重要的是我要让我的士兵知道,我巴顿爬到污泥里修过坦克。"巴顿将军的办法果然奏效,士兵们被他的行为打动,深受鼓舞,部队行进的速度大大加快。

上勤路上这段最艰难的路程——大红柳滩到多玛,第一批上勤部队长途奔袭15个小时,第二批只用了13个小时,没有一个人掉队。

7. 十几双眼睛注视着一个苹果,谁也不愿咬第一口

越是危难的时刻,越能体现战友情、同志爱。

"一个党员就是一面旗帜,一个干部就是一个标杆。"

部队进军途中,党员干部用自己的实际行动,演绎了官兵互敬互爱的感人故事。

一路上,党员干部坚持不吸氧,把有限的氧气留给战士;每到一个兵站,党员干部主动为新战士铺被褥,打洗脸水;开饭时先让战士吃,饭菜不够时党员干部喝矿泉水、啃干粮;气候恶劣,路况极差,

党员干部主动坐在车尾，为战士们遮风挡尘。

二中队中队长陈武春一直坐在车厢的最后面。随着海拔逐渐升高，空气中氧气含量也越来越低。为了让战士们呼吸到新鲜空气，他打开身后的篷布，一边让空气流通，一边用脊背抵在车边为战士们抵挡着喀喇昆仑山凛冽的"刀子风"。结果，一路风尘使他变成了一尊"兵马俑"。几天来，他坚持不让战士们替换这个最危险的位置。后来支持不住了，他趴在车的后厢板上呕吐不止。卫生员将车上仅剩的一支葡萄糖拿给他，催促他赶快喝下去。他刚要喝时，发现战士刘晓宇脸色苍白，双目紧闭，又将葡萄糖递给刘晓宇。望着满脸眼泪鼻涕的中队长，刘晓宇坚决不喝，可陈武春说："这是命令，喝！"

炊事班班长刘建军翻越界山达坂时昏倒了，随队医生立即将他运送到救护车上，输氧气、打点滴，全力抢救。刘建军刚苏醒过来，新兵徐明新又被战友们扶过来，但这时救护车上已经躺满了病号。刘建军拔掉氧气管，挣扎着从车上爬下来说："我没事，我回车厢去，他比我更需要治疗。"

水，是生命之源。在高原，水就更显得弥足珍贵。

政治处主任李峡给我讲了这样一个故事：二中队的 16 名官兵坐在一辆大篷车内，个个嘴唇干裂，嗓子里像有一把火在燃烧，干涩疼痛。车上已经没有一滴水了。上等兵陈浩嘴唇裂开了口子，一动就流血。陈浩的口袋里装着一个苹果，但他几天来一直没有舍得吃，想等到最艰难的时候再吃。现在他口渴难忍，再也忍不住了，掏出了苹果。战友们看着他手中的苹果，但旋即又将目光转向了别处，或闭上眼睛装睡。陈浩静静地看了一会儿苹果，然后轻轻拉了一下旁边的新战士兰向亮，将苹果放进小兰的手里。小兰摇头，陈浩示意他一定要吃。小兰犹豫了半天，十分为难的样子，后来轻轻咬了一小口，又将苹果传到了下一个人手中。就这样，一个苹果在 16 个人手中传来传去。

这个情景，让我想起电影《上甘岭》。巧的是，这个车厢里就有刚从武警交通第七支队调过来的五名战士，而七支队曾经参加过上甘岭战役。

李峡一谈起官兵的吃苦精神，就忍不住要落泪。他说："我积攒了半辈子的泪水，这回全都洒在了阿里高原。"

4月19日，部队翻越界山达坂，二中队三班班长谭小宁因剧烈的高原反应而休克。李峡听说后，不顾在高原不能剧烈运动的告诫，急忙跑步直奔二中队大篷车。由于跑得太急，大脑缺氧，他一下子栽倒在离车不远的地方。李峡苏醒后，顾不得自己鼻青脸肿，赶快组织医生对谭小宁进行抢救，终于把小谭从死神手中拉了回来。李峡和支队队长马海卿商量后，决定送小谭回叶城治疗。

听到这一消息，小谭拉着李峡的衣服喊："我不回去！我刚上来就让我回去，我不回去！我死也要死在这里……"

面对如此坚强的战士，李峡的泪水夺眶而出。

8. 摄影师的一只眼角突然爬上了"鱼尾纹"

八支队宣传处处长杜彦林和指挥部摄影干事陈邦贤，是第一批车队里年龄较大的两个老兵。他们都是老高原了，当兵二十六七年，年龄四十五六岁。他们的主要任务是随队拍摄照片和录像。两个摄影师，一对好搭档。他们扛着摄像机，一会儿跑到车队最前面，一会儿跑到车队最后面，是行军队伍里一道独特的风景。

陈邦贤从阿里回到北京后对我说，部队走到无人区时，有一段路相当难走，主要是不知道往哪儿走。看起来哪儿都像是路，可走起来哪儿都不是路。其实，有的地方根本就没有什么路。

走进无人区，脚在哪里路就在哪里，许多时候只能凭感觉。

他说，有一天真邪门，他们走了不到五公里，就爆了四次轮胎。杜彦林路上反应很大，常常头痛，他为自己准备的止痛药都让杜彦林吃光了。走到最高处，车上战士们高原反应都很大，头晕晕乎乎的，动不动就犯困。其实，那是半昏迷状态。带队干部命令战士不准打瞌睡，怕他们一旦睡着了，就再也醒不来，但还是有人歪头睡着了。后来，战士们为了驱赶困意，就相互扇耳光。

陈邦贤印象最深的是阿里的紫外线。

他给我讲了一个小细节：一天早上起来，他奇怪地发现杜彦林的左眼角突然有了一道道白色的"鱼尾纹"。他原来没有鱼尾纹呀，怎么一夜之间就有了呢？更为奇怪的是，左边的眼角有，右边的眼角没有。

他告诉了老杜。老杜急忙走到倒车镜前一照，果然是。用手一摸，却并没有褶痕。老杜有些紧张，也不知是怎么回事，急忙用水去洗，却怎么也洗不掉。

后来他们才弄明白，原来是高原紫外线搞的鬼。老杜摄像时，总是睁一只眼闭一只眼，一直闭着的左眼，眼角褶皱里的皮肤躲过了紫外线的照射，所以是白的，而暴露在外面的皮肤却被紫外线晒黑了，这样就有了鱼尾纹。

9. 女兵上厕所成了一个问题

女兵是这支队伍里一道亮丽的风景线。

八支队政治处干事杨景在部队出发前，接受了一项特殊任务：带四个女兵一起上阿里。他成了"护花使者"。

女兵是这支队伍里的一道亮丽的风景线

他向我们讲述了一路上"护花"的经历。

部队出发前，主任带着四个女兵找到他说："她们四个就交给你了，让她们配合你做些鼓动宣传工作。你要好好照顾她们，出了问题拿你是问。"

主任说完就匆匆走了。他知道这不是什么好差事，但命令下来了，就必须执行。

他们那辆车是宣传车，车上除了司机和他，还有一名随行医生，四个女兵和几个男兵。四个女兵分别是：上等兵班长潘俊红，列兵董芳芳、郁静静、夏诗仙。

女兵们真是爱热闹，一上路就叽叽喳喳的，一点也不知道害怕。好像不是去阿里，而是去逛自由市场。更要命的是，她们还唱歌。她们唱了许多歌，但他只记住了一首《军中绿花》：

> 妈妈你不要牵挂，
> 孩儿我已经长大，
> 站岗执勤是保卫国家，
> 风吹雨打都不怕……

头两天平安无事，女兵们精神很好，在宣传车上帮他广播行军中的感人事迹和一些鼓舞士气的豪言壮语。她们白净细嫩的皮肤在昆仑山的狂风下已变得黑红粗糙，嗓音也因连续播音变得沙哑。但这些并没有影响她们的情绪，她们反而觉得很浪漫、很刺激。她们说，这次经历，值得她们骄傲一辈子。现在都市里的女孩，谁能走上阿里高原？她们说得对，这次经历值得她们骄傲。别说都市里的女孩，就是部队里的女兵，也没有几个走进过阿里无人区。

第三天，他们到达大红柳滩兵站，刚住下，郁静静、夏诗仙就一脸惊慌地跑来找他，说潘俊红不行了，吐得厉害。他赶忙跟着她们去看。潘俊红脸色苍白地趴在床边呕吐，地上的脸盆里面有不少浊物。他叫来医生，又是给她吃药又是打针的，折腾了三四个小时，小潘才缓过劲来。

可是第二天早上刚一上路，潘俊红又开始呕吐，呼吸困难。他知道这是高原反应，赶快拿出氧气袋让她吸氧。董芳芳也感觉头痛难受，看着潘俊红的样子，她一下子就哭了，问杨景："我们会不会死？"

他极力保持镇静，安慰她们说："第一次上高原谁都会有反应，你越怕反应，反应就越大；你要是不怕了，反应就会小多了。"

他嘴上这么说，可心里也很害怕。她们都还小，最大的也才20岁，万一出了事可怎么办？好在女兵们最初的反应到了中午就过去了，他长长嘘了口气。

但他还是有些担心，因为前面的路更难走，山更高。

在海拔五六千米的阿里高原行军，途中不敢轻易停车，尤其是在山顶，车子一停下来就很难发动起来。人在车厢里坐得时间久了，突然一下车更容易晕倒，会有生命危险。所以，车队尽量往前赶路，只有到了海拔较低的地方才停一会儿，让大家方便方便。

但一路往上，海拔越来越高，停车的机会自然就越来越少了，上厕所就成了问题。有的战士实在憋得不行了，就尿进喝空的矿泉水瓶子里。这倒是个好办法。

男兵还好办，女兵可就麻烦了。

车队停下来，多半是为了让女兵方便。杨景对男兵说，以车为界，男左女右。男兵跑到左边，稀里哗啦就解决了。女兵却要跑出很远很远，扭头一看，不行，又继续往前走。

他大声对她们说："别走远了，小心高原反应，晕倒。"

女兵不听，继续往前走。走一会儿再扭头看，还是不行，再走。平展展的戈壁滩，她们很难找到一个隐蔽的地方。她们走啊走，最后消失在一道坡坎后面。

过了一会儿，不见女兵回来。他有些担心，怕她们晕倒在那里，但又不能派人去看，只有干等。过了好大一会儿，她们才从那道坡坎后面出现了，先是头，然后是身子，一点一点从那里出来。她们走到车边，一个个脸变成了茄子色，几乎晕倒。后来，遇到她们想方便的时候，他再也不让她们走远了，而是让男兵一律不准下车，让她们在车后面解决问题。

他知道，这样对她们是最安全的。

郁静静是新疆人，是独生女，她参军之前从未离开过父母，一直过着安逸舒适的生活，从没吃过这样的苦。但在行军途中，她却表现出了超乎常人的坚强意志和顽强的精神。4月20日，部队行至班公湖时，郁静静高原反应突然加重，呕吐不止，神志不清。杨景刚打开车门把她扶下来，她就两腿一软瘫倒在地上，冷汗顺着两颊直流。随行的医生就地对她进行紧急抢救。

苏醒过来的郁静静第一眼就看见了面前的班公湖，对守护在身边的潘俊红说："班长，你看班公湖多美！它多像我们家门前的赛里木湖啊。"她怕其他人担心她，又说："我没事，你看我都能走了。"可刚站起来走了两步，又差点晕倒。

政治处主任李峡在路上遇到了这几个女兵，看着这些昔日活泼可爱、皮肤嫩白的女兵，被高原强烈的紫外线和凛冽的山风折磨得皮肤粗糙、嘴唇青紫的样子，他的泪水就涌了出来，说："你们辛苦了。"

女兵也哭了，但她们很快又说："我们不苦，我们不哭，我们一定能走到目的地！"

20日晚，部队到达狮泉河，地方政府领导和藏族群众排着长队，捧着哈达和青稞酒前来迎接。阿里地区行政公署董专员看到队伍里还有女兵，他感到很惊讶，走上前亲切慰问她们，敬佩地说："女兵能上来，真不简单啊！"

第三章　拯救大兵 "瑞恩"

2002 年 4 月底，美国电影《拯救大兵瑞恩》里虚构的故事，在阿里无人区演绎了一个真实的版本。

10. 战士生命垂危，请求直升机紧急支援

2002 年 4 月 30 日，首都北京。

阳光灿烂，鲜花如海，彩旗如虹，到处呈现出欢度五一国际劳动节的景象。但是，走在大街上的快乐幸福的人们，怎么也不会想到，此时此刻，一群年轻的生命正穿行在西藏阿里无人区，经受着生与死的考验。

临近中午，11 点 52 分，武警交通指挥部总值班室的电话突然响了，值班员一把抓起电话，里面传来一个焦急的声音："我是第二总队值班室，有紧急情况报告。新藏线上勤部队行进途中，由于严重缺氧，三名战士突患肺水肿，生命垂危，急需运送下山抢救，请求上级救援……"

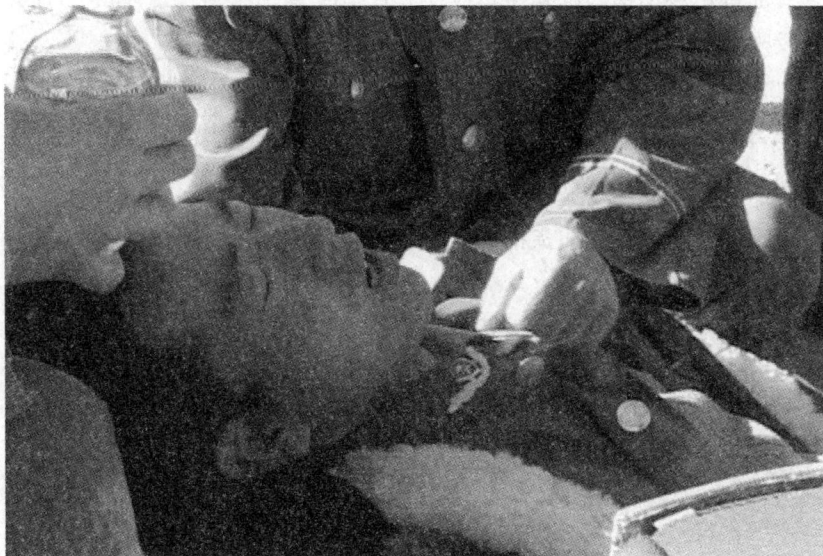

战士生命垂危，军医正在抢救

103

接到报告后，司令部副参谋长周喜来迅速向主持工作的副政委崔建华做了汇报。

12点，武警部队参谋长陈传阔接到报告，请示吴双战司令员。司令员指示：立即与总参联系，不惜一切代价抢救战士的生命。陈参谋长让参谋打开军用地图，迅速找到了阿里狮泉河的位置。参谋说："狮泉河南距西藏拉萨1000多公里，北距新疆乌鲁木齐2000多公里，如果用汽车运送，最快也得四五天。"陈参谋长果断地说："用直升机！"话音未落，他已抓起了桌子上的红色电话："接总参作战部……"

13点50分，一个不幸的消息从阿里高原传来，三名患病战士中的黄帅，因病情严重，抢救无效，已于13点30分牺牲，另两名战士毛林宝、徐明新病情在不断恶化。

14点整，吴司令员打电话给武警交通指挥部，代表武警部队党委、首长和机关，向不幸以身殉职的黄帅同志表示沉痛的哀悼，向在新藏公路执行任务的八支队全体官兵表示慰问。吴司令员指示："总部已向总参请求直升机支援，现正在等待答复，通知一线部队，做好接应准备；要主动与新疆军区联系，注意掌握情况，全程跟踪，有情况及时上报。"

与此同时，正在外地检查指导部队工作的徐永清政委对此事非常关注，指示要全力以赴抢救战士的生命，有困难及时向总参求援。

这一天的武警交通指挥部"值班日记"上还有这样的记录：

> 16：00 总装备部叶部长电话：总参已正式向兰州军区下达起飞命令。派两架"黑鹰"，每架准乘4人。你们要与新疆军区陆航处、阿里军分区保持联系。
>
> 17：15 第二总队侯总队长报告：新疆军区已下达下午6时起飞命令。阿里军分区支援两名医生。

18：50　总部作战室闫参谋传达刘源中将指示：

1. 对重病战士要全力以赴进行抢救，不惜一切代价控制病情恶化。

2. 对牺牲的战士黄帅要做好善后工作。

3. 对全体官兵进行战地教育，做好思想政治工作；加强后勤保障工作，极力避免再度伤亡。

22：00　第二总队值班室报告：乌鲁木齐正在下大雨，库尔勒机场有冰雹，飞机暂时无法起飞……

深夜，总参谋部、武警总部、兰州军区、新疆军区、武警交通指挥部、武警交通第二总队，十几位将军和大校的目光，注视着阿里，焦急地等待着气候好转，飞机起飞……

11. "黑鹰"救了我，但我没有看见"黑鹰"是啥样子

"战士的生命高于一切，要不惜一切代价全力抢救。"

这是武警部队司令员吴双战又一次下达的命令。

4月30日下午5点，新疆军区接到总参和兰州军区的命令后，立即研究飞机营救方案，准备6点起飞。某陆航团参谋长、特级飞行员沈正文和飞行大队副教导员在短时间内做好了一切起飞准备工作，并在驻疆空军飞行管制中心、民航乌鲁木齐指挥中心等军地单位的配合下，开通了空中应急通道。

武警交通第二总队同时制定了应急抢救预案。解放军第十二医院和兰州军区总医院的医务人员也分别做好了救治准备。

一切准备就绪，只待起飞命令。

然而就在这时，乌鲁木齐突然下起了滂沱大雨，飞机一时无法起飞。

用胸膛行走西藏

那是一个不眠之夜。多少人在仰望乌鲁木齐的天空，焦急地等待着雨过天晴。北京的将军们守候在电话机旁，等待前方的消息。

5月1日上午9点36分，两架"黑鹰"直升机终于起飞了，从北疆飞往南疆重镇喀什，然后从喀什直飞阿里高原狮泉河镇。

13点30分，"黑鹰"直升机摇摇晃晃地降落在狮泉河镇郊外的简易停机坪上。交通部队的官兵们看护着两名病重战士，守候在那里。见到飞机降落，他们一个个激动得热泪盈眶。两名战士被迅速抬上直升机，机组人员连一杯水都没有喝，又迅速向喀什飞去。

途中，直升机多次遇到强烈的高原气流，一次次出现颠簸，一股股冷风透过机舱门的缝隙直往机舱里钻。为防止病重战士受到风吹，机械师王光涛和潘睿分坐在机舱门两边，用身体挡住寒风的侵袭。随行的武警交通第二总队女军医冯宁在飞机的颠簸下出现了晕机症状，脸色发青，胃部痉挛。但为了让战友不受颠簸，她始终将战士徐明新紧紧抱在怀里。武警交通第二总队门诊部主任左家宽跪在毛林宝身边，一会儿喂水，一会儿抢救。

医护人员把生命垂危的战士抬上了"黑鹰"直升机

当飞机飞临昆仑山口时，前方突然出现一团乌云。沈正文驾机在云层中盘旋，捕捉可能出现的云层孔隙。一圈、两圈，当飞机盘旋到第三圈时，一道阳光从云层和山口之间透了进来。这一线阳光让沈正文眼睛一亮，他和副驾驶刘俊迅速交换了一下眼神，果断地抓住这稍纵即逝的机会，从云层中穿越而出，飞过了昆仑山口。

19点整，"黑鹰"直升机安全飞抵喀什。此刻，在喀什机场，解放军南疆军区、解放军第十二医院、武警新疆总队南疆指挥部、武警交通部队等四个单位的人员，早已准备好救护车和开道车，焦急地等待着。飞机降落后，两名病重战士立即被安全送到解放军第十二医院，在医院专家的全力抢救下，脱离了生命危险……

从死神手中挣脱出来的战士徐明新后来告诉我说，部队走到大红柳滩时他开始头痛，不是一般的痛，是很痛，痛得像随时都要炸开。他向卫生员要了几片止痛药，吃下后，咬着牙一直坚持到界山达坂。后来他就昏了过去，什么也不知道了。等他醒来时，已经在救护车上，他只迷迷糊糊看见有人在他身边忙碌，没多久又昏迷过去了。再一次醒来时，车队已经到了日土县，他看见救护车上多了两个人，一个他认识，叫毛林宝；另一个他不认识，后来才知道叫黄帅。他们三个都在输液，黄帅一直昏迷不醒。他们三个被送到狮泉河阿里军分区医院，头天夜里住在一间病房，第二天早上黄帅病情加重，被隔离到另一间房子。中午时，他听说黄帅牺牲了。黄帅是肺水肿发展成了脑水肿，医生极力抢救也没有抢救过来。他和毛林宝的病情也在恶化，后来听说上级派"黑鹰"直升机来救他们了，可他没有看见"黑鹰"就昏迷了过去，也不知道怎么上的飞机。

12. 又有战士得了高原肺水肿

5月4日凌晨2点，又一个紧急的消息从阿里高原腹地的萨嘎县传来：八支队六中队战士高国庆因感冒和缺氧引发肺水肿，军医正在紧急治疗，因萨嘎县医疗条件有限，请求上级紧急支援。

六中队指导员献策事后回忆说："我们从叶城出发的第九天，路过仲巴的时候，高国庆就病了。早上出发前点名，他晕倒在地。仲巴是全线部队驻地最高的地方，平均海拔 5000 多米，没有医院。我们不敢停留，赶紧把他抬上救护车，一边抢救一边往萨嘎赶。可是，仲巴离萨嘎还有 170 公里左右。路况很差，很颠，车速很慢。

"离萨嘎还有 20 多公里的时候，我们遇到了从拉萨拉运机械上来的后勤处处长张积军。我们向他做了汇报，他看到了高国庆，眼泪一下子就涌了出来，说赶快走吧，到萨嘎后全力抢救。

"到萨嘎后，我们赶快把高国庆送到边防五团卫生队抢救。卫生队无法抢救，又送到县医院。一位援藏医生检查后说，是肺水肿。我赶快向支队报告。高国庆的病情已经恶化，随时都有生命危险。援藏医生和边防五团的医生，还有我们的随队医生一起抢救，几个小时后高国庆醒过来了，可是很快又昏迷过去了，直到晚上 10 点，才又醒来。

"他醒来后身体很虚弱，看着我，喘着气对我说：'指导员，我欠×××500 块钱，如果我挺不过去，下个月发了工资你帮忙还给他……'一听这话，我的眼泪流了下来。我说：'你别胡想，你会没事的，总部司令员派的救援队很快就到了。'他说：'谢谢……如果我真不行了……告诉我的父母，不要给部队添麻烦……'在场的人都哭了……"

5 月 5 日凌晨 1 点 30 分，一个名叫王新健的战士又病倒了。

接到求救电话，武警部队司令员吴双战指示部队全力救援。

一线部队报告说，萨嘎条件很差、交通不畅，如果把患病战士送到狮泉河镇治疗，要走 980 多公里，送往日喀要走 460 多公里。

吴司令员连夜召开紧急会议，制定救援方案，下达命令：武警西藏总队立即组织医疗队，火速奔赴萨嘎救援，并沿新藏公路进行三个月的医疗大巡诊，确保每一名战士的生命安全。

接到总部命令后，西藏总队六名医生乘坐装着大量药品和救援设备的救护车，连夜紧急出发，直奔萨嘎。

医疗队日夜兼程，5 日下午 3 点赶到了萨嘎。三个多小时后，在死亡线上徘徊的高国庆和王新健被抢救了回来。

紧接着，医疗队又赶赴五中队，抢救另一名患心脏病的战士肖坤。

随后，医疗队沿新藏公路对沿线部队展开了巡回医疗。

5月10日，武警交通第二总队新闻干事王鸿滨从阿里高原打来电话说，重病战友目前已经全部脱离危险，其他官兵也渐渐适应了高原环境，部队正在安营扎寨，短期休整后，将投入新藏公路维护和保通战斗……

13. 从低海拔城市到海拔6000米极地的生命跨越

黄帅，一名普通战士。

黄帅的父亲也曾是一名战士。25年前，他就在儿子现在的部队里服役。父亲在天山打了八年的公路隧道，然后复员回了老家。25年后，黄帅沿着父亲的足迹，走上了昆仑山，走进了阿里无人区。

可是他刚上去，就永远地倒在了阿里高原。

当父亲重上高原，去看望儿子时，儿子已变成了叶城烈士陵园里的一方墓碑。

黄帅的部队原本不在新疆，而是在海滨城市大连。那里的海拔很低。新藏线养护部队组建的消息传到大连后，黄帅跑到中队队部要求到阿里去。他如愿以偿，被调入八支队一中队，在汽车班担任水车驾驶员。不久，他又被任命为汽车班班长。

年底，部队安排黄帅回家探亲。探亲期间，25岁的黄帅与相恋多年的女朋友姚云办了婚事。家里人知道他要上阿里，十分担心，妻子姚云更是放心不下。每当妻子问起阿里时，黄帅都骗妻子说："那里很美，有草、有花、有羊，跟仙境一样。"其实，黄帅心里非常清楚到阿里意味着什么。为了上阿里，部队提前半年就开始高原适应性训练了。

用胸膛行走西藏

2002 年 4 月 25 日，黄帅跟随第二梯队驾车上阿里。车行至库地兵站时，他就出现了恶心、胸闷、头痛等高原反应。他吃了几片卫生队配发的药物，继续赶路。到了大红柳滩，黄帅的高原反应更强烈了，但他怕影响整个部队的行动，没有把病情告诉任何人。晚上，战友们发现他吃不下饭，甚至连清水都喝不下，便向中队报告了这一情况。随队军医陈鹏立即给他吸氧、输液、服药。第二天早上，病情刚刚好转的他，坚持回到了自己的驾驶室。

从大红柳滩兵站到多玛兵站，行程虽然只有 360 多公里，但至少得走十几个小时。早上从大红柳滩兵站出发时，天气还好好的，哪知一爬上界山达坂，就遇上了漫天大雪。转眼间，大雪就把道路掩埋了。天地白茫茫一片，气温降到零下 20 多摄氏度。此刻，所有的官兵都出现了剧烈的头痛、恶心、呕吐等高原反应，不少战士用背包带紧紧勒住头部，以减轻头痛欲裂的痛苦。黄帅的高原反应更重，但他强忍着不适继续赶路。

晚上，部队到达多玛兵站。吃完饭后，随行军医为每个战士例行检查身体，发现黄帅和另外两名战士毛林宝、徐明新有发烧症状，于是赶快为他们治疗。第二天，黄帅和那两名战士的病情加重，支队政委邹聪一边让军医救治，一边向指挥行军的朱总汇报。朱总当即决定，派专车速送三名战士到阿里军分区医院治疗，并电告指挥部，请求直升机支援。

三名战士被送到医院后，医生发现黄帅病情严重，肺部已出现水肿。黄帅喘息着说："先抢救新兵。我没事，我能挺得住……"

4 月 30 日中午 1 点 30 分，黄帅经抢救无效，停止了呼吸。

被高原反应折磨得几天几夜没有睡觉的朱总，得到黄帅牺牲的消息，泪流满面。护送黄帅灵柩下山的是一中队副中队长刘望华，还有四班班长刘祖军。刘祖军和黄帅是同年兵。他后来回忆说，他们路上走得很慢，怕惊扰黄帅。高原 5 月的中午，已经有些热了。他们怕遗体腐烂，专门在班公湖刨了许多冰，堆放在黄帅遗体周围。

黄帅被安葬在新藏公路的起点——南疆叶城烈士陵园。

博大的阿里高原，接纳了这个年轻的生命。

一个星期后，黄帅的父母从江苏淮安匆匆赶来。站在儿子的墓前，母亲悲痛欲绝，父亲显得比较坚强。这个在高原修筑过天山公路的老兵，知道当兵意味着什么，高原意味着什么。

他们的身后，是黄帅年轻的妻子姚云。

姚云是幸福的，新婚蜜月刚过，她就发现自己怀孕了；姚云又是不幸的，结婚三个月，她就永远地失去了丈夫。这大喜大悲，在这么短的时间里接踵而至，让她一个女人怎能承受得起？

姚云跪倒在黄帅的墓前，失声痛哭："黄帅，你走了，我和孩子怎么办啊……"

下部

穿越天堂

这种**穿越**，

需要有仰望的心态，

和匍匐前进的姿态。

2004 年 6 月 1 日，我一个人背着行囊从北京出发，乘机到达新疆乌鲁木齐，然后转机到喀什，再换乘汽车抵达昆仑山下的叶城。

叶城是新藏公路的起点。我将从这里翻越喀喇昆仑山、冈底斯山、喜马拉雅山等高海拔山脉，还将穿越阿里无人区、沼泽地、塌方群、泥石流区、雪崩区等几十个危险区域，最终走完新藏公路和川藏公路全程。也就是说，我将由西向东穿越整个西藏，完成我有生以来最艰苦的一次征程。

出发前，有朋友劝我，应该从四川成都沿川藏公路而上，到达拉萨后再走进最艰难最危险的新藏线，那样海拔一点一点升高，身体也会慢慢适应，路上不会有太大的危险。但我不愿意那样，而是选择了先难后易的行动路线。反其道而行之，我觉得这样更刺激、更有挑战性。

我从 1984 年就开始进藏，几乎每年都要进一次，有时候一年要上去好几趟。算起来，20 年来我至少上过 30 多趟西藏了，仅川藏线我就走过十几趟。而新藏线是我第一次行走，想尽快揭开她神秘的面纱。

我的行囊里，除了毛衣毛裤等衣物外，还有一个军用水壶、三本空白笔记本、五支圆珠笔和一张粗布质地的《西藏交通图》。这张地图是 20 年前西藏交通厅的一位处长送给我的，我一直保存着，只要去西藏我就带着它。行囊里还有一些预防感冒的药品。我的身体一直很好，基本没什么毛病，但我最害怕感冒。在高原地区得了感冒不容易痊愈，而且很可能会引起脑水肿、肺水肿等高原疾病，危及生命。十几年前，我在川藏线上就得过一次感冒，治疗了一个多月也没有好利索，一直咳嗽了两个多月，从那以后就落下了病根。这么多年来，不管是在高原还是在内地，我只要得了感冒就咳嗽，没有一个月是好不了的。所以，其他药我可以不带，但感冒药我是一定要带的。

临行前，我做了最后两件事：一是把办公室里自己的私人物品整理装袋拿回了家；二是到保险公司买了五份人身意外险，装在一个信封里交给妻子。妻子问我信封里面是什么东西，我只是让她放好，没有多说什么。多次进藏的经历，让我深深地体会到生得艰难和死得容易。在西藏什么事都可能发生。如果我在路上发生了什么意外，那五份保险就可以保障我的妻子和孩子后半生的生活。一个人在履行自己社会职责的同时，也应该为自己的家庭负责。我想当一个好兵，也想当一个好丈夫、好父亲。

就这样，我一个人出发了。

第一章 凝目 "0" 公里路碑

飞机从乌鲁木齐起飞，越过白雪皑皑的天山，沿塔里木盆地西侧上空向西南而行。这时从左面的舷窗往下看，就会看到一望无际的塔克拉玛干沙漠。一个多小时后，飞机降落在天山山脉与昆仑山山脉交会处的喀什。

第二天，我乘坐汽车向东南而行，中午就到达了叶城，也就是新藏公路的起点 "0" 公里路碑处。武警交通第八支队的基地就在这里。但当我高兴地来到基地，战友们却告诉我一个坏消息：前几天阿卡孜达坂发生了塌方，路断了，估计一个星期后才能通行。

通往阿里的第一道大门紧锁着。阿里，我还没有踏进你一步，你就给我一个下马威。

站在 "0" 公里路碑处，凝望路边指向阿里的路牌标识，我知道阿里就在遥远的前方，但不知道前面的路到底会是什么样子，我心里既有远行者的激动，又有前途未卜的紧张。

1. 被赶下阿里的勇士

简八一是我见到的八支队的第一个人。他是支队的总经济师，也是八支队兵龄最长的兵。他负责叶城基地的工作，但又不是基地主任，我不知道该如何称呼他，就叫他 "老简"。

我和老简以前没有见过面，只在电话里采访过他。据说让他待在基地负责工作，一方面是因为他很敬业、协调能力很强；另一方面是因为他在高原待得太久了，身体患有几种疾病，不适合继续留在阿里工作。

老简是陕西人，但从他的身上，看不出关中汉子的粗犷，倒看出几分儒雅。就是这么一个看上去文静的人，当兵 28 年来吃了许多苦头。他先在天山当了七年兵，又在太行山干了七年，1991 年又上了昆仑山，一直干到现在。28 年里，他修了几十条长长短短的公路。

最令他自豪的，是他参加过著名的天山公路的修建。当年轰动一

117

时的电影《天山行》就是根据他所在的部队的事迹拍摄的。电影里的主人公原型姚虎成当时在一营当副营长，他在三营当战士。当年姚虎成从北京参加全国人民代表大会回来，老简还听过他的事迹报告。

我一直对老简的名字感到好奇，不知道他怎么会起这么一个名字，几次想问又没问，现在提起了，我问他："你的名字跟八一建军节有没有关系？"

老简笑了："许多人都问过我这个问题，但说实话，跟八一建军节没有什么关系。我不是那一天生的，父母也没当过兵，我也不知道父母为什么给我起这么个名字。不过，我这一辈子跟部队结下了不解之缘。"

叶城基地有个农场中队，中队有530亩地，种些西瓜、玉米之类的农作物。由于大部分是盐碱地，而且刚刚开始种植，看上去收成并不好。农场中队的战士都是因为在阿里身体不适应，才被调下来的。

我在农场中队采访时，看出战士们的情绪都不是很高，一问才知道大家都不愿意回到叶城基地，觉着待在农场低人一等，很没面子。

战士肖毅是湖南岳阳人，原来在一中队，去年在班公湖干得好好的，今年上阿里前一体检，中队长说他体检不合格，就被留在了叶城。他想不通，自己身体没一点不适的感觉，怎么就不合格？其实他不知道，在高原有些病是看不出来的，一旦感觉出来了，往往就已经晚了。

王新健原来的中队在仲巴，2002年5月新训结束刚上去一个月，他就和肖坤、高国庆先后病倒了。他是胃溃疡和十二指肠溃疡，肖坤是心脏病，高国庆是肺水肿。他们三人被部队送到拉萨治疗了一个星期，病情才被控制住。那两名战友因为不能继续待在高原，去年就已经复员了。他先在农场干着，等好转后还想再上阿里。

战士侯得山去年在仲巴得了感冒，咳嗽得很厉害，几个月没好，最后把肺咳出了毛病，中队就把他送了下来。说来也奇怪，他一离开阿里就不咳嗽了。过一阵子他又上去，没几天又开始咳嗽，只好又从阿里下来。小侯告诉我，其实在上面得了病后他也挺害怕的。他们在工地上施工，有一个战友好好的就突然昏倒了，一查，是肺水肿，连夜送到日喀则，战友才保住了性命。但小侯还是想待在阿里，他说只有待在阿里，才能体现人生的价值，可他的身体偏偏不争气。

战士雷春磊从阿里下来的原因很简单，就是身体太瘦。刚上阿里的时候他的体重还可以，后来就渐渐消瘦，一年瘦了十几公斤，也查不出什么病。中队干部很担心，就让他下来了。

农场中队的指导员梁学力，原来是保障中队的指导员，去年做了调整。原因也是身体不好。在过去的两年时间里，梁学力就带车队跑了15趟阿里。

中队长张江涛身体没什么毛病，不知道是什么原因离开了阿里，也许是农场中队需要一个中队长吧。提起他当兵入伍的事，倒挺有意思。他家在天山深处的新源县那拉提镇，天山公路就从他家门前过。小时候，他亲眼看见部队把公路修到了家门口，又延伸到天山更深的地方。他很崇拜军人，特别是修路的军人，所以长大后就当兵来到了这支筑路部队。

2. 你在路这头，我在路那头

支队派来接我的人叫辛志伟，他是政治处的宣传干事，比我早一天到达。他和驾驶员从阿里出来，走了三天才到叶城。本来两天就能赶到，但在阿卡孜达坂遇到了塌方，耽搁了十几个小时。他们离开阿卡孜达坂后，那里又发生了更大的塌方，路彻底断了。

我如果早一两天到叶城，也许就能通过阿卡孜达坂，走上去阿里的路，也不至于在叶城滞留一个星期。但正因为如此，才使我在支队基地了解到了许多感人的故事。

我不知道该埋怨，还是该庆幸。

辛志伟，我几年前就认识。2000年指挥部在北京举办新闻骨干培训班，我是班主任，他是学员。那时他给我的印象是很年轻，很健康，很少说话，许多时候用笑容代替语言。可是这次一见面，吓了我一跳，他简直像变了一个人。说他变了，不是说他的性格变了，而是说他的形象变了。他的性格还是略显内向，少言寡语，说话前先憨厚一笑；可他的形象变得我都快认不出来了，他太黑太瘦了，用皮包骨头来形容一点也不夸张。我问他怎么会瘦成这样，他说自从2001年

119

年底上阿里以后，身体就一直在消瘦，第一年就瘦了12公斤，现在体重只有47公斤。听了他的话，我很吃惊，鼻子有些发酸。一个身高1.8米的男人，体重只有47公斤，任谁见了都会觉得吃惊和心疼。

辛志伟告诉我，他这次能来接我，是政治处主任李峡有意照顾他，因为他的妻子李蕾在叶城基地。李蕾是基地的会计，我来的第一天就见过了，是一个长得像维吾尔族姑娘的美丽的女警官。

我们正说着话，李蕾走了进来，她告诉我明天早上去解放军第十八医院检查身体。我说我身体很好，不用体检。李蕾说凡是上阿里的人都得去体检，这是规定。我只好答应她明天早上按时去医院。

于是，三个人坐下来聊天。

我问李蕾："你是不是新疆人？"

李蕾笑了："不是，但我从小在新疆长大。"

李蕾说，她父亲以前在武警交通部队当兵，后来转业回了内地，在河南固始县当工会副主席。现在，她在新疆，弟弟在外地上学，老家就剩下老两口。父亲叫李兰新，1974年入伍，修筑过天山公路和中巴公路，在喀喇昆仑山上待过好多年。她还在母亲肚子里的时候，就跟母亲来到了新疆，八岁时跟母亲随军到了离叶城不远的喀什，一直在昆仑山下生活到现在。

我问他们俩是怎么认识的，谁追的谁。李蕾羞怯地笑了，看了辛志伟一眼。

辛志伟笑着说："当然是我追的人家。那个时候我们李蕾身后还有好几个追求者，但都被我打败了。"

我问辛志伟："你用的什么招？"

没等辛志伟说话，李蕾开口了："他这人很坏，追人家又不明说，见面只是憨笑，跟其他人不一样。日子一长，他的憨厚和笑容就打动了我……"

李蕾说："我们俩7月份开始谈恋爱，11月份他就跟先遣队上了阿里，再见到他时已经是第二年的6月了。半年时间里，两个人的话费就花了14000元。他走在路上，只要到了有电话的地方就会打电话给我，报个平安。他们走在无人区的时候，有时好几天都没有电话，我急得要死，晚上睡不着觉，白天精神恍恍惚惚的……"

辛志伟接过话头说："政治处就我一个跟随先遣队上阿里，我的主要任务是摄像，既要拍摄沿途的地形地貌，又要拍摄先遣队的整个行动，再就是每天负责给支队发一份情况汇报。此外，每天还得给她汇报我的情况，这是我们分别时说定了的。无人区线路不好，许多地方就没有电话，所以很难打上电话。有一次我在路边一个小卖部打了一个小时才打通，可刚说了几句话就断线了，再打就怎么也打不通了。还有一次，我们到一个地方时天已经黑了，我怕她担心，没顾得上吃饭就去给她打电话，路上遇到了几只野狗，差点被它们咬了。也不怕你笑话，我们有一次通话超过了两个小时，把李蕾的手机电池都打没电了，她充上电再继续打。那个时候特别想她，尤其是遇到困难的时候就更想。她成了我的精神支柱，想起她，我什么困难都不怕了……"

李蕾说："那时我们还没有结婚。他们先遣队是 11 月 8 日出发的，这个我记得很清楚，因为那天正好是我的生日。先遣队里还有计划股的一个参谋，叫苟大方，他妻子赵香是 11 月 7 日的生日，比我早一天。我们约好晚上一起吃顿饭，既是为他们两个送行，也是给我们俩过生日，只不过我提前一天过罢了。

"那天下午，我和赵香一起上街，给他们两个准备上山的东西。我给他买了一件棉马夹，阿里很冷，备个棉马夹很有必要；我还买了许多药和四个大小不同的手电筒。后来我想起他的生日很可能要在阿里过，就给他买了块手表，作为生日礼物提前送给他。

"那天晚上他们先遣队开会结束得很晚，我和赵香一直在等着他们。10 点多，他们一散会，我们就跑到街上的一家餐馆去吃饭。那时餐馆里的人已经很少了，我们点上生日蜡烛，一起相互祝福。本来是给我和赵香过生日，但最后变成了我们两个女孩为他们祝福。我们没有唱生日歌，心情都很沉重。吃饭的时候，他们两个故意谈笑风生，想着法子逗我们开心。但我高兴不起来，心里难过极了，老是想哭。但我一直忍住没有哭，后来实在忍不住了，就借故去了洗手间，一个人在里面哭了足

121

足有 10 分钟。哭过后我洗了把脸，又面带笑容地走了出来……

"第二天他们走，我站在送行的队伍里，离他大概只有 100 米。那个时候，我很想跟他握个手，但那么多人，又不好意思走过去。我就一直站在远处，眼看着他们的车队消失在路那头。我一个人跑回宿舍悄悄地哭了一场……"

说到这里，李蕾的泪水又一次唰地流了下来。辛志伟递给李蕾一张纸巾，自己的眼圈也红了。李蕾擦了把泪水，不好意思地说："处长，让您见笑了。也不知怎么，今天您一提起这事，我老是想哭。他们去阿里的那半年里，我天天提心吊胆的，晚上经常被噩梦惊醒。他每次打电话来，我都问他身体怎么样，他都乐呵呵地说：'没事，很好。'但我后来从别人那里知道他有一次晕倒，抢救了好长时间才醒过来……"

说着，李蕾又哭了。

"我以前跟赵香并不熟，就因为我们的爱人一起上了阿里，后来就成了好姐妹。无论我们谁有了先遣队的消息，都会在第一时间告诉对方。我们两个常常在一起说他们，说着说着就伤心得落泪。但我现在比以前坚强多了，很少流泪，今天是个例外。"

辛志伟说："这几年我一直在山上，家里的事都是她一个人承担。她确实变了许多，变得比以前成熟多了，坚强多了。"

李蕾说："我们俩是去年领的结婚证，可是他一直在山上，一年到头也见不了几次面，婚礼到现在还没有办。我打算等他休假的时候，到南方去旅游结婚，其实主要是想让他多吸些氧气。我们现在还不能要孩子，医生说，在阿里工作的人，下来七个月后才能要孩子，否则孩子的智商会有问题。可是他一年的假期最多也就两三个月，想要孩子也没有充足的时间，也不知道我们什么时候才能有自己的孩子。"

我想起了简八一给我讲的"三乎"：老子在山上黑乎乎，老婆在山下痴乎乎，生个儿子傻乎乎。意思是说，丈夫在阿里当兵，皮肤被高原紫外线照得乌黑，妻子在山下痴情地一心盼丈夫回来，由于丈夫在高原待得太久，生下的孩子智商都不够高。这顺口溜听起来像个笑话，可细一想却让人心酸。阿里高原的官兵们奉献了自己的青春，还要奉献妻子和儿女。

我问李蕾："你现在最大的愿望是什么?"

李蕾想了想,说："我们本来说好要照结婚照的,可是他总是没时间,一推再推。等他下次休假了,我们一起去乌鲁木齐照一组结婚照。"

没想到她的愿望会这么简单。

我说："如果你们能看上我的技术,我来给你们照。"

两个人高兴地说："好啊,好啊!"

我们走出基地大门,来到大路上。路两旁是整齐的白杨树,站在路上能远远地看见昆仑山上的积雪。在路上,在白杨树旁,我为这对没时间办婚礼的年轻夫妻照了一组结婚照。

我们出发前,李蕾站在车边为丈夫辛志伟送行

123

3. 王珊对杨俊说：爷爷走西口，你也走西口，而且是越走越远

王珊是杨俊的妻子，杨俊是保障中队的中队长。保障中队在新藏线上有"飞虎队"之称，所以人们都叫杨俊飞虎队长。

我在叶城基地见到杨俊时，他正在和战士们检修车辆。车队准备等阿卡孜达坂路一通，就上阿里。杨俊很年轻，1991年入伍，看上去确实有股虎劲，相貌堂堂，身板结实，一笑露出一颗小虎牙。这位六年前士官提干、曾经四次立功的基层干部，提起自己的中队，脸上写满了自豪。他说，中队两年来运送12批官兵上阿里，往无人区运送物资9000多吨，从来没有出过责任事故。杨俊因此被武警交通指挥部授予"红旗车分队优秀带兵干部"称号。所在中队2003年荣立集体三等功，并被评为"先进党支部"。

新藏线上的"飞虎队"

　　谈话过程中，杨俊时不时会突然停顿下来。每当这个时候，他就笑着解释说："在阿里待久了，记忆力下降得很厉害，经常说着说着脑子就短路了。"

　　不用说，我也知道保障中队是最苦的中队，路上经常遇到危险不说，就是不停地上上下下，反复地适应不同海拔高度，就够他们受的了。在高原上，一直待在一个地方，适应了就会好一些，就怕这么上上下下、忽高忽低地折腾。我是老高原，知道这样对人体造成的伤害更大。

　　杨俊是内蒙古人，家在杭锦后旗陕坝镇。陕坝镇的居民绝大部分都是陕西人，都是中华人民共和国成立前走西口时流落到那里的。杨俊的爷爷就是走西口的人。杨俊是家里的独苗，父母都不愿意他离家太远。可是他喜欢军人这个职业，当兵离开了家，而且越走越远。先是在河北承德，后来又跟随部队转战到了伊犁、喀什，再到叶城、阿里。他当兵当到了天边边，一年到头只能回一趟家。妻子王珊带着三岁的女儿来叶城看他，没待几天杨俊就带车队上了阿里，王珊只好流着泪离开了叶城。王珊对此耿耿于怀，很不理解。去年中央电视台播放了反映武警交通部队事迹的纪录片《穿越生命线》，王珊一边看一边掉泪，一下子理解了丈夫。

　　说起飞虎队，说起自己的兵，杨俊说："我的兵个个都是好样的！新藏线上流传着一段顺口溜：死人沟里睡过觉，界山达坂撒过尿，班公湖里洗过脚。这些被人们看成是英雄壮举的事情，我们保障中队的兵不知经历了多少次。我们中队的兵是部队组建时从其他部队抽调来的，都经过严格考核。总队政委许茂是驾驶员出身，部队上勤前亲自对所有驾驶员考核过两次，最后才选定了 41 个技术、身体、素质都很过硬的驾驶员。"

　　杨俊的肚子里装满了路上的故事。

　　他说，部队上勤的时候，最难走的一段路是霍尔到帕羊那一段，那段路上全是沼泽地，动不动就陷车。2002 年 8 月，杨俊带着车队去萨嘎，走到冈底斯山山脉主峰冈仁波齐峰下时，赶上冰雪融化，河水上涨，车队过不去了。天还下着雨，士官谢海兵说他的车车况好，主动要求在前面探路。车子后面拖着钢丝绳，以防不测。刚走不远，车一下子就陷进了水里，水漫过了驾驶室，淹到了谢海兵的脖子，他只能站起来驾驶，一加油，车头又浮出来了，轰隆一声开了过去。多亏斯太尔车的排气管在车顶上，否则肯定完了。谢海兵用钢丝绳将车队的车一辆接一辆全拖了过去。

这时天已经黑了，雨还在继续下。车队继续往前走，走了十几公里就迷路了。由于是沼泽区，没过多久，车队又一次陷进沼泽地里。大家相互搭救，结果全陷进去了。他们在沼泽地里待了一天一夜，天一直下着大雨，官兵们没喝的，只能喝雨水。他派两个兵去霍尔找援兵。两个兵走了20公里，用了五个小时。当他们浑身泥水地站在姜云生副政委面前时，姜云生的眼泪一下子涌了出来。姜云生带着两台装载机赶到沼泽地，才将车队营救出来。

参加过那次营救行动的保障中队副指导员喻强（原来是驻守在霍尔的四中队的排长）对我说："那一年，我们中队在霍尔参加这样的营救行动不下100次。我们看见车队远远地过来了，心里就很高兴；看见远远走过来两个兵，心里就发毛，就知道车队又陷进去了。"

杨俊回忆说，那次脱险后不久，他们又一次经过那片沼泽地。天先是下雨，一会儿又开始下冰雹，打在车顶上噼里啪啦乱响。他们远远地看见前面有一辆车陷进去了，车顶上站着几个人向他们不停地挥衣服。走近了，见是几个过路群众。杨俊急忙让车队停下，跑过去搭救群众。被陷车辆上有五个人，其中三个安徽人，两个四川人。翻车时，一个20多岁小伙子的腰被压断了，嘴里在流血。杨俊指挥几个兵抢救伤员，其他兵从自己车上卸下篷布铺在被困车的轮胎下，连拉带推，忙活了一个多小时才将车拖出来。群众的车弄出来了，他们的车却陷进去了。送走群众，他们才开始拖自己的车，一直折腾到凌晨3点才走出沼泽……

第二章　翻越冰达坂

6月9日，我和保障中队的车队一起出发了。

听说库地达坂中断的道路今天可以抢通，我们就早早起来赶路。三六九，往外走，今天是个好日子，可能运气会不错。我们从叶城出发，沿着平缓的戈壁公路前行100多公里，就开始翻越昆仑山。车队由保障队中队长杨俊带队，我有时坐小车，有时为了方便采访，也坐车队的大车。

杨俊告诉我，从现在起，我们将翻越大小十余座冰达坂。他还给我念了一段流传在新藏线上的顺口溜：

> 库地达坂险，犹似鬼门关；
> 麻扎达坂尖，陡升五千三；
> 黑卡达坂旋，九十九道弯；
> 界山达坂高，伸手可摸天。

爬山不久，司机何平指着左边一座山问我："它像什么？"我看了一眼，没看出什么名堂；再仔细一看就看出来了，说："像个女人。"何平说："眼力不错，那就是美女峰。"我问："为什么叫美女峰？"何平说："古时候有个商人带着驼队往阿里运送布匹，商人的妻子十分美丽，夫妻很恩爱，每次商人去阿里，妻子都要送到这里。快到商人归来的日子，妻子会在这里等候。后来商人死在了阿里，妻子在这里苦苦等了三年，最后变成了一座山峰。"

多么凄美的一个故事！

说话间，海拔在悄悄升高，我们不知不觉已经爬上库地达坂。库地达坂即前文提到的阿卡孜达坂，海拔比叶城高出1000多米。路像鸡肠一样在山间缠绕，没完没了。

4. 翻越三座冰达坂，我们用了 18 个小时

往前走了十几公里，路边出现了一片小树林，大概也就十几棵树吧。司机何平说，这就是快活林。我说我们又不是到了梁山，怎么叫个快活林。何平说，阿里树木和草很少，官兵们一年四季见不到绿色，离开阿里走到这看到这么多的树，当然开心高兴了，所以叫它快活林。

坐在后座的辛志伟说，山下一个饭馆老板前几天告诉他一件事：去年八支队两个兵去考军校，在这个老板的饭馆吃过饭后，见前面有一片草地，稀罕得不得了，在草地上坐了好半天，像抚摸自己的孩子一样不停地抚摸地上的青草。老板心里很难过，说什么也不收两个兵的饭钱。老板说，当兵真不容易，一年四季待在阿里那个鬼地方，不知遭了多少罪！

辛志伟说："没上阿里前，听说从阿里下来的兵，看见一棵大树就抱着哭，我不大相信，现在我信了。"

正说着，车子进入一条沟，沟里全是形状各异的石头，其中一块石头有房子那么大，很显眼，酷似一峰骆驼昂首站在那里。辛志伟告诉我，这就是骆驼沟。传说很久以前，有支商队去阿里经过这里，遇到了大风雪，人全死了，只有一只骆驼活了下来，它一直站在那里，等待它的主人骑上它继续往前走。

这条通往阿里的路上，不知还有多少悲壮的故事。

走着走着，车突然走不动了，路上堵了许多车，一问才知道前面的路还没有通，我们只有坐在车上等。已经是中午了，这里前不着村后不着店的，没有吃饭的地方。还好，车上有出发时带的馕。

馕是新疆特有的一种干粮，里面放了调料，吃起来很香，便于旅行时携带，放几个月也不会坏。馕呈圆形，周边厚中间薄，有大有小，小的像盘子那么大，大的有锅盖那么大。

我们在车上吃着馕，喝着矿泉水。馕有些硬，吃起来有些费劲，但味道很不错。辛志伟说，维吾尔族人出门一般都带馕，路上饿了就

无人区里，饱经风霜的藏族老人

用胸膛行走西藏

往河边草地上一躺，看也不看，把硬硬的馕往河上游一扔，等它漂到跟前了捞起来吃，就软和了。我知道他说的是笑话，但如果路旁有河水，也许我也会尝试一下维吾尔族人的方法。可是山上没有河，只有悬崖和绝壁。

那天，我们在库地达坂被堵了整整八个小时。

翻越麻扎达坂的时候，天已经黑了。"麻扎"在维吾尔语中的意思是坟墓。天空突然下起了大雪，疯狂的雪花在车灯前飞舞，像成群的飞蛾在扑火。我感觉肚子有些胀，里面像装满了气。让我十分难堪的是，一路上不停地放屁。我听见车上的其他人也在放屁，大家忍不住都笑了。我说可能是中午吃的馕，现在才开始消化。辛志伟说这也属于高原反应，海拔在不断地升高，肚子里的气压比外面的高，所以屁就多。他问我想不想尿，说只要能尿出来，就不用害怕。他还说，在阿里高原上，最怕的是尿不出来，那样就很可能得了肺水肿。要不怎么说，在"界山达坂撒过尿"的人是英雄呢。

他不说我还没什么感觉，这么一说我突然就想尿了，也许是想看看自己得没得肺水肿。车队停下来让大家方便，大家一起尿，都尿了出来，这下才放心了。可是要走的时候，一辆车启动不起来了。这里是"坟墓"，这车坏的真不是地方。修理工和司机去修车，我和杨俊站在一边等着。我很担心，但杨俊一点也不着急，看来这种情况他们在路上已经司空见惯了。

杨俊幽默地说："可能是车得了肺水肿。"

趁着修车的当儿，杨俊给我讲了前不久发生的一件事。他们送完物资从阿里往回返，走到麻扎达坂的时候，天也下着大雪，但比今天的大多了，路上的雪至少积了有十几厘米厚。司机董常儒的车爬第二个回头弯时轮胎打滑，车一下子横在了路上，而且不停地往坡下滑。右边是山崖，左边是峭壁，董常儒很沉着，想把车子往峭壁边上靠，但车轮空转，不听指挥。如果车子继续这样打滑，后果不堪设想。董常儒冲车内两个准备下山考学的战士喊："你们赶快跳车！"可是车门已经被冻住了，战士推不开。杨俊见状急忙跑过去指挥，才慢慢将车开到安全地带。董常儒下了车，腿不住地打战，吓得半天说不出话来。

车很快就修好了，我们继续前进。

辛志伟有些感冒，鼻子不大通气，我让他吃了点药，又从车后面找出大衣给他盖上。他有些不好意思，说："我是陪你来的，你没事，我自己却先病了，反而让你来照顾。"我说："我是老高原了，我上高原的时候，你还在上小学呢。"他说："也不知道是怎么搞的，我每次过麻扎达坂都不顺利，今年 4 月份上山，走到这里下来撒尿，走了几步就晕倒了，等我醒来时已经在救护车上了，医生正在给我喂药输氧。"

两个小时后，我们开始翻越黑卡达坂。雪不下了，却下起了小雨，后来又变成了冰雹。可真是"一天经四季，十里不同天"哪！车队有个战士高原反应强烈，我让他坐到我的小车上，我坐到了他原来的斯太尔车上。开斯太尔车的司机叫蔡小兵，人很年轻，也很机灵。我们一路走一路说着话，没什么感觉就到了黑卡达坂顶上。

我问蔡小兵："你跑阿里几年了？"

他说："2002 年就开始跑了。"

"有没有遇到过什么惊险的事？"

"现在倒不觉得有什么惊险，但刚开始跑的时候，还是很害怕，有时腿都发软。有一次我们翻黑卡达坂，过三个急上急下的回头弯时，雪很大，路很滑，防滑链也不起作用。我的车一个劲地甩屁股，眼看就要滑到山崖边上了。战友们跳下车用大衣、棉被、铁锹垫在车轮下，车才没有继续往下滑。我下车看见中队长就鼻子发酸，我说：'中队长，差点就见不到你了！'中队长把我搂在怀里，抚摸着我的背说：'别怕，有我在，不会有事的……'"

说着话，我的头开始有些晕晕乎乎，后来就渐渐睡着了。等我醒来，车队已经到了三十里营房，一看手表，凌晨 3 点钟。我们在兵站住下。

三十里营房海拔 4000 米左右，这里气候很不好。三十里营房在新藏线上很有名，据说国民党的一个连队曾住在这里。原来他们并不住在这里，而是住在一个小山村里。国民党兵在村里无恶不作，村民恨之入骨。一天夜里，村民们杀了整个连队的兵，只有两个去上厕所的兵侥幸逃脱。那两个兵跑回团部报告了情况，团长带着上千士兵围了村子，把村里的男女老少全杀光了。后来他们把营房后移 30 里，才挪到了这里。

躺在兵站的床上，我感觉胸闷气短，睡不着，干脆起来点亮蜡烛，坐在床上写日记。

5. 他把馍当月饼

第二天，我们 5 点 30 分就起床了。我只睡了两个小时，而且好几次被憋醒。今天行程最远，要过大红柳滩、死人沟，还要翻越界山达坂，我们必须在天黑前到达多玛。所以，必须早起。

昨天那个高原反应强烈的兵身体状况还是不太好，今天的行程又比较艰苦，我让他继续坐小车，我坐上了三级士官范书军的车。

车上还有一个兵，名叫孙青，是有 13 年兵龄的老兵，担任中队的修理工。

离开三十里营房 40 公里，孙青指着路边说，他第一次在山上修车就是在这里。2002 年 9 月，蔡小兵的车走到这里，转向拐臂坏了。这故障修起来很麻烦，需要把两个销子打掉。由于高原反应，他们三个人轮换用铁锤敲打，打不了几下就要停下来喘口气，休息一下，然后再打。两个销子整整折腾了他们一天。

康西瓦到了，车队停在路边休息。中队长杨俊手里提着两瓶酒，叫我跟他去一个地方。我们拐进左边的一条小路。我远远地就看见一方高耸的石碑，走到跟前，才看清石碑后面是一片坟茔。杨俊说这就是康西瓦烈士陵园，他们每次经过这里都要祭奠，好让烈士们保佑他们路上平安，这已经成了中队不成文的规定。这里掩埋着对印自卫反击战中的死难烈士。他们大部分不是战死的，而是因高原反应倒下去的。

祭奠完烈士，我们继续往前走。前面不远处就是大红柳滩，再往前翻过奇台达坂，就是甜水海了。我早就听过"红柳滩上无红柳，甜水海里无甜水"的说法，但不知为什么这样说。传说从前有个外国探险队长途跋涉到大红柳滩，人困马乏，只好停下过夜。第二天早上，人和几十峰骆驼都变成了僵尸。但跟红柳有什么关系呢？范书军告诉我，以前那里全是红柳，后来发生了特大泥石流，红柳全被卷走了，后来再也没有长出一棵来。

这种说法有点道理。我又问他，为什么"甜水海里无甜水"？范书军说，甜水海那地方别说没甜水，连淡水也没有。听说解放新疆那阵儿，解放军的一个连队长途奔袭，三天没喝一口水，一名战士昏倒在路上。战士醒来后说，他梦见一个很大的海，他趴在那里拼命地喝，那海水很甜很甜。说完，战士就牺牲了。战友们把他埋在路边，给那里起名甜水海。

又是一个悲壮的故事。

我的心情一下子沉重起来，没有再说什么，他们两个也不说话。后来还是范书军打破了沉默，说起了去年中秋节他的车在大红柳滩抛锚的事情。

那是他第六趟上山。回来的路上，他的车爆胎了好几次。走到离大红柳滩20公里的地方，轮胎全爆了，无法继续前进。当时是夜里12点多，车队没有停止，继续往前走，中队长让他原地等援助。原计划要赶到三十里营房过中秋节，现在看来没希望了，他只能一个人在路上过节了。夜深了，山沟里静极了，没有风，只有远处偶尔传来高原狼的几声嗥叫，那声音凄厉而悠远。高原的月亮很大、很亮，黄灿灿的，很像新疆的大馕。想起馕，他才突然感觉肚子很饿。他从车上找出一个馕，爬上车顶。抱着馕，仰望月亮，他想起了妻子和孩子，泪水悄悄从脸上流了下来……

6. 铁马冰河入梦来，他在死人沟里守了五天五夜

中午在大红柳滩吃饭的时候，我认识了李越。我对李越产生兴趣，不是因为他是我的老乡，而是因为他这个汽车兵竟然找了一个研究生做老婆。

李越的家在陕西蒲城兴镇，离我的老家富平老庙只有十多公里。李越1992年入伍，现在已经是四级士官了。提起妻子陈芳，李越的话特别多。他对妻子是研究生这个事似乎并不在意，但他在言语中还是掩饰不住心中的自豪。

李越说，他和陈芳是初中同学，而且是同桌。后来两个人考上了同一所高中，相互都有了好感。李越高中没毕业就当了兵，两个人开始通信。两年后，陈芳考上了西安工业学院。李越当时想，这下完了，人家成了大学生，不可能再跟他谈下去了。可是陈芳还和以前一样，甚至比以前对他还好，几乎每个礼拜都有一封信寄给李越。陈芳后来考上了计算机系研究生，她对李越的感情也没有发生变化，这让李越很感动。更让李越感动的是，陈芳毕业留在母校当老师后，就提出和李越结婚，而且不顾家里人的反对，悄悄和李越领了结婚证。

陈芳从小就崇拜军人，知道李越在神秘的阿里执行任务后，就由衷地敬佩他。陈芳说，在阿里高原上经过生死磨炼的男人，更值得她去珍惜和爱恋。李越说，他对陈芳心存感激，只有好好地工作，才能对得起陈芳；同时他也要保护好自己的生命，平安地回到妻子的身边。

但行走在新藏线上，生命经常会受到威胁。2002年12月底，他们中队组成14辆车的车队，完成当年最后一趟运输任务。天气很冷，将近零下20多摄氏度。走到死人沟的时候，是夜里12点。杜辉的车坏了，车队不敢停，因为一熄火车就很难再发动起来，很可能一辆车也走不了，中队长让李越留下帮助杜辉。李越开车到跟前一看，由于

缺配件，杜辉的车暂时没法修。两个人一筹莫展。他们冷得实在受不了，就在路边捡废弃的轮胎，点燃了取暖，同时也是为了驱赶野狼。杜辉让他先走，到狮泉河镇取了配件再来救他。这样等下去也不是办法，李越只好把所有的干粮和水留下来，一个人开车先走了。

路上全是冰雪，很滑。李越开了十几公里，在上一个斜坡时车子滑进了冰河。这时已经是夜里三四点钟了，他做了各种努力也没能把车子从冰河里弄上来。水从车边流过，流过一层结一层冰，冰越积越厚。车子一点也动弹不得，他使劲踩油门，车子轰轰直响，就是不挪窝。天很黑，星星很亮。他一个人坐在车里望着天上的星星，第一次感觉到了恐惧。他想起了外国电影《角斗士》里的一句台词：死神冲我微笑，我也用微笑相迎。

第二天太阳出来了，晒化了冰雪，他又一次开始自救，结果很幸运，车子开出来了。

那年休假回家，一天晚上他梦到了那次遇险，在梦里他使劲踩油门，结果把妻子陈芳一脚蹬到了床下。妻子问他怎么了，他说他做了个噩梦。他把那次冰河遇险的经历讲给妻子听，妻子流泪了，说了一句："铁马冰河入梦来。"

李越说："其实，我那次的经历不算什么，杜辉那次才叫惊险呢。后来我到狮泉河镇取了配件去营救他，谁知路让大雪给封堵了……"

听说杜辉也在车队里，吃过饭我便坐上杜辉的车往死人沟方向走。我们一路走，一路闲聊。

关于死人沟的传说，杜辉说有许多版本。其中的一个版本极其惨烈——几十年前的一个隆冬季节，解放军的一个车队走进山沟遇到了大风雪，进出沟口的道路被堵死了。官兵们水尽粮绝，坚持了七天，最后连汽车轮胎、车厢板都烧光了，也没有抵挡住严寒，所有的人都被冻死了。从此，人们就把这条沟叫死人沟。

渐渐地，车队走进了死人沟。死人沟两边的山并不高，看上去不起眼，但沟很长，前后有 40 公里，海拔 5000 多米，天气恶劣多变。提起和李越的那次遇险，杜辉至今惊魂未定。

用胸膛行走西藏

　　杜辉说："李越走后，我一个人待在死人沟。我没想到，这一待竟待了五天五夜。我以为自己肯定完了，后来却奇迹般地活了下来。当时的情景，我一辈子也忘不了。"

　　杜辉说，当时气温很低，白天还可以，太阳一出来气温是零下十几摄氏度；到了夜里气温就下降到零下二三十摄氏度。开始他并不怎么害怕，车队和李越给他留下了三只烧鸡、五只猪蹄，还有几个馒头和六瓶矿泉水，坚持几天是没问题的。

　　可是一夜之间，所有食品和矿泉水都被冻成了冰。烧鸡和猪蹄硬得像石头，咬都咬不动。白天等太阳出来了，他把车窗摇上来，将矿泉水瓶放在前玻璃跟前，让太阳晒。晒半个小时到一个小时，才能融化出一口水，喝完了再晒。食品也拿出来晒，但怎么晒都晒不化，就那样硬着吃，咬一口一个白牙印，牙齿硌得生疼，只能咬下一点点，像鸟吃食一样。

　　冻得实在受不了了，他就到周围拾废弃的轮胎烧了取暖。好在新藏线上到处是废弃的轮胎。夜里他不敢去捡，怕野狼袭击，只能白天捡。死人沟里野狼很多，它们看见火不敢到跟前来，就蹲在不远的地方嚎叫。那时他常常想，如果他死了，野狼肯定会分食他。他想想自己死了，还不能留下全尸，真是悲惨，心里很难过。后来附近的轮胎被他烧完了。夜里没有了火光，野狼经常在车边转悠。

　　三天过去了，还不见救援的人，杜辉有些害怕。而且由于饥饿和喝冰凉的矿泉水，他开始拉肚子。他本身就有肠炎，喝下去一口冰水，不到三分钟就拉肚子。但为了维持生命，又不能不喝。白天还好说，野狼走了，可以下车去拉；夜里就很麻烦，必须手里提着棍子防止野狼的袭击。还有好几次他来不及下车，都拉在了裤子里。

　　杜辉说，坚持到第四天的时候，他一点力气都没有了，感觉生命到了极限。他想自己可能过不了这个坎了，就想到了写遗嘱，想写两份，一份给部队，一份给父母。但他找了半天也没有找到纸和笔。这让他心情很糟，心想：老天怎么连封遗书都不让我留呀！

　　第五天下午，营救他的战友来了，那时他已经奄奄一息了……

7. 他们在海拔6700米的界山达坂上创造了世界筑路史上的奇迹

下午，我们开始翻越界山达坂。死人沟的天气刚才还好好的，现在突然下起了大雪。天地间一片苍茫，雪雾给这座新藏线上海拔极高的达坂蒙上了一层神秘的面纱。界山达坂山顶海拔很高，但比较平坦，看不出有什么可怕。

据杜辉说，部队刚上来的时候，这里几乎没有路，来往的车辆像野马一样到处乱跑，许多车因此而陷进沼泽里。2002年部队上来后，一大队的两个中队在这里"鏖战"了100天，才将这段路修好。以前翻越界山达坂至少要四五个小时，一旦误车就不知道要等多长时间了；现在路修好了就好跑多了，一个多小时就翻过去了。

界山达坂是新疆和西藏的分界线，从这里开始就进入了西藏自治区的阿里地区。这里是八支队养护保通的起点。正因为如此，在车队经过山顶的时候，我停下来拍照，而且还想在此撒泡尿，以证明自己也是英雄。下车后，我跑过去找那方有名的石碑，找到后却很失望。石碑很普通，只有半人高，上面的红油漆因风吹雨淋已剥落了不少，但还是能看清。上面写着：

界山达坂，海拔6700米。

山顶很冷，雪越下越大，雪粒打得脸生疼；风也很大，石碑上缠绕的五色经幡被吹得哗啦啦响，像是在鼓掌欢迎我们的到来。我冷得直打哆嗦，感觉有些头痛，照了张相，撒了泡尿，就被辛志伟拉上了小车。辛志伟说，这里很危险，不敢停留太久。上次有人下来照相就晕倒了，吸了半天氧才醒过来。

上了小车后，我发现之前有高原反应的那个战士不见了。辛志伟说那个战士的高原反应已经消失了，跟着前面的车先走了。小车里很暖和，我的头很快就不痛了，但辛志伟一个劲儿打喷嚏，裹着棉大衣还打哆嗦。可能是他刚才下车去叫我时受了风雪的袭击，感冒又加重了。

晚上，我们到达海拔4500米左右的多玛。三中队就驻扎在这里，这是我在新藏线上西藏境内遇到的第一个中队。三中队和前面驻扎在日土县的一中队，是全线施工地点海拔最高的中队。吃过饭后，我让驻队医生李志鹏赶快给辛志伟输液，免得引发别的病变。在高原，感冒是最危险的病。辛志伟躺在床上，张了张口，我知道他要说什么，摆手制止了他，他不好意思地笑了，说："处长，你的身体真好！"

我从治疗室出来，召集官兵们开座谈会。那时，已经是晚上10点多了。我虽不忍心耽误官兵们休息，但我还有很长的路要走，时间很紧，只能晚上采访他们。

我对他们说："对不起，耽误大家休息了。你们在阿里很辛苦，你们为我们武警交通部队树立了形象，我也应该为你们树碑立传。请把你们亲身经历的和你们所知道的故事告诉我，好吗？"

界山达坂上，战士们化冰做饭

官兵们很感动："你能上来看我们，我们就已经很满足了。"

那天晚上，我们聊了很久，一直到凌晨 1 点才结束。

中队长王根团是陕西府谷人，30 多岁了还没有结婚，不是他不想结婚，是没时间谈对象，他两年都没有回家了。他以前在家先后谈过两个女朋友，她们听说他在阿里当兵，便吓得不敢再见他了。也有不怕他在阿里的，但看见他快要秃了的头顶，就不愿意了。长期待在高原的人，掉头发是正常现象。王根团也想过许多办法，用过一些药，但都不管用，洗头的时候头发照样一把一把地掉，后来他一气之下干脆剃了个光头。他一直很乐观，说："她们看不上我是她们没福气，其实我是个不错的男人。"说起"鏖战"界山达坂的事，王根团一下子来了精神。

他说，当时他们在山上搭起了帐篷，吃住在工地，还成立了党员突击队，日夜奋战。山上天气变化无常，一天要下好几次冰雹和雨雪，而且很冷。晚上战士们怕刚修好的挡墙和涵洞被冻坏，便把自己的棉被拿出来盖在上面，夜里战士们只能两两挤在一个被窝里睡觉。

在界山达坂施工有两难：一是水泥凝固难。在高原其他地方，水泥一般六七天就凝固了，但在界山达坂 15 到 20 天水泥还凝固不了。主要原因是天气太冷，水泥晚上结冰，白天太阳一晒，一冷一热很难凝固。二是吃水困难。山上没有水，得到 60 公里外的冰河里取水。取水前，先在结冰河面上凿个窟窿，夜里河水上涨，早上起来冰窟窿里的水就比较清了。在山上，水烧到 60 摄氏度就开了。

大干期间，炊事员把饭送到工地上，遇到风沙，饭里全是沙子，他们用筷子拨开照样吃，沙子咬在嘴里咔嚓响。那段日子太苦了，许多官兵都病倒了，但他们还是坚持了下来。

刘雨苗原来是军需股的干部，后来调到三中队当代技术员。去年他在教导队训练过新兵，今年到界山达坂后，见到他带过的兵，都快认不出来了。他们一个个脸色乌黑乌黑的，脱了好几层皮，嘴唇裂开了血口子。原来那么年轻白净的小伙子们，上来不到一个月就被高原摧残成了这副模样。刘雨苗很心疼，鼻子酸酸的，有种想哭的感觉。

用胸膛行走西藏

炊事班战士付选文说，今年5月份，中队没有菜了，他们到冰河里去抓鱼，给战士们改善伙食。冰水刺骨，像有许多只狗撕咬他的腿。一连几天他都去抓鱼，后来就感冒了，一个月才好。

第二天我早早起来，拿着相机站在营区外的公路上，准备拍摄战士们出早操的照片。在这高海拔的地方出早操，相当于在平原地区背负三四十公斤的东西在跑步，可不是一件容易事。中队长王根团告诉我，他们一个礼拜坚持出五次操。

拍完照片，我看见路边的草甸里有三只黑颈鹤，在离它们很近的地方拍摄，它们也不飞走，我感到很奇怪。王根团说，那是一家三口，看见当兵的从来都不害怕。我问为什么，王根团说去年有几个战士到几十公里外的冰河去拉水时，遇到一只腿受了伤的小黑颈鹤。他们把它抱回来，让医生给它包扎换药，还到河里抓小鱼给它吃，精心喂养了三个月，小黑颈鹤的伤才痊愈。战士们跟黑颈鹤之间有了感情，但又不得不放飞它。小黑颈鹤飞走了又飞回来，而且还带来了两只黑颈鹤，好像是它的父母。从此，这三只黑颈鹤就一直生活在营区附近，有时也飞进营区里来。

这种保护野生动物的事情其他中队也有。听说一中队施工时，两只小山鹰从山崖上掉下来，战士们把它们带回去喂养。吃饭的时候，小山鹰还飞到战士的肩上，跟战士们争抢碗里的米饭吃。

王根团说："在这无人区里，生命和生命结成了同盟，共同抵御恶劣的自然环境，这种生死与共的感情，在内地是无法体验到的。"

吃过早饭，我们向日土进发。在班公湖湖畔的公路上，遇到了正在指挥施工的一大队的几个干部，我停了下来，让车队继续往前走。

班公湖位于日土县城北面，该湖向西延伸出境，进入克什米尔地区。奇怪的是，中国境内的大半个湖是淡水，而克什米尔境内的则是咸水。我国境内的湖中心有一座小岛，据说是世界上海拔最高的鸟岛，斑头雁、棕头鸥、黑颈鹤等20多种鸟类在此栖息，鸣叫时声闻数里，飞起时遮天蔽日。

在这海拔 5000 多米的地方，出早操可不是一件容易事，相当于在平原地区背负三四十公斤的东西在跑步

用胸膛行走西藏

我们在湖边席地而坐，聊了起来。

指导员吕青的脸紫红黑青，发着"藏光"。我以为他是藏族人，一问才知道他是山西人。他去年年初上山，一直到现在还没有下去。他的妻子和孩子在新疆阜康，支队早就给他分好了在乌鲁木齐家属院的房子，但他没有时间下去搬家。说起"鏖战"界山达坂的事，吕青说，让副大队长兼一中队中队长吕国勇说吧，他带领的一中队连续三年被支队评为先进中队，连续两年荣立集体三等功。

吕国勇长得五大三粗，脸和吕青一样黑紫发亮。吕国勇说，他们中队2002年6月6日下午接到支队命令，让他们务必在第二天上午赶到界山达坂。他带着由8辆机械车和24人组成的突击队，从日土连夜赶往界山达坂，第二天早晨7点到达指定地点。

他们在沼泽地里搭起帐篷，用石头支起床板，床上睡人，床下流水。刚上去只能煮面条吃，由于海拔高，面条一煮就成了面糊糊，但饿急了照样吃着香。更多的时候是吃方便面。不到三天官兵们脸上就开始脱皮了，下嘴唇中间开裂。平均两三天就有一个官兵病倒输液，有时一个班一下子就躺倒了三四个。

中队有三台平地机，只有两个操作手，操作手出身的吕国勇便亲自开一台，与战士们并肩作战。施工最紧张的时候，他三天三夜只休息了不到四个小时。炊事员清晨5点送加班饭，看见他坐在平地机的驾驶座上睡着了，就没有叫醒他。等他醒来天已经大亮了，他很生气，训斥炊事员："你为什么不叫醒我？"炊事员流着泪说："中队长，我看你太累了，不忍心叫醒你……"

一中队当时的任务是成型路基。但在沼泽地里施工太难了，今天刚修好，第二天又都陷进了沼泽。他们连续返工了三次，硬是用石头铺出了一条路。在6月到10月的100多天里，他们成型路基65公里。第二年，一中队在界山达坂又成型路基145公里，创造了在高海拔地区施工的世界纪录。

2003年7月8日，原武警部队副政委刘源中将视察新藏线，路过界山达坂时，他捧着战士龟裂的脸颊和流血的双手，心疼地落泪了。将军说："你们辛苦了！你们修的是天路，为武警部队争了光，为祖

142

国和西藏人民做出了巨大贡献！"

在场的后勤处副处长王胜利，当晚就在界山达坂上写下了一首诗：

> 双手捧着战士的脸
> 将军落泪了
> 这是一张啥样的脸呀
> 是被烈日晒裂的土豆
> 是被多次脱水的茄子
> 还是界山达坂上的风化石
> ……

在一中队驻地日土县，我遇到了副支队长刘培柱。说起在阿里的苦，刘培柱说，苦倒不怕，怕的是死亡。刘培柱六岁时父母双亡，从小在苦罐子里泡大。阿里是苦，但这样的苦他能忍受，忍受不了的是亲人的突然离去和眼看着战友在死亡线上痛苦地挣扎。他连续两个春节在阿里留守，没有回家。父母没有了，可家里还有嫂子。父母去世后，是嫂子一手把他拉扯大的。他想念嫂子。嫂娘，嫂娘，嫂子就是他的娘。但自从走上阿里的那一天起，他就再也没有见过嫂子。去年春节，嫂子去世了，他跪倒在阿里的雪地里，面向家乡的方向，给嫂子磕了三个头。他说，父母去世时他还小，不懂得什么是痛苦。嫂子走了，他才真正体验到了什么是生离死别。他不能回去为嫂子送葬，只能在世界海拔最高的公路上为嫂子送行。

刘培柱第二次体验生死离别是今年年初。他带领新兵从叶城出发，走向阿里。到达大红柳滩时一个新兵病了，昏迷不醒。随队医生也没有办法，只能赶到阿里救治。车队急速前进，他一路上都抱着那个新兵，能感觉到新兵的气息越来越微弱。他很害怕，害怕自己年轻的战友就这样在他的怀里悄悄离去；他很伤心，一路走一路流泪。他哭着对昏迷中的新兵说："兄弟，我们马上就要到了，你可一定要坚持住啊……"这个新兵到狮泉河镇后，在高压氧舱里待了一个星期才活了过来……

143

第三章　饮马狮泉河

远远地看见狮泉河镇，我不禁有些失望。它看上去是那样的不起眼，像一头没有睡醒的狮子，懒洋洋地伏卧在四面环山的狮泉河旁。但它毕竟是世界上海拔最高的地区级政府所在地，在国内外久负盛名。

阿里地区曾在东西方经济文化交流中具有重要地位，连接西亚、中亚和南亚的丝绸之路就经过这一地区。玄奘的《大唐西域记》中，就有关于这一带的记载。札达的古格王朝遗址、托林古寺、东嘎壁画、日土岩画，都深深地烙着这片高原古代文明的印记；被称为神山的冈仁波齐和被视为圣湖的玛旁雍错，在亚洲的宗教史上具有特殊地位；札达的弦子、日土的协巴协玛、革吉的格萨尔说唱各具特色。这里是产生西藏本教文化的厚土，曾经孕育过辉煌的古代象雄文明。

据说狮泉河河畔原是一片荒凉的红柳滩，1957 年新藏公路通车后，这里才开始建设营房和公共设施。1966 年阿里地区行政公署才从噶尔迁到这里。当时噶尔县和狮泉河镇紧密相连，中间只隔着一条狮泉河。藏语噶尔的意思是帐篷、营帐，这里曾作为兵营驻扎地而得名。

武警交通第八支队机关就驻扎在噶尔县。

8. 好一匹千里马

支队长马海卿给我的第一印象并不是很好，因为他戴着一副有色眼镜。后来一问，才知道他眼睛有病，而且身上还有好几种病，我顿时对这位武警交通部队资历最老的支队长肃然起敬。

马海卿不愿意谈自己的病，但在我的一再要求下，他还是说了。他说他有"三病一麻烦"。

他的眼睛有白内障，特别怕风沙、怕灰土。但作为支队长，又不得不天天在风沙弥漫的新藏线上奔波，所以他的眼病越来越严重。去年，他在乌鲁木齐做了手术也没有根治，现在每天只能靠眼药水抑制病情发展。他的第二种病是高血压。2001 年他在踏勘新藏线时患上高血压，从此高压再没有下过 160 毫米汞柱。他最严重的病是痔疮。俗话说"十男九痔"，对男人来说，痔疮并不算什么大病。但他的痔疮却有些特别，我从来没有听说过痔疮的症状会这么严重。他的痔疮是在 2002 年部队刚上勤搞营建时得的。那一年，他和战士们一起住羊圈，一起动手建造营房，他像一匹烈马不知疲倦地在千里新藏线上来回奔跑。年底，所有的部队都住上了新营房，他却一病不起。他说他的痔疮像花菜，天天在流血，不得不用女人用的护垫。他最怕的是上厕所，疼不说，常常是血流不止，流得他都有些害怕。他不知道他的身体里还有多少血，还能流多久。他也想去医院做手术，但一直没有时间。

说起"一个麻烦"，马海卿说："在阿里，晚上老睡不着觉，一晚上最多只能睡三四个小时，常常是睁着眼睛到天亮。你不知道，那种滋味难受极了。每天都得吃安眠药，吃一片不行，得吃两片。"

马海卿说，其实部队刚组建时，他作为支队长信心并不足，甚至有些畏难情绪。2001 年 4 月，他踏勘新藏线全线时，看到沿线恶劣的气候条件和施工条件，他的压力很大，一路上沉默寡言，精神有些萎靡不振。

指挥部将军指着他训斥道："马海卿，你给我打起精神来！你是一队之长，你都没有信心，怎么带领你的部队？"

一路上，将军好几次这样训他。

20 天时间里，他们只在大红柳滩和普兰吃过两次像样的饭，其他时间都是吃馒头、咸菜和方便面。有时没有住处，就住牧民的羊圈。就是在最困难的时候，将军也拒绝吸氧。将军的精神深深打动了他。将军 50 多岁的人都能坚持，自己为什么就不能坚持？踏勘快结束的时候，马海卿精神抖擞地站在将军面前说："请将军放心，我一定带好部队，落实好总部首长'上得去、站得住、打得赢'的指示！"

铁骨铮铮的将军，这时眼睛湿润了："海卿啊，我知道很难，知道你有压力。但中央和军委把这个任务交给了我们，我们就要想办法完成好！"

2002 年 4 月，马海卿和政委邹聪带领八支队官兵挺进阿里高原，顺利地实现了"上得去"的目标。紧接着，他们又带领官兵一边养护保通，一边建造营房。他们用五个月时间，建起了 16000 平方米的营房，让所有的官兵在冬季来临之前从羊圈和帐篷里搬进了新营房，实现了"站得住"的目标。同时，他们顺利完成了当年的养护保通任务，创造了新藏线冬季无断通的历史纪录，实现了"打得赢"的目标。

9. 让爸爸再找一个妈妈，让那个妈妈去阿里，你留下来陪我

采访曹翠莲、梅爱萍时，她们俩都哭了。不同的是，曹翠莲比较内向，只是悄无声息地流泪；梅爱萍性格开朗，有点男人的气概，脸上带着笑，眼里泪汪汪。

曹翠莲是八支队工程股股长，技术十级，1993 年从新疆工程学院毕业。她去年 4 月跟保障中队上来时，一路上不敢喝水，担心找不到地方方便。有时实在憋得没办法了，她只能让车停下来，在车后面解决问题。她路上走了五天，把肠肠肚肚都吐空了。

曹翠莲走的时候，儿子跟在她后面追出去老远。姥姥跟在后面拉外孙回去，孩子死活不回去。没办法，曹翠莲只得送儿子回去。她抱着儿子往回走，走着走着，儿子哭了。不是大声地哭，是无声地抽泣。她说，她从来没有见过儿子这么伤心。她早就下决心要上阿里，但在那一刻，她一下子被儿子的抽泣打垮了，两腿发软，怎么也走不动了。但是后来，她还是在儿子睡着的时候走出了家门。现在一闭上眼睛，她就能看见儿子伤心抽泣的样子，心都要碎了。

曹翠莲一家三口分居三个地方，她在西藏阿里，丈夫在陕西周至，儿子跟着姥姥在新疆乌鲁木齐。一家人唯一的联系方式就是打电话，她给丈夫打，给儿子打，一年下来用了几十张 IC 卡。今年儿子上一年级了，她每天晚上都打电话教儿子做作业。

去年年底探亲回家，她给儿子带了一块阿里的石头。今年她走

后，儿子把石头放在窗前，天天看着它。儿子问姥姥："我妈妈什么时候能回来？"姥姥随口说了一句："等石头变成了金子，你妈妈就回来了。"儿子信以为真，每天放学回来，第一件事就是跑到窗前，看石头是否变成了金子。

梅爱萍是审计股的副股长，她的丈夫原来是机关小车班的驾驶员。丈夫因为不能适应阿里的环境，吃不下饭，身体一天比一天消瘦，去年转业回了陕西老家。去年她婆婆得了癌症，是晚期，临终前想见她这个儿媳一面，可她在阿里回不去。按照婆婆的遗言，去世后没有立即安葬，一直等她休假回去才安葬。

女儿出生后一个多月她就上了阿里，她让姐姐把女儿抱回了武汉。姐姐对孩子很好，像对待亲生女儿一样。姐姐有时太累了，也打电话给她发牢骚："你这女儿是给我生的吗？"现在她很想念女儿，但又不好经常打电话。电话打多了，姐姐就不高兴了，说："你要是不放心，就把女儿带走。"

我问她们，除了想念孩子，在阿里还有什么困难。

梅爱萍说："我也不怕你笑话，到阿里后我们的生理机能都紊乱了，例假一个月来好几次，几乎没有停歇过。首长照顾我们，同意我们有情况可以不出操。但是总有情况，谁信呢？所以还得出操。我们这里出操不敢跑，只能绕着操场走，但走几圈下来就是一身虚汗……还有，老是掉头发，一把一把地掉。晚上睡不着觉，回家休假有很长时间都晕晕乎乎的，有一种梦游的感觉。记忆力也不好，说话忘性大，跟人说着说着脑子就短路了，还因此得罪过人。有人背后说别跟她计较，她是从阿里下来的……"

我说："在阿里，你们女兵比男兵更苦。"

她们说："我们不算什么，还有比我们更苦的呢。你不知道，张毓育的孩子从五楼跳了下来……"

我很惊讶。一个不到四岁的孩子，怎么会跳楼呢？

政治处副主任张毓育是支队走进阿里的第一个女干部，也是全军走进阿里的第一个女军官。当我问她儿子跳楼的事情时，她说："我可以告诉你，只是万一让我的公婆知道了，他们肯定会痛心的。"

张毓育的儿子叫虎仔，一直是她婆婆带着，只有在她休假回到乌鲁木齐时，才把儿子从石河子接到身边。儿子很懂事，知道和妈妈在一起的时间少，所以跟她非常亲密，走到哪儿都要跟着她。休假期间，她也清闲不下，留守处经常有这事那事需要她去处理。电话一打来，就得马上走，她只能把儿子锁在家里。后来儿子一听到电话声就害怕，因为他知道妈妈又要把他一个人锁在家里了。

今年3月1日那天，她又有事要出去。儿子哭着说："妈妈，你能不能带我一起去？我不想一个人待在家里，我害怕。你带我去吧，妈妈！我不胡闹……"她对儿子说："妈妈要工作，不能带你。虎仔乖，在家好好待着，妈妈一会儿就回来。"说着，她就锁上门走了。下楼梯时，她听到儿子在喊："妈妈，我怕……"

她还没走到楼下，就听到儿子一声凄厉的喊叫："妈妈——"

楼下有人喊："谁家的孩子跳楼了！"

等她跑到楼下，儿子已经掉在地上。幸运的是，孩子正好落在楼下前一天堆起的一个大雪堆里。儿子口鼻出血，但没有生命危险。她一把抱住儿子痛哭着说："虎仔，妈妈哪儿也不去了，妈妈在家陪你……"

后来她问过儿子，那天为什么要跳楼。儿子说："我一个人在家里害怕，我要是不跳楼，就追不上妈妈了。"

今年上阿里前，儿子对她说："妈妈，能不能让爸爸再找个妈妈，让那个妈妈去阿里，你留下来陪我？"

听到这话，她和丈夫都笑了。但笑着笑着，她的泪水就止不住涌了出来。

10. 战士们的职责是维护好公路"生命线"，医生的职责是保护好战士们的生命

我初次见到张科，感觉他很瘦小，甚至有些羸弱，不像是能救死扶伤的卫生队队长。但瘦小羸弱的他，却从死神手中抢救了十几名战士的生命，这不能不引起我的采访兴趣。

无人区里背着干粮和水壶养护公路的战士

用胸膛行走西藏

我问张科："高原上最容易引发的是什么疾病？"

他说："长期生活在高原的人，脑、心、肺、肝等器官都会发生一些病变，劳动能力下降，记忆力减退，肺水肿、脑水肿、心脏病最容易发生，如果抢救不及时，就会有生命危险。当然，还会遇到一些意想不到的事情。

"我第一次上阿里的时候，就遇到一件十分可怕的事情，现在想起来还不寒而栗。走到红土达坂，我们有两辆车陷进沼泽地里，折腾了一天才弄出来。往多玛走的路上，我们看见一辆地方车陷在沼泽地里，前面有一辆车正在将它往外面拖。我们跑过去帮忙搭救，可还没等跑到跟前，拖车的钢丝绳嘣的一声断了，打在一个地方老板的脑袋上，脑浆一下子飞溅了出来。我赶快跑过去抢救，但那老板还是死了。那种情况，根本就没办法抢救……"

张科说，官兵中有高原反应的和得高原疾病的比较多，每年不知要抢救多少人。去年，驾驶员张光明开车刚到狮泉河，就因高原缺氧和干渴，鼻血流个不停，卫生员采取了许多办法都止不住，张光明因流血过多已经昏迷过去。他得知这一情况后，赶快从别的病房跑过来，紧急抢救了十几分钟，才止住鼻血。如果再晚一会儿，张光明就十分危险了。在高原，任何一种疾病，都可能酿成悲剧。

去年夏天，四中队战士李录斌和鲁朝军患了肺水肿。张科接到电话，马上背起药箱，骑上从牧民家借来的马赶往中队。路上遇到一条小河，河水不深，河面只有几米宽。他想让马跳过去，不料马跑到河边猛收前蹄，他一下子从马背上栽了下来，但一只脚还挂在马镫里，马拖着他狂奔起来，幸亏鞋子脱落，他才得以脱身。他身上多处受伤，疼得站不起来。但他想到危在旦夕的战友，便挣扎着爬起来重新上马。谁知刚走不远，又遇到山洪暴发。平时几米宽的河床，一下子涨到几十米宽。他只能骑马过河，河水一下漫过了马背。也许是因为刚才把主人摔下去感到愧疚，这一回马很老实，驮着他蹚过了河。但他的衣服湿透了，冷风袭来，冻成了冰甲，腰都弯不下去。赶到四中队时他已精疲力竭，但他来不及休息，马上投入紧张的抢救工作中，使两位战友安全脱险。可他却感染了伤寒，一连几天都高烧不退，卧床不起。

2002年冬季，一大队连续出现十多个肺水肿和因高原反应而昏迷的患者。卫生所只有一名医生，根本抢救不过来。他接到求援电话后，连夜赶往一大队。此时正是冰封雪裹的禁运季节，救护车驾驶员因高原反应强烈，只能将车停在半道上。他搭乘一辆地方过路卡车继续向前走。谁知半路车掉进了冰河，折腾了一个多小时，才把车弄出冰河。天黑前他赶到一大队，经过一天一夜的全力抢救，患者全部脱险。他端起饭碗刚准备吃饭，却一头栽倒了，一连昏睡了12个小时……

2003年8月，他带领两名卫生员去沿线巡诊。行至海拔近5000米的冰达坂时，救护车出了故障，他们在零下30多摄氏度的严寒中被困了两天两夜。强烈的高原反应，再加上饥寒交迫，使他们浑身浮肿，双脚被冻僵，毛皮鞋冻在脚上，脱不下来。他们不得不用手术刀把毛皮鞋割开，将脚用皮大衣裹住，将挎包蘸上汽油点燃取暖。当他们被营救出来时，已经冻得不能走路，不会说话了。他们是被战友背进营房的。

说起妻子和女儿，张科半天不说话。后来他心情沉重地说："去年休假回家，我才强烈地感到自己对不起妻子。不是对不起，是有罪。"

妻子王博慧原先在一家工厂上班，后来工厂倒闭了，她下岗在家带孩子。张科在外面当兵，在地方没有什么关系，没本事帮妻子找份新工作。去年回家探亲，他推开家门，一下子被眼前的一幕惊呆了。妻子躺在床上，女儿正踩着木凳从水缸里舀水。女儿被突然出现的他吓得摔倒在地，打碎了手里的花瓷碗。

他抱起女儿问："舀水干啥？"

女儿说："给妈妈喝！"

"傻闺女，凉水不能喝，喝了会生病的。"

"妈妈要喝水。我和妈妈已经三天没吃饭了。"

他转身去看躺在床上的妻子。妻子头发松散，脸色苍白，愣愣地看着他。他急忙跑过去，抚摸妻子的额头："病了？"

妻子嘴唇抽动了几下，没有说出话来，两行清泪悄悄地从脸上滚落。接着，哇的一声号啕大哭起来。女儿跟着也哭了，边哭边把他往外推："你出去！你出去！你不回来妈妈还不会伤心，都怨你……"

妻子阻拦女儿："孩子，别赶他走，他是你爸……"

说到这里，张科的泪水涌了出来。我的视线也模糊了。

等张科情绪稳定后，我问他："支队现在的医疗条件怎么样，得高原病的人多不多？"

"上级对我们支队非常支持，为我们配备了各种医疗设备，我们现在有了高压氧舱，每个中队都有一名从兄弟单位来的援藏医生，基本上能保证官兵及时得到治疗。与前两年相比，现在得高原疾病的官兵少多了。战士们的职责是维护好公路'生命线'，医生的职责是保护好战士们的生命。"

11. 世界上最疼我的那个人去了

听说二中队与孔繁森小学是共建单位，官兵们为上不起学的孤儿交学费、买衣服、买书包、买床铺，做了许多捐资助学的好事，我专门到噶尔县近郊的二中队采访。

谁知道一问起这事，官兵们都不愿谈，说每一个有良知的中国人都应该这么做，没什么好谈的。他们谈得最多的，还是这条让他们吃尽了苦头而又魂牵梦萦的高原路。但不同的是，他们那天好多次谈到了亲情。

人在最艰苦、最困难的时候，往往也是最需要亲情的时候。

新兵陈浩刚来，就跟老兵一起到河滩去筛沙子，每人每天筛四立方米。几天下来，他的脸就被晒脱了皮，脸皮像哈密瓜皮一样粗糙。摸着自己的脸，他伤心地哭了。在家的时候，父母很少让他干家务，现在他却要在这里干这么重的体力活，要是父母看到他现在的样子，不知会心疼成什么样子。但当他看到老兵和中队干部比他的任务更重，而且已在高原干了多年，却没一个人叫苦，他就不再觉得委屈了，也不再悄悄流泪了。现在，他已经成长为一名坚强的士兵。

在孔繁森小学采访时，校长和孩子们好奇地争看摄像机里的图像

用胸膛行走西藏

上等兵杨继磊说，阿里的雪很多，给施工带来了很大困难。他们穿着皮大衣、戴着皮帽子还觉着冷，许多人都病倒或累倒了。同年入伍的战友巩峰便秘，吃泻药也不管用，后来有个老兵让他喝菜籽油，才解决了问题。后来不论谁便秘，上厕所前到炊事班喝一口菜籽油就好多了。施工最忙的两个月里，他们谁也没有洗过一次澡。生活在阿里最困难的是吃水。下雪的时候，河里会有冰碴儿，捞上来化掉可以吃；不下雪的时候，河水很浑，水就没办法吃了。可没办法吃也得硬吃，最后，吃得他们一个个拉肚子。所以他很矛盾，既喜欢下雪，又不喜欢下雪。那段日子里，他病过三次。每一次病倒，尽管中队干部会像父母一样照顾他，但他还是很想念父母。

父母也想念他。父母来信说，让他寄张照片回去，想看看他现在变成什么样子了。他一下子为难了。狮泉河镇有照相馆，但他不敢去照。因为他脸很黑，而且嘴唇开裂，他怕父母看见他这副模样伤心。年底他在叶城训练新兵，在那里待了三个月，肤色慢慢变白了，才照了张相，给父母寄了回去。

新兵罗志明，是中队战士里唯一的大学生。入伍前他在湖南农业大学上学，但他不喜欢自己的专业，上了一年半就休学当了兵。他想在部队锻炼自己，如果能考上军校更好，考不上，他也愿意转个士官留在部队。他说，在阿里高原当兵，很有挑战性，对自己的意志是个磨炼，会对今后的人生有帮助。他刚上来不久，半夜肚子疼，班长、排长和副指导员连夜把他送到卫生队，一直陪他到天亮。他感动得哭了。他说，就是父母在身边，也不一定能照顾得这么周全。

梁柯是从地方大学入伍的学生干部。他从小就想当兵，梦想着将来能成为一名优秀的军官，甚至将军。但当他 2003 年 12 月来到阿里后，他后悔了。不光是身体因高原反应而痛苦，更重要的是他心里痛苦。看着这片贫瘠荒凉的高原，他的心一下子凉了，在这个鬼地方能有什么作为？

当时中队大多数的官兵都从阿里下来休假了，除了他和指导员陈军库两个干部，还有四个战士留在中队。没事的时候，陈军库就和他

在二中队官兵们的资助下，藏族孤儿南木珍和石曲拉姆，走进了孔繁森小学

聊天。他知道陈军库看出了他的心思，他也看出了陈军库的心思。他觉着陈军库人不错，做思想工作也不直说，总是绕着弯子让他明白一个道理：在高原上，也一样会有作为。尽管他的思想疙瘩还没有完全解开，但陈军库的真诚与耐心打动了他。

一天，陈军库又找他。陈军库问他："在家里，谁最疼爱你？"他不假思索地说："姥姥。"陈军库说："怎么个疼法？"他不知道指导员问这话是什么意思，但他还是把他从小跟姥姥生活在一起的一些事情讲给陈军库听。那些事情他一辈子也忘不了，世界上不可能有第二个人像姥姥那样疼他。陈军库低下头静静地听着他述说，不说一句话。等陈军库抬起头来，已经是满眼泪水。

他一下子紧张了，焦急地问："怎么了？我姥姥她……"

陈军库点了点头："我不忍心告诉你这个消息，但我又不能不告诉你。刚才你妈妈从医院打来电话说，你姥姥已经去世了……"

他的泪水哗地流了下来，揩也揩不完。

陈军库说："你姥姥最疼你，按说你该回去为她老人家送终，但是现在大雪快要封山了，路上很难走……"

他抹了把泪，说："指导员，我不回去了，就是回去也赶不上姥姥的葬礼。"说着泪水又涌了出来，"我就在这条世界海拔最高的公路上，为世界上最疼我的姥姥送行吧……"

第四章　穿越无人区

6 月 13 日，我们离开狮泉河，向无人区进发。

辛志伟的感冒还没有好，输了几天液也不见好转，但他不愿意留下来，坚持要跟我一起走完全程。八支队政治处主任李峡也跟着我们一起上路了。李峡说他对路况熟悉，他不跟着不放心。走过阿里的人都知道，穿越无人区至少需要三辆车一路同行，但我们只有一辆车。

从狮泉河出来，山地越来越少，展现在眼前的是一望无际的荒漠。我心里没底，不知道前面等待着的是什么。

12. 无人区里，他一天三次遇险

我第一次听到李峡这个名字，以为是个女的，见了面才知道是个壮汉。他有一双剑眉，两只大眼睛，皮肤黝黑，看上去不仅帅，而且很酷。以前我们只是开会见过，但不知道彼此姓名，也没有多少交流。听说他在阿里经历过许多事，这次是个机会，我要好好了解一下。

也许因为我们同岁，所以聊得很投机。我发现他很健谈，按照"站起来能讲，坐下去能写，走下去能干"的标准，他无疑是一个优秀的政治处主任。路上，他给我讲了在阿里的一些经历。

他确实经历了许多危险的事，但他印象最深的是 2003 年春节，他从拉萨回狮泉河的路上，有一天三次遇险。

当时，阿里的许多人都在往外走，准备回家过年，他却因为工作关系，要回阿里去，心里多少有些悲凉。悲凉的一个重要原因是因为他的儿子。他一年四季很少回家，儿子对他感情很淡，甚至有些敌意。因为他平时很少管儿子，休假回去后看到儿子因缺乏父爱，身上添了许多毛病，必须得纠正，而且他也想利用假期好好抓抓儿子的学习，所以对儿子要求比较严，儿子当然反感他。

儿子常常私下里问妈妈："爸爸什么时候走？"

用胸膛行走西藏

儿子不是不希望他走，而是盼着他早点走。

去年春节快到了，儿子看不出他有走的迹象，就忍不住直接问他："你怎么还不走？"

他伤心极了，夜里悄悄掉泪。他不怨儿子，只怨自己跟儿子在一起的时间太少，给儿子的父爱太少。几天后部队来电报，要求他春节前赶回阿里。走的时候，儿子没有送他，一路上他的心情很不好。

从拉萨到狮泉河，路上至少应该停住三天，但因为支队机关有许多工作等着他去做，所以他只能连夜赶路。从拉萨出发时，车上有六中队指导员献策和四中队指导员卢朝辉。走到萨嘎，献策和卢朝辉下车了，又上来了医生张科和四中队排长章黎江。

第一次遇险是在桑桑到萨嘎的路上。天气很冷，天上飘着雪花。下一座雪山时，遇到一处急转弯，路滑，车一下子冲向悬崖，前轮已经悬空，后轮被一块石头挡住才没掉下去。李峡临危不惊，指挥大家一个一个慢慢下车，自己最后一个下来。然后几个人用钢丝绳、背包带硬是把车拖了回来。上车后，李峡发现鼻子不通气，知道自己感冒了。车上没药，路上荒无人烟，也没地方去买。其实危险的还不是他的病，而是车。车轴刚才已经被石头剐裂了，只不过当时他们谁也没有发觉。

到了萨嘎已经很晚了，李峡的病情加重，清鼻长流，开始咳嗽，好在有卫生队队长张科，但他们要连夜赶路，不能停下来输液，只能在车上输。车上很颠，而且药瓶悬挂的高度不够，液体流动不畅。张科只好用手把药瓶举到车窗外，这下好多了。可是过了不久，液体不流动了，一看，原来液体冻住了，无法再输液了，只好拔了针头停了下来。

凌晨3点，他们赶到帕羊。帕羊到霍尔一路全是沼泽地，路不好走，可不好走也得硬着头皮走。出了帕羊，过一座桥时，车子的左后轮胎一下子飞滚到车前面去了，司机何平紧急处置，车子滑行了30多米，车子的车轴在桥面上擦出火花。车上几个人吓出了一身冷汗，半天说不出话。当时气温低达零下30多摄氏度，几个人几乎冻僵。

他们裹着大衣到处寻找飞出去的车轮，但由于天黑没有找到。直到天亮，才在河滩里的冰面上找到车轮。可是几个人无法将车子抬起来，折腾到下午也无济于事。他们已经一天一夜没吃一口东西了，又冻又饿，路上看不见一个人影。当他们快要坚持不住的时候，远远看见十几个藏族群众朝这边走过来，他们一下子激动得欢呼起来，真是见到了救星。藏族群众帮助他们把车抬起来，这才重新把车轮安装上。

天已经黑了，他们开着车继续走。快到霍尔时，车轴断了，这下彻底完了。这时是凌晨 2 点，几个人一筹莫展，感到绝望。他们甚至用摄像机拍摄下自己最后的影像，并写下遗言。李峡病情恶化，已经开始发烧。司机何平留下来陪李峡，医生张科和排长章黎江步行去 20 公里外的霍尔搬救兵，那里驻扎着四中队。快到霍尔时张科累得口吐白沫，晕倒在地上。医生都倒下了，章黎江更害怕了。他要是留下来看护张科，很可能两个人都要完蛋。他只能把张科放在路边的干沟里，用皮大衣盖上，继续往中队赶。天亮时，章黎江才走到中队。一进门，就一头栽倒在地。

战友们将张科和李峡营救回来，两个人都躺在床上输液。他们在霍尔不能多耽搁，必须继续赶路。但车子已经彻底坏了。中队干部用其他车送他们前往狮泉河……

这事够惊心动魄的。

我问李峡："还有没有印象深的事？"

"我现在记忆力不行了，经历的事不少，但一下又想不起来。"李峡笑笑，摇了摇头，"还有一些细碎的事情，讲给你听，也许对你有用。"

2002 年部队刚进点时没有营房，许多中队住在羊圈里。他当时在四中队蹲点，跟官兵们一起住羊圈。羊圈里味道很大，墙面很黑，用石灰刷了几遍还是黑的。而且门楣很低，不小心就会碰到头。他就被碰过两次，其中一次被碰昏了过去，醒来头上鼓个大包。后来他又到五中队蹲点，那时中队正在建造营房，战士们天天打土砖。有些战士由于高原反应和劳动强度太大，经常晕倒在工地，但醒来后又接着干，

古格王朝遗址

拦都拦不住。这期间，官兵们住在临时搭起的简易工棚里。晚上下雨把头淋湿了，往下缩一下身子，脚又被淋湿了，战士们只得起来用脸盆接水，叮叮当当一直响到天亮……

正说着，前面出现了一个岔路口。李峡中断了刚才的话题，告诉我说，向西去的那条路是去札达的。

札达我知道，札达土林、托林寺、古格王朝遗址驰名中外。

札达土林是冈底斯山山脉和喜马拉雅山山脉之间的沿象泉河谷的一条少见的土质莽林，属于第四纪次生构造地貌，是流水长期侵蚀而形成的独特的高原地貌。托林寺是阿里地区的第一座佛教寺庙，也是藏传佛教后弘期兴建的第一寺庙。

古格王朝约建于公元 10 世纪，是由吐蕃王室后裔建立的地方政权。公元 9 世纪达磨赞普被弑后，吐蕃王朝四分五裂，内战不断。达磨赞普的曾孙子吉德尼玛衮率部逃到阿里，建立了古格王朝。后来，他的三个儿子各据一方，即古格王朝、拉达克王朝、普兰王朝。古格王朝辉煌时期，统治范围遍及阿里全境，甚至西达克什米尔一带及今巴基斯坦境内的部分地区。1635 年拉达克人攻陷古格王宫，进行毁灭性杀戮和破坏，最后一个古格王被掳走不知下落，古格王朝才退出历史舞台。

13. 她们是生活在全军海拔最高地区的女兵

巴尔到了。

这里海拔 4600 米，四周光秃秃的，看不见一点绿色，只有黄色、白色和蓝色。黄的是一望无际的戈壁滩；白的是远处的雪山，还有飘浮在天上的白云；蓝的是高原洁净如洗的天空。

八中队营房孤零零地蹲在路边。营区里空荡荡的，只留下几个人看家。副大队长陈武春在这里蹲点，听说我要来，和副中队长舒先志在中队等我。舒先志告诉我，官兵们在前方 60 公里的地方施工，他们中队今年要完成 200 多公里道路养护任务，部队吃住在工地，等这一段完成了，部队还要继续往前搬迁。

让我惊奇的是，中队还有两个女干部。一个是副指导员吴月华，一个是司务长杨巧珍。据我所知，她们是生活在全军海拔最高地区的女兵。跟她们聊天的时候，她们都哭了，弄得我也鼻子直发酸。

吴月华毕业于武警乌鲁木齐指挥学院。她说巴尔这个地方气候很恶劣，昨天还下了半尺厚的雪。这里几乎每天下午都要刮一场大风，一直刮到第二天早上。刚上来时，她晚上睡不着觉，常常睁着眼睛等待天亮。尽管现在已经过了高原适应期，但她还是常常失眠。有时睡着睡着，突然就被憋醒了，再也睡不着了。

她第一次上阿里，是乘坐保障中队的车从叶城出发的，走了四天才到达狮泉河。一路上她高原反应很大，头痛得想用拳头砸开。在红土达坂遇到大雪，车陷进雪坑，她和几个战士一起下来推车，推了没几步就晕倒了，醒来后又推。他们从上午一直折腾到下午，才把车弄出来。从红土达坂往下走的时候，雪越下越大，看不见路，驾驶员只能凭感觉走。下坡时车打滑，她很害怕，闭着眼睛不敢看路，心里想：是死是活只能听天由命了……

吴月华今年 30 岁，丈夫叫康继善，原是九中队排长，现在二中队代理中队长。两个人相距 120 公里，一年也见不了几次面。听说夫妻长期生活在高原，生下的孩子会有缺陷，因此，他们至今也不敢要孩子。

说到这里，吴月华哭了："我特别想要个孩子……"

司务长杨巧珍似乎比吴月华幸运得多，丈夫在武警新疆总队，不用上阿里，而且她在没上阿里之前就生了孩子。女儿现在已经一岁半了，她在乌鲁木齐找了一个保姆照顾孩子，保姆费一个月 500 块钱。说起孩子，她的泪水止不住地往下流淌。她说她很想念女儿，夜里常常梦见她，不知道她现在长高了没有，是不是还常拉肚子……

给她们照相的时候，她们的脸上还留有泪痕。

中国人民武装警察部队交通第八支队八中队

副指导员吴月华和司务长杨巧珍，是生活在全军海拔最高地区的女兵

14. 在霍尔，我遇到了西藏自治区政府副主席 洛桑江村

第二天，我们赶到了霍尔。四中队就驻扎在这里。

霍尔是个神秘的地方，海拔 4500 多米，到处笼罩着宗教气氛。霍尔的西北方是被人们称为神山的冈仁波齐，西南方是被人们称为圣湖的玛旁雍错。与冈仁波齐峰遥遥相对的是海拔 7694 米的纳木那尼峰，两座著名的山峰相距约 100 公里。霍尔附近各教派寺庙林立，古迹众多。

八支队副参谋长兼二大队大队长张光武在四中队蹲点。他以前是开机械的，部队的施工机械他基本上都会开，也会修理，后来作为优秀义务兵提干。

张光武是第一批上阿里的，支队要他先期到达霍尔，为四中队解决住房问题。他带着一个干部、五箱方便面、两箱矿泉水来到霍尔。当时，他对霍尔的情况一无所知。他找到霍尔乡党委书记平措拉旺，书记很支持，也很高兴部队住在他们乡。可乡里无法给部队提供一间房屋住，只有八间羊圈还空着，书记问张光武能不能住，张光武说："能！"第二天张光武就带人打扫羊圈。羊圈里的羊粪足有半尺厚，他们整整用了三天时间才清理完。部队后来在这羊圈里住了整整半年，直到新营房建好才搬走。

中队菜少，战士们舍不得吃买回来的土豆和洋葱，结果这些蔬菜都发了芽。看着清理出来的堆在外面的羊粪，战士们突发奇想，何不废物利用，把这些不能吃的土豆和洋葱种在上面？他们把羊粪摊开，从圣湖里挑来水浇上，然后种上那些发了芽的土豆和洋葱。没想到还真长了出来，只不过是些绿芽芽，最终也没有结出什么果实。但他们已经很满足了，在高原上能种出绿色，也是一件很难的事情。

四中队大部分官兵在距霍尔 80 公里的马攸木拉以西施工，小部分人在霍尔。指导员张文祥在这边负责工作，他今年刚上阿里。以前他在昆仑山上干过四年，后来又调到沿海工作。今年他要求调到八支队，一是想在阿里无人区锻炼一下自己，二是想祭奠一下黄帅。黄帅生前是他原先在深圳那个中队的战士，后来要求上了阿里。当他听到黄帅牺牲的消息后，十分震惊，他怎么也不敢相信一个活生生的生命，就这么轻易地被高原吞噬了。

在上阿里的路上，他领教了高原的残酷无情。翻越界山达坂时，他们遇到一个因高原反应而昏迷过去的青海民工，同行的部队医生极力抢救也没能挽回那个民工的生命。这事对他震动很大，他感觉到生命在这里太脆弱了。后来到中队后，他又深刻地感觉到我们的官兵太苦了。他原来在昆仑山上干时，已经感觉够苦的了，现在比在昆仑山时还要苦好多倍。他没有想到部队的施工任务会这么重，自然条件会这么差。

张文祥在沿海地区当中队指导员时，有一个非常优秀的战士由于肾穿孔，导致主动脉全部硬化。其实这个战士早已经得病了，但因为施工任务紧一直没时间去医院检查治疗，等实在坚持不住了才去医院，可已经晚了。指挥部将军指示：不惜一切代价，挽救战士的生命！但是病情已经恶化，那个年轻的战士还是悄悄地走了。弥留之际，战士平静地对张文祥说："指导员，我估计活不了了，感谢你这几年对我的培养和照顾……"张文祥抱住战士失声痛哭。他恨自己粗心，为什么没有早发现战士的疾病。

他有些哽咽地说："我们的战士多好啊！在那么好的环境里都会有牺牲，阿里比那里艰苦 100 倍，我天天都在担心我的战士出现什么意外……"

一个月前，新战士李梁在马攸木拉工地感冒了，呼吸急促，浑身僵硬，双手痉挛。张文祥吓坏了，连夜把李梁往中队这边送。他在车上一直抱着李梁，一路上喊着李梁的名字，他心里十分恐惧，担心李梁会坚持不住。后来李梁经过医生一夜抢救，脱离了危险，三天后又要求上了工地。

张文祥说："现在，我最害怕的事是战士得病。一听说谁病了，我心里就紧张、害怕。给你说实话吧，我已经当了四年指导员，原来只想上来干一年就转业的，现在我改变了主意，不想走了。我的战士都太好了，我不忍心离开他们。在这么艰苦的地方，我不放心他们。我走了，谁照顾他们？"

张文祥说，他多次在想同一个问题：我们为什么要待在这个地方？官兵们牺牲青春、健康，乃至生命守在这里，到底值不值？最后的结论是：值！

好像是为了证明他的话，那天下午，张文祥把我带到附近一家藏族人家里。男主人叫扎西加布，是个个体运输户。听说我是北京来的客人，扎西加布很是热情，用洁白的哈达、喷香的酥油茶和风干牛肉招待了我。扎西加布身上穿着一件看起来十分昂贵的豹皮藏袍，我问他藏袍值多少钱，他向我伸出了三根指头说："三万。"扎西加布说："我们的日子富裕了，这都是因为你们武警把路修好了。以前我从霍尔到巴嘎，20公里的路程，中间有十几条小河，有时要走两三天，如果车陷进泥坑里时间就更长。现在部队把这段路修好了，半个小时就过去了……"

第二天，西藏自治区政府副主席洛桑江村路过霍尔，专门到四中队看望了官兵。中队没什么东西招待副主席，只能炖了一锅羊肉，下了几碗面条。副主席一路上看到官兵们在极其艰苦的条件下施工，十分感动，他说："八支队为了西南边陲的稳定，为了西藏的建设和跨越式发展做出了非常大的贡献，我代表西藏自治区政府和西藏人民，向你们表示衷心的感谢和崇高的敬意，你们辛苦了！"

临走前，洛桑江村副主席为八支队官兵题词：天路铁军！

在霍尔，西藏自治区政府副主席洛桑江村为八支队官兵题词：天路铁军！

15. 我用了 14 个小时，在海拔 6000 米的高度上，徒步行走了 58 公里

没来霍尔之前，我就听喻强说在霍尔这地方经常能遇到转圣湖和神山的人，这些人中还有许多是外国人。但这天我没有看到，也许是因为今年不是藏历马年。据藏族人说，藏历马年转一圈圣湖、神山，等于其他年份转 13 圈，转 10 圈便可在 500 年一次的轮回中免受地狱之苦，所以藏历马年转圣湖、神山的人特别多。

圣湖名叫玛旁雍错，面积 412 平方公里，湖水湛蓝清澈，如高原的天空。藏语中，"玛旁"的意思是不可战胜，"雍错"的意思是碧玉湖。传说这是湿婆神的妻子乌玛女神洗浴的地方。大唐高僧玄奘在《大唐西域记》里，将玛旁雍错称为"西天瑶池"。

喻强原来是四中队的排长，现在在保障中队当副指导员。在叶城采访时，他说外国人到阿里探险旅游，最喜欢到圣湖里洗澡。但他们没有上过高原，不知道高原的厉害。2002 年，部队刚上勤时在湖边拉沙子。几十个英国游客在湖边搭起帐篷，住了下来，其中几个人下湖游泳，结果感冒了，得了急性肺水肿。英国游客半夜找到中队，中队医生赶去抢救，其中一个英国游客的病情很严重，中队战士们赶快把他送往普兰，但送到普兰的第二天人就死了。

晚饭后，我绕湖散步，通信员怕我因高原反应出现意外，一直跟着我。我跟他聊了起来。

通信员是个新兵，叫孔波，重庆人，家在农村，家里没有什么经济来源。当兵前他在昆明打工，跟人搞装修，一个月能挣 1000 多块钱。他自豪地告诉我，在昆明的世博会上，他看见了江泽民主席。当时他站在欢呼的人群里，离江主席最多不到 50 米，江主席身边跟着几个将军，很威风。就是从那一刻起，他萌生了当兵的念头。

我说："不想当将军的兵不是好兵，你是不是也想当将军?"

他羞涩地笑了："我学习不是太好，不敢这样想。我很喜欢当兵，

想在阿里这个地方锻炼自己，还想用津贴费供弟弟上学。"

我问他："这里海拔很高，你怕不怕?"

他摇了摇头： "我不害怕。但是跟我一起来的一些新兵挺害怕的。"

听他这么一说，我突然萌生了一个念头：步行绕冈仁波齐峰一圈，用自己的行动鼓舞新兵。

回营房后，我给李峡说了这个想法。

李峡沉默半天才说："冈仁波齐峰海拔 6656 米，上去很危险，我担心你……"

我说："我的身体没问题，你敢不敢跟我上?"

李峡说："我两年前上过一次，真的很艰难，那种艰难你是无法想象的，你还是再考虑考虑。"

听说他上过，我起了犟劲："我一定要上去，你不去，我一个人也要去!"

李峡拿我没办法，只好答应跟我一起上。

第二天一大早我们就出发了。每人一身迷彩服，右肩挎着军用挎包，包里面装了两罐牛奶、四根火腿肠、五个花卷、一棵白菜；左肩挎着一个军用水壶。除此之外，什么也没带。我们从达钦村开始，顺时针绕冈仁波齐峰行走。

冈仁波齐峰是冈底斯山山脉的主峰，终年被冰雪覆盖。阿里地区著名的狮泉河、马泉河、象泉河和孔雀河都发源于附近。据古代文献记载，冈仁波齐的神山地位早在公元前几个世纪就已经确立，至今仍受藏传佛教、印度教、本教共同供奉。

传说冈仁波齐峰峰顶纵贯而下的冰槽与横向崖层交错形成的万字符，就是当时西藏最著名的圣者米拉日巴与本教教徒纳若本琼斗法时留下的痕迹。神山西面有座马鞍形的山峰，传说是当年格萨尔王用过的马鞍。据当地藏族人说，妇女登上此峰，若从右边下山则生女孩，从左边下山则生男孩。山下有一条小河，传说是格萨尔王王妃洗头的地方。

169

神山冈仁波齐

藏族人徒步绕行冈仁波齐峰一圈需要三天，最少也得两天，磕长头则需要 15 天到 20 天。

但我们计划一天走完全程。

开始我们走得很快，也很轻松，顺着山沟一直往里走，冈仁波齐峰始终在我们眼前。几个小时后我们开始爬山，就有些力不从心，气喘吁吁，大汗淋漓，腿像灌了铅。翻越鬼门关时，真是一步一喘，五步一歇。两个人谁也不说话，只有张大嘴巴喘气的份儿了。没到中午就感觉肚子饿了，可当我们拿出中队准备的花卷时，却发现没办法吃。花卷因高原气压低没有蒸熟，现在再被一冻，像铁一样，硬得咬也咬不动。我们一人吃了两根火腿肠，喝了一罐牛奶，又继续往山顶上爬。

历尽千辛万苦，我们终于翻过了两道鬼门关，来到最高的一个鬼门关——卓玛拉山口。这里海拔很高，我们爬上来的时候，天下起了冰雹，冰雹噼里啪啦地打在头上，躲也没地方躲。我实在走不动了，头昏脑涨，没有了一丝力气，已经真切地感觉到死亡的来临。好在冰雹很快就停了，老天好像只想吓唬我们一下，考验一下我们的意志。我们坐在一块巨石上休息。周围是随风飞扬的铺天盖地的经幡，据说这里是西藏最大最多的经幡集中地。巨石上有一个脚印，我想，也许我们坐着的正是传说中的那块磐石。圣者米拉日巴和本教教徒纳若本琼曾为占领冈底斯山斗法，两个人在卓玛拉山口的巨石上相遇，为了说服对方皈依自己的教派而互不相让，时间久了，石头上就被踩出了深深的脚窝。

但我已无心去探究这些，我唯一的愿望就是能活着闯过这最后的鬼门关。我好多次下决心站起来，继续往前走，可是身体不听指挥，好像它已经离我而去，只给我留下一个疲惫的灵魂。但我最后还是站了起来，鼓励自己说：这一次，一定要走到那块石头跟前再休息！实际上，那块石头离我只有十几米。就是这十几米的距离，也需要我鼓好几次劲才能走到……

下午，我们走在神山另一侧的山谷里，地上已经没有了路，全是桌子大小的石头，我们像跳舞一样在那些石头上蹦来蹦去，结果把肚

开始我们走得很快，也很轻松，顺着一条山沟一直往里走，冈仁
波齐始终在我们眼前

子蹦空了。可是已经没有熟食，只剩下了一棵白菜。两个人躺在一块巨石上，你一把我一把，把那棵白菜生吃了，吃完又继续赶路。

走在山谷里，我感觉腿已经不是自己的了，身子也摇摇晃晃的。李峡担心我支持不住，劝我说："我们遇到藏族牧民的帐篷就住下来，明天再走。"我没有同意，我说："今天必须走出去，否则会留下终生遗憾。再说，走之前已经给中队的战友讲好了，如果我们中途停下来，他们会以为我们出事了，肯定会很担心。所以，必须走出去！"

最后一段路是悬崖峭壁。川藏线我走得次数多了，这种路我不怕。问题是，天已经黑了，而且还是阴天，没有一丝光亮，根本就看不见路。路是羊肠小道，我们只能凭借一道模糊的白印往前走。我们这时已经忘记了疲劳，只是全神贯注地极力辨认道路。忽然，我被脚下的一块石头绊了一下，几乎跌下悬崖，吓得李峡失声惊呼……

夜里 11 点，我们终于走出了山谷，看见迎接我们的举着手电的战友们，我知道我们胜利了。

那一刻我想：我战胜了冈仁波齐，也战胜了自己，跨越了生命的极限。在今后的人生道路上，再也不会有什么困难可以把我吓倒！

我们的行动，极大地鼓舞了官兵士气。官兵们说："党处长和李主任比我们年龄大那么多，他们能在海拔 6000 多米的地方一天行走58 公里，我们还有什么可害怕的呢？"

后来听附近的藏族人说，跟我们同一天转山的一个 21 岁的澳门女孩，过鬼门关时得了肺水肿，同伴租来牦牛把她往附近的寺庙里送，没走到寺庙，那个女孩就死了。

16. 中队买了一只羊准备招待我们，可晚上羊却被狼吃掉了

我第二天早上起来洗脸，手里一搓一把"泥"，开始没反应过来，一照镜子，才知道是在脱皮。脸皮儿就像女人脸上的面膜，一揭一层。而且下嘴唇开裂流血，鼻孔中也有少量血液流出来。我知道这是

正常的高原反应，没什么可怕的。

早饭后，我们离开四中队营地，前往马攸木拉。路上休息，遇到了一家牧羊人。我问他们一年的收入有多少。藏族老人高兴地说："现在阿里的路好走了，我们的羊能卖出去了，一年可以收入 4000 块钱。"说话的时候，他的女儿一直站在旁边好奇地看着我们。看样子，这个漂亮的藏族小女孩从来没有见过照相机，我给她照相的时候，她既好奇，又羞涩。

四中队工地在马攸木拉。一见面，中队长焦世周就说："真倒霉，昨天下午买了一只羊，准备招待你们的，谁知道昨天夜里被野狼给吃了。"

焦世周把我们带到营帐附近的一条小河沟，指着地上的山羊残骸说："多可惜呀！"

我们盘腿坐在营帐外面的沙滩上，聊了起来。

焦世周说，这一带野狼特别多，夜里一个人不敢上厕所，必须三五个人一起，几个人拿着手电筒四下里照着，以防野狼袭击，轮换着解手。野狼很放肆，炊事班的帐篷用铁丝捆着，它们也经常破门而入，吃掉里面的肉食。晚上挖掘机手加班，有两只野狼一直绕着机子转悠，也不怕车灯，吓得操作手都不敢下来解手，只能解在挖掘机里。有时白天工地上也有狼，车子一过，还追着车跑。叶华玉前年冬天留守，他去拉菜，雪下得很大，车子陷在离中队 40 公里的地方，他步行回中队搬救兵。半路上遇到了两只狼，他很害怕，但又不敢跑。听说狼怕火，他就不断打打火机，打火机一亮，狼就停下了；打火机一灭，狼又跟上来了。两只狼一直不远不近地跟着他。幸好后来中队的战友接应他，才把狼赶走。

保障中队驾驶员李龙去年送油经过马攸木拉，天黑了，轮胎爆了，他一个人下车换轮胎。当时部队还没有养护到这一段，四周空寂无人。他气喘吁吁地忙活着，突然感觉后背有些冷，就站起来想回车上拿衣服。一扭头，看见身后不远处闪动着几盏"小灯笼"，他知道是狼，赶紧跳上车关了车门。打开车灯，狼也不走，一直在车周围转悠。他在车上一直等到天亮，狼才慢慢悠悠地走了。

保障中队的另两名战士张瑞琪和曲仕义，跟李龙有过同样的经历。有天晚上他们的车陷进附近的沙窝子里，拖了好多次都没有把车拖上来。没有工具，他们就用手扒沙子。两个人扒累了，坐在地上休息，看见不远处有三只狗，他们很高兴，因为有狗就有人家，他们可以去借几件工具。张瑞琪走到跟前一看，扭头就跑。曲仕义说："狗又没咬你，你跑啥？"张瑞琪说："快跑，是狼！"两个人这才一起跳上车，狼从后面追了上来，围着车嗷嗷直叫。狼不走，车也走不了，他们只有待在车上等天亮。天快亮的时候，过来两辆解放军的车，这才赶走狼，帮他们把车拖出了沙窝子。

焦世周很幽默，说他们是阿里高原上的吉卜赛人，这段路养护好了，他们就要搬走，光去年就搬了五六次家。中队有新营房却住不上，一年到头几乎都是住帐篷。没办法，新藏线太长了。

中午，我们和战士们一起，蹲在工地上吃了午饭，然后进入九中队的施工区域。我们远远看见有几台机械车在施工，旁边站着两个穿皮大衣的人。现在内地正是盛夏时节，这里却要穿皮大衣，说给没来过阿里的人听，他们不会相信。走到跟前一看，是两名干部。李峡指着一个长得有点像维吾尔族人的高个子介绍说，这是三大队总工程师汤纯彬；又指着另外一个敦敦实实的干部说，这是武警新疆总队派来的援藏医生陈秋军。

陈秋军说："我从来没有见过这么苦的部队，你得好好写写他们，战士们实在是太苦了！我上来一年就回去了，可是他们还要一直在这里生活、施工。战士们的拼搏精神令我感动，这种体验令我终生难忘。"

陈秋军说，他上来两个月，已经医治了200多位病人，其中，大多数人得的都是高原性疾病和感冒。前几天，汤纯彬在工地上看见几个战士走路打晃，他走过去摸了一个战士的额头，很烫；又摸另一个战士的额头，也很烫。汤纯彬赶快让军医给每一个战士量体温，结果发现有七八个战士在发烧，都患了感冒。汤纯彬硬是把这些战士从工地上赶了回去，让他们围着火炉输液。

汤纯彬说:"当时我又急又气又心疼,这些战士为了完成任务连命都不要了,万一出了什么事情,我怎么向支队、向他们的父母交代?"

我们继续赶路,走了十几公里,来到九中队的一个工地,中队长谭明军正带战士们平整路基。谭明军和战士们一样,满面尘土,嘴唇开裂。握手的时候,我感觉那些手很粗糙,不像是年轻人的手,倒像是五六十岁的老农民的手。我无法控制自己,眼泪一下涌了出来,抱着年龄最小的一个战士哭了……

谭明军乐观地说:"现在好多了,路基基本成型了,各种生活条件也好多了。部队刚上来的时候,什么条件都不具备,我们三个月没洗脸,没洗脚,跟野人差不多。但不洗脸也有不洗脸的好处,说不定可以抵挡紫外线的伤害。"

从马攸木拉到仲巴,要经过帕羊,翻越朔格拉达坂,道路不好走。这段路基本上都是沼泽地,以前几乎看不见路的模样,很容易迷路,是有名的"迷魂阵"地区,八支队上来后才修出了路形。

尽管难走,我们还是在天黑前赶到了仲巴。

17. 这哪是一盆花呀,分明是一个绿色的春天

仲巴县平均海拔 5000 多米,驻扎在这里的五中队,是八支队新藏线驻地海拔最高的一个中队。

仲巴县城很小,像内地的一个小镇。县城里的街道很窄,呈 T 字形,只能过一辆卡车,而且无法在中间掉头。整个县城没有一棵绿树,不见一棵小草。这里风沙很大,几乎每天都要刮风,一刮就是十多个小时。县城以前没有电,中队只能靠发电照明,去年才通上电。打电话也很难,全县只有三根电话线,部队通信用电台。官兵们一年给家里打不了几次电话,一封信来回要在路上走一个多月。

副中队长张中举说,部队刚上来时,从帕羊到巴尔这段路路况很差,许多地方几乎就没有路。一次,他在工地上遇到一个青海来的车,司机下车问他 219 国道在哪儿?其实他们就站在 219 国道上,只不过这条路太不像国道了。经过两年的努力,路现在好多了。最

难走的是进出西藏的路上，从叶城到仲巴他们一般需要走九天，一路上山下山，心脏很难受。走在路上，他们最大的愿望是能吃碗热乎的汤面条，晚上能好好睡上一觉，但很多时候都睡不着。一级士官邱林上来后说了一夜的胡话："我要跳车！我要回家！"一检查，结果是脑水肿，抢救了一天一夜才苏醒过来。去年休假回家，因为醉氧，他昏睡了一个星期，吓得家里人直哭。

吃晚饭的时候，我发现五中队的馒头蒸得不错，问指导员陈从海用什么办法解决了蒸馒头的难题。陈从海叫来炊事班班长邓天然。成都蒲江来的小邓一口四川话，他说刚上来的时候，最难的就是蒸馒头。尽管他是三级厨师，但到仲巴一个多月了也没有解决蒸馒头的问题。由于海拔太高，蒸出来的馒头又黄又硬，根本没办法吃。但战友们没有埋怨他，照样把那些馒头吃了下去。可他心里很不是滋味，发誓要解决蒸馒头问题。他反复试验，不断思考，试验一次就做一次笔记，有时晚上做梦也是蒸馒头。一个月后，试验终于成功了，蒸出的馒头几乎跟内地的一模一样。方法是：馒头揉好后，不急于放进锅里，而是端到太阳底下晒十多分钟，然后再上高压锅，不压阀，蒸20分钟后打开锅盖，用手摸摸，看馒头粘不粘手，如果不粘了，再压阀，猛火蒸半个小时就好了。

第二天，我们向萨嘎进发。部队上勤前，这段路至少需要走两天，但现在我们半天就走到了。以前难走，不是说路上坑洼多，而是有些地方根本就没有路，要靠感觉行走。迷了路，可能十天半月也走不到，甚至永远也走不出无人区。现在部队把路修好了，当然好走多了。

萨嘎是二大队和六中队所在地，也是八支队养护保通路段上的最后一个点。住下后我发现桌子上摆着一盆花，好生奇怪，这地方怎么会有花？仔细一看，这不是鲜花，也不是塑料花。我怎么也没有想到，这居然是一盆生菜。二大队副指导员张龙山说，这是他们营区唯一的一盆"花"。今年有个战士探家回来带了一把生菜籽，种在花盆里，战士们像呵护婴儿一样天天照顾它，白天太阳出来了搬出去，晚上天冷了又搬回来，培育了几个月才长这么大……

无人区里，苦中作乐的战士

我被这个故事深深打动了。这哪是一盆花呀，在战士们的心里，这分明是一个绿色的春天！

六中队的副中队长叫党智平。跟我同姓的人本来就少，更何况是在荒无人烟的新藏线上。结果一问，他竟然跟我是一个县一个乡的老乡。老乡见老乡，两眼泪汪汪。刚见面时，党智平倒没有泪汪汪。说起他和战士们在巴嘎那段艰苦的日子，眼睛才有些湿润了。他原来是三中队的副中队长，2002年4月，他就带着一台铲雪机和四个兵到离中队78公里的巴嘎，开始推雪、修路基。几个人住在一间牧民废弃的土坯房子里，别说电视，连电都没有，有时甚至连蜡烛也没有。他们感受最深的不是环境艰苦，而是难耐的寂寞。每天重复同样的劳动，吃同样的饭，说同样的话。日子长了，几个人都无话可说了。他们在那里一干就是三个月，简直要把人憋死！党智平回到中队的第一件事，就是给妻子李林艳打电话。一听到他的声音，李林艳就在电话那头哭了，埋怨他这么久都不打电话，家里人还以为他出了什么事情。

其实，党智平上阿里，李林艳还是很理解他的。因为李林艳从小就在兵营里长大，而且是在西藏高原的兵营里。她的父亲在西藏林芝当了20年的兵，她就出生在那里。父亲1978年才带着全家转业回了老家陕西富平美原镇。毕业于南京交通职业技术学院，后来又入伍当了兵的党智平，通过同学介绍认识了李林艳。提起西藏，两个人一下子找到了感觉，有了共同语言。就在党智平上阿里的前13天，他们在老家举行了简单的婚礼。从此，夫妻分居异地，一年很少见面。李林艳从来没有埋怨过他。但这回因为不打电话的事她是真的生气了，半年没有原谅他。

令党智平难忘的事是2002年12月，他带着六辆车连夜下山，走到界山达坂北坡时，一辆车陷进了冰窟窿。官兵们下来一起推车，可是车轮胎已经被冻住了，怎么也推不动。天气很冷，零下30多摄氏度，战士们冻得抱在一起相互取暖。他听见有人不停地喊："黄帅！黄帅！黄帅！"漆黑的夜里，他们在喊已经牺牲了的黄帅的名字，听

工地离营地很远，战士们大多在施工现场野餐

起来是那样的毛骨悚然，又是那样的悲壮。他们在用黄帅的精神鼓励自己坚持到底，想让黄帅的英灵保佑他们走出困境。后来部队的斯太尔卡车赶了上来，才把他们的车拖了出来。

6月20日，我们离开萨嘎向拉萨进发。

中午经过拉孜，站在新藏公路和中尼公路交会处，我的目光顺着中尼公路朝着西南方向遥望。尽管看不到路的那头，但我知道，在路那头的樟木镇，战斗着我们武警交通第二支队的官兵。

我16年前就去过那里，而且后来去过好几次。樟木是西藏通往东南亚地区最大的口岸，中尼公路因此被誉为西藏的"黄金通道"。那里有著名的"三百米死亡线"，我们有三名战友为了维护道路的畅通，在"三百米死亡线"上献出了宝贵的生命。

晚上，我们到达日喀则。

日喀则平均海拔4000米，离拉萨270多公里，是西藏的第二大城市，位于雅鲁藏布江与年楚河交汇处的冲积平原，是一座具有600多年历史的古城，班禅额尔德尼的驻锡地——扎什伦布寺就在这里。藏语"扎什伦布"的意思是"吉祥须弥"。

在这个吉祥之地，我们终于看见了绿树，看见了来来往往的人群，看见了久违的楼房和水泥街道……

我知道，我已经走出了无人区。

第五章　看见布达拉宫

6月21日下午，我们抵达西藏自治区首府拉萨市。

车子驶出堆龙德庆，远远地，我就看见蓝天白云下巍峨神秘的布达拉宫。无论从哪个方向走进拉萨，首先映入眼帘的必定是布达拉宫。这个美丽的画面我曾经看到过许多次，但哪一次都没有这次激动，也许是因为我能活着从阿里无人区走出来吧。

在看见布达拉宫的那一刻，我想起了那首风靡一时的歌：

　　　　　回到拉萨，回到布达拉……

拉萨，我太熟悉了。这里海拔 3650 米，市花是美丽的格桑花。拉萨古城具有 1300 多年的历史，藏语意思为"圣地""佛地"；由于日照时间长，也被人们称为"日光城"。据藏文古籍记载，也有"山羊之地"的意思，这与修建大昭寺时大批山羊从附近的山上驮运石头的传说有关。

布达拉宫坐落在市区西北的红山上，依山势一直修筑到山顶，下宽上窄，结构浑然，气势宏大。红白相间的宫墙，金碧辉煌的宫顶，在蓝天白云的映衬下，显得格外壮观。布达拉宫始建于公元 7 世纪 30 年代，由雄才大略的松赞干布兴建，17 世纪重建成现在这个规模。

与布达拉宫遥相呼应的是著名的大昭寺。传说，唐贞观二十一年（647），拉萨灾祸不断，民不聊生，谙熟星象和阴阳五行之道的文成公主，发现拉萨地形酷似仰卧的魔女，而现在大昭寺所在的泥沼之地正是魔女的心脏，所以便在此地填湖建寺，以镇妖魔。除此之外，拉萨还有三大寺庙：哲蚌寺、色拉寺、甘丹寺。

走进拉萨市区，头顶飘扬的是五色经幡，还有如梦如幻的桑烟。我不禁在心里说：拉萨，我回来了。

18. 各路"诸侯"会聚拉萨，交通厅厅长如是说

到达拉萨，我见到了武警交通第一总队副政委李生荣。他刚从川藏线出来，这是他今年第七次进出川藏线。根据总队党委分工，这几年他一直负责西藏片区的工作，成为交通部队驻藏部队职务最高的"司令长官"。我开玩笑地叫他"片警""西藏王"。他告诉我在每一条进出西藏的公路上，都有他们武警交通部队官兵的身影。西线新藏公路由八支队养护保通，东线川藏公路由四支队养护保通，一支队在北线青藏公路战斗了 30 个春秋，1989 年二支队就开始改建和保通南线中尼公路，三支队在青藏线、川藏线和中尼线上都战斗过，而且现在部队仍然在几条战线上施工。

这是武警交通部队的光荣！

我没有想到的是，这五个支队的领导，竟奇迹般地与我在拉萨相遇。一支队政委何玉宣刚从格尔木沿青藏线一路检查工地上来；二支队支队长刘保君、政委黄惠军刚从中尼公路出来；三支队支队长吕召钦和四支队政委李西平刚从川藏线上来；八支队政委邹聪休假刚回来，准备进阿里。五路"诸侯"不约而同在拉萨相聚，我们谁也没有想到。

西藏自治区交通厅加措厅长也没有想到。那天正好是端午节，厅长十分高兴，拿出两瓶五十年陈酿茅台招待各路"诸侯"。宴会上，加措厅长显得很激动，说了很长一段话。我用录音笔全部录了下来。

加措厅长说："部队对西藏的交通事业贡献太大了，我感谢你们！自从 20 世纪 50 年代初部队开始修筑青藏、川藏公路至今，部队没有一天离开西藏的几条交通大动脉。特别是你们武警交通部队，对西藏的交通事业贡献最大，为西藏政治稳定和经济繁荣立下了汗马功劳。你们不仅仅只有修公路、养公路的任务，更重要的是还起到了巩固国防、维护祖国统一、稳定局势、帮助和促进西藏地区经济发展的作用，担负着政治、经济、军事等多方面的责任。所以，看你们的部队，不应该单纯地从经济方面去看，应该看到它在更多方面的不可替代性。

走出无人区，看见布达拉宫

"特别是四支队和八支队。川藏线处在麦克马洪线的北端，是一条十分重要的国防线。四支队在川藏线最险的竹东段抢险保通，任务很艰巨，部队付出了巨大的代价。那段路是一条自然灾害非常频繁，随时都可能令人付出生命代价的生死路，特别是帕隆天堑和102塌方区。现在102塌方区基本上得到整治，帕隆十四公里仍然还是便道，那是川藏线最后一个卡脖子路段。川藏线上塌方、雪崩、泥石流时常发生，四支队官兵冒着生命危险及时抢修道路，他们的精神让我十分感动。

"八支队在新藏线上干得也很出色。新藏线尽管没有川藏线那样险，但也并不是一点灾害也没有。比如冻土问题、沙害问题，最要命的问题就是海拔高，比川藏线高出很多，那里是生命禁区。官兵们一年四季在荒无人烟的地方养护保通，没有过人的精神和毅力是坚持不下来的。部队进来第一年，就创造了冬季无断通的纪录，很多同志得了高原疾病，有的同志还牺牲了。但是官兵们没有被吓倒，而是在阿里扎下了根。我们这个219国道，过去基本上不像国道，就是人刨出来的一条路，想怎么刨就怎么刨。有时候我开玩笑，世界上最宽的高速公路在哪里？就在我们阿里。因为无人区里基本没有路，野马也在跑，汽车也在跑，信马由缰随便跑，有时一跑就跑迷路了。八支队上来才两年，就很快整出了路基，修出了一条像样的公路……

"西藏解放前没有一公里的公路，今天已经具备了41000公里的公路总量。现在初步形成了三纵两横、六个通道和一级省道、经济干线为主的全西藏范围的一个公路网络。应该说，西藏解放以来，在中共中央、全国人民和部队的大力支持下，公路建设取得了显著的成绩。今年12月25日，是川藏公路和青藏公路建成通车50周年大庆。在这个欢庆的日子里，我们不能忘记在西藏各条生命线上牺牲了的官兵和职工，我们应该为他们干一杯！"

说着，加措厅长举起酒杯，在场的战友们跟着一起将酒杯举过头顶。然后轻轻地把酒洒在地上。也许是因为高兴，也许是酒精的缘故，加措厅长的话显得特别多且深情。

武警交通部队奋战在新藏、川藏、青藏、中尼公路上的各路"诸侯"，
与西藏自治区交通厅厅长加措在青藏、川藏公路纪念碑前合影

"公路修好了，群众就富裕了。就拿川藏线上的业拉山那段来说吧。你们知道，那里是有名的九十九道回头弯，山上有两个村子，一个叫同尼村，一个叫嘎玛村。但你们可能不知道，一共才有 71 户人家的两个村，公路畅通之后，平均每户人家每年的现金收入就是四万多元，比以前翻了五倍。在短短的两年时间里，71 户中有 51 户买了大车，一户买了小车，90% 以上的人家都盖了新房，19 户安装了程控电话。再说川藏线上的八宿县，一个只有一万人的县，现在大概有800 多辆车。所以，我们始终不能忘记，公路修好了，不仅让群众富裕了，更重要的是在党和人民群众之间建立了一条纽带。"

加措厅长对公路沿线的情况这么熟悉，甚至对一个小山村里的一些数据都一清二楚，让我十分惊讶。只听他继续说道：

"国家对西藏这么关心，这么支持，西藏人民应该为国家做什么呢？我想，首先应该把我们的大门看好，不要让狼进来，不要让分裂分子的目的得逞，保护好我们的建设成就。西藏的建设是有目共睹的，一些人总是戴着有色眼镜看西藏，不怀好意地看西藏，他们的目的就是分裂西藏。

"我是土生土长的西藏人，15 岁参加工作，到现在已经 45 年了。我经过了两个时代，尽管那个时候小，不懂事，但是毕竟是看到了那个旧西藏，那是一个贫穷、落后、愚昧的西藏。今天的西藏发生了翻天覆地的变化，跟旧西藏相比简直是两个世界。现在由于西藏的公路建设很快，因此带动了旅游业的发展。窗子打开了，空气很好，光线也很好，但也不可避免地钻进来一两只苍蝇，这是正常现象。西藏的发展变化很多外国朋友都认可的，即使我们的敌人，现在也不得不承认共产党领导有方……"

19. 一条路的终点，是另一条路的起点

吃完饭，我和几个支队领导意犹未尽，坐在招待所里继续聊天叙旧。多年来，他们从这条路转战到那条路上，但始终没有走出过西藏。对他们来说，一条路的终点，是另一条路的起点。他们是我多年

的战友，有些事我知道，有些事我不知道。他们都是老高原，每个人的经历都能写一本书。

八支队政委邹聪连续两个春节都在阿里留守。留守不只是留守，还要组织部队冬季保通。每年从春节一直到4月份，阿里要下十几场大雪，积雪最厚时达两三米，他们必须用推土机将路上的积雪清除掉。往往是刚清除完这场雪，另一场大雪又来了。

2002年春节前夕，邹聪从北京开完会顺路回家看了一眼妻子和孩子，只在家待了一天就上了拉萨。当时他患了感冒，但也必须走。部队需要他，战士们需要他。他离开妻子和孩子，就是为了和他的战士们一起在阿里过年。

邹聪带着一名卫生员，车上装满了给各中队的年货，一路走一路看望部队，一路打着点滴。在萨嘎下车的时候，他腿一软蹲在了地上，吐出一口鲜血，鼻孔也在流血。他怀疑自己得了肺水肿，但他必须继续往前走，必须在除夕之前赶到狮泉河。在从萨嘎到仲巴的路上，他一直打着点滴，基本处于昏迷状态。到了仲巴，他停止输液，硬撑着从车上下来，给留守的战士们提前拜年。霍尔没有电话，他就把自己的车载电话留下来，好让战士们能在大年初一给家里人拜个年、报个平安。但他没有想到，正是因为没有了车载电话，他在后来遇险时无法与部队联络，生命受到了威胁。

离开霍尔100多公里后，天黑了，并且突然下起了大雪，天地间白茫茫一片，根本看不见路，地上的雪越来越厚，他们在雪原上左冲右突，但车子最后还是陷进了雪窝。风大，雪大，气温低达零下30多摄氏度。他们一直折腾到凌晨2点，还是无法把车拖出雪窝。他们已经精疲力竭，想跟部队联系又没有电话，只能在车上等候过路车帮忙。

由于刚才紧张的劳作，加之邹聪本来就有病，上车后他就昏迷了。等他醒来时，发现车周围全是狼，至少有十几只，它们用前爪拍打车门，发出凄厉的嚎叫。他们把报纸点燃扔出车窗吓唬狼，直到报纸用完了，狼还是没有被吓走。天亮后，狼才离开。

第二天他们等了很久，没有等到一辆车。这时已经是深冬时节，阿里早已经没有车辆来往，最后还是靠他们自己的努力把车弄了出来。

二支队政委黄惠军和四支队政委李西平跟我是同年兵。1982年我们一起从陕西老家一路西行，走进了青藏公路的改建工地。黄惠军在青藏线上干了19年，前年才调到拉萨，转战到中尼公路。李西平从青藏线到中尼线，然后又到边防公路，现在又转战到了川藏线上。他们两个从当兵的第一天起，就没有离开过西藏。

1980年，二支队支队长刘保君一入伍，就参加了著名的天山公路的修筑，1983年调到青藏线上，后来又随部队转战中尼公路，一直坚守到现在。值得一提的是，2001年海通沟发生特大塌方，他曾经带领突击队支援抢险。他们冒着生命危险，硬是在塌方不断的山体上开出了一条新路，提前17天完成了任务，受到西藏自治区政府副主席杨松的高度赞扬。

就在前天晚上，刘保君和第一总队新闻干事张爱龙从谢通门工地返回拉萨途中，遇到大雨，山上突发泥石流，车子一下子陷进了泥坑，泥沙和雨水一齐涌进车门，很快就没过了驾驶座。他们用力推开车门跑了出来，扭头再看，泥水几乎没过了车顶。他们步行了十几公里，才找来一辆拖车，将车拖了出来。

提起这事，张爱龙惋惜不已。当时他只抱着摄像机逃了出来，十几盘录像带没来得及取，一眨眼工夫就被泥石流淹没了。现在，这些录像带已无法使用了，他一个月的心血白费了。

三支队支队长吕召钦在青藏线上干了14年，现在他们支队的主要任务是整治川藏线。25年来，他先后参与修筑过7条公路、12座桥梁，参加过21次抢险战斗，5次荣立三等功，1次荣立二等功。他说，在西藏经历的事情太多了，说也说不完。

让吕召钦难忘的是，有一年妻子来队探亲，当时他正带领部队在黑昌线工地上施工。妻子在格尔木留守处待了半个月，也没有跟他联系上，以为他出什么事了，天天在招待所里掉泪。25天后他才知道妻子在格尔木，当时施工任务很紧，即使他能离开，去一趟格尔木至少也要一个星期，而那时妻子一个月的假期早到了。于是他给妻子打电话说他不过去了，妻子在电话里哭了，说："我这次来尽管没有见到你，但能听到你的声音，知道你还活着，我就满足了……"

说到这里，吕召钦眼圈红了。他说："这事我一辈子也忘不了。她们嫁给我们这些当兵的，真是太亏了！"

一支队政委何玉宣原来在青藏线上，后来调到川藏线上担任四支队政委，一个月前又调回青藏线。说起川藏线遇险，何玉宣说他已经习以为常了。他说，有一次他指挥部队抢通，一块石头掉了下来，旁边的战士大喊一声："政委，快跑！"他急忙往旁边一闪，石头落在了他脚边一尺远的地方。2002年春节，他去沿线慰问部队，路上雪很大，从然乌沟出来发现车轮胎没气了，他们换了轮胎继续走。跑着跑着后轮胎跑掉了，飞落到悬崖下面去了，轮毂在地上滑了十几米车才在崖边停下。他下来一看，断了两根螺杆……

第六章　相遇色季拉山

6月24日,我与四支队政委李西平、武警交通第一总队新闻干事张爱龙一起向川藏线进发。我已经有好几年没有上过川藏线了。调到北京后,我只在2000年8月上过一次川藏线,但那次中途遇到了怒八大塌方,没能走完全程。现在的川藏线到底是个什么样子,我不得而知。据说四支队养管的竹东段,已经有将近一半变成了黑色路面。

一过米拉山,气候和景象就不一样了。米拉山是西藏南北气候的分水岭。印度洋的暖风从孟加拉湾上来,受到米拉山的阻挡,温暖潮湿的气流就停滞不前了,所以米拉山北面干燥寒冷,而南面湿润温暖。再往前走,就看见了茂密的森林,青青的小草,洁白的羊群,还有山坡上星星点点艳丽的花儿。

过了八一镇,也就是林芝行政公署所在地,我们开始翻越海拔4728米的色季拉山。每年的6月,色季拉山满山遍野盛开着艳丽的杜鹃花。所以6月中旬林芝会举办特有的"杜鹃节"。虽然现在杜鹃节已经结束,但色季拉山上的杜鹃花依然艳丽。杜鹃花在云雾缭绕的密林里若隐若现,像一群羞涩的姑娘在迎接我们的到来。

让我感到惊喜的是,在这杜鹃花盛开的色季拉山上,竟然遇到了四支队第一任政委、武警交通第一总队现任政治部主任汪海。他刚从川藏线检查工作回来。他说:"帕隆十四公里便道又塌方了,今天你们过不去了。"没办法,我们只好跟汪主任一起返回八一镇。

晚上,在林芝地委的招待所里,我和汪海聊了很久。

20. 八百里路云和月

提起色季拉山,汪海说,别看它现在杜鹃花盛开,艳丽无比,可到了冬季它就变成了美丽的陷阱。

用胸膛行走西藏

1997 年 3 月份，天气很冷，汪海去拉萨开会。早晨从波密出发，准备晚上住八一镇。200 多公里的路程，下午应该早早就到了，可是那天他们一直折腾到凌晨 1 点。

进入雪线后，公路渐渐地被积雪覆盖，天气也越来越糟。拐过一道急弯，他们被堵住了。原来前面解放军车队里的一辆车滑下坡里，幸好车被一棵大树挡住，倒挂在山坡上。车上覆盖着厚厚的积雪，官兵们正在往上拖车。大家齐心协力，两个小时后才将车拉上来。

道路畅通后，他们继续往林芝方向走。这时突然下起了雪，而且越下越大，驾驶员只能靠前面的车辙辨认道路，摸索前进。雨雪天，路滑，很不好走。尽管驾驶员挂上了前加力和低速挡，车还是在路上扭来扭去，随时都有失去控制滑下山坡的可能。就这样，他们一米一米地向前扭动。直到凌晨 1 点，才到八一镇。

汪海说川藏线自 1954 年通车以来，虽然经过多次改建和整治，但由于沿线地质情况复杂，洪水、雪崩、塌方、泥石流等自然灾害频发，加之维护力度有限，川藏线基本处于半瘫痪状态。但这是一条国防要道，政治、军事、经济战略地位都十分重要，所以中共中央、国务院、中央军委都很重视，经过调查论证，决定成立武警交通部队川藏公路机械化养护支队（也就是现在的四支队），担负川藏线最为艰险的竹东段道路养护保通任务。1996 年 11 月 8 日，武警交通部队川藏公路机械化养护支队在西藏自治区波密县正式成立。

在支队成立的誓师大会上，面对鲜艳的五星红旗，官兵们豪情满怀，庄严宣誓，那激动人心的场面令汪海终生难忘。现在他还记得当时的誓词，因为那是他写的。

汪海眯着眼睛，看着远方，似乎在回忆九年前的那一幕。

"我们是人民的武警战士，我们是新时代的创业者，为了履行军人的神圣使命，为了祖国的交通事业，为了边疆的稳定繁荣，我们宣誓：热爱祖国，赤诚奉献，发扬优良传统，全心全意为人民服务；扎根高原，建设边疆，弘扬'两不怕'精神，确保川藏线畅通；服从命令，听从指挥，练就过硬本领，为人民再立新功；团结一心，艰苦创业，高标准、严要求，建好养护支队！"汪海说这就是当年的誓词。

汪海说，那时已经进入寒冬，所有部队必须在 11 月 15 日前进入竹东段 20 个施工点，16 日正式上勤，接受任务。芒康是最远的一个点，参谋长蒲仕光率一中队从波密出发，一路上要翻越五座海拔约 4000 米的雪山，危险的道路、艰难的行程、强烈的高原反应都在考验着刚刚组建的部队。部队能否经受住考验？他不放心，在部队出发后不久，他便去追赶部队。在海拔 4468 米的安久拉山上，头痛、胸闷、呕吐等高原反应症状一齐向他袭来。这时他更加担心他的战士们。很多新战士都是第一次上高原，坐在大卡车上，严寒加高原反应，他们受得了吗？他催促司机尽量跑快些，早一点赶上队伍。汽车一直在海拔 4000 米以上的悬崖绝壁上穿行，一天走了 200公里，晚上才赶到八宿县。

第二天，他们穿过怒江峡谷，翻越了有九十九道回头弯的业拉山，于夜间 12 点到达左贡县城，赶上了先行的部队。此时室外温度已降至零下 30 多摄氏度，他和蒲参谋长逐个查看了睡在兵站的官兵。天亮后，大家又早早出发，翻越了"川藏之巅"——海拔 5008米的东达山，又在奇峰险壑间盘旋了 12 个小时，于下午 6 点到达芒康。

汪海说，最令他难忘的是这座海拔 4000 多米的小县城——芒康。这个小县城由于他们的到来一下沸腾了。县武装部部长带着彩车和锣鼓队迎出五公里，县委书记、县长手捧洁白的哈达献给远道而来的官兵。藏族姑娘们打好酥油茶，欢迎远道而来的筑路战士。全县商店停业，学校停课，社会各界群众站在街道两旁，挥舞着鲜花，高呼："欢迎欢迎，热烈欢迎……"

从那一刻起，他就下定决心：一定要带好这支部队，完成好党和人民交给的任务，让川藏线畅通无阻，让沿线人民幸福安康！

藏族姑娘打好酥油茶，欢迎远道而来的筑路战士

21. 他曾经38次穿越生命线

常走川藏线，哪能不遇险！

汪海说，在他担任政委的五年时间里，他先后38次穿越川藏线，遇到的危险不计其数。有时是祸从天降，防不胜防；有时是因为责任与使命，"明知山有虎，偏向虎山行"。

1997年元旦刚过，他乘车从成都出发，沿川藏线西进。一路上，司机陈文小心翼翼地开着车，二郎山、折多山这些著名的冰峰雪岭被他们一一抛在了身后。在雅江到理塘途中的一段依山傍河的道路上，汽车方向盘突然失灵，车尾一甩，车头滑向河边。陈文一踩刹车，车子来了个180度大掉头，撞到了山上。在那一刻，汪海心里说："完了！"脑子里突然一片空白，他在车上呆坐了好久才下来。一看，更是心惊胆战，车前的保险杠、水箱罩、翼子板全撞得变了形，山崖上一块突起的石头被撞得粉碎，车后轮离悬崖仅有一米。回过头看看来路，路面已经结冰，冰被尘土覆盖，不仔细看根本看不出来。

2001年4月25日，海通沟发生了川藏线建成以来最严重的山体崩塌。一夜之间，几十万立方米的土石从海拔3500米高的山顶倾泻而下，把海通沟堵了个严严实实，河水上涨，淹没公路，形成了一个不小的堰塞湖。灾情就是命令，汪海带领抢险指挥组星夜兼程赶到现场。

塌方区形成三个巨大的锥体，山顶上还有近200米高的土石堆像一个大帽檐一样倒挂在空中。山上不时有大小不一的石头坠落下来，在沟底弹起又飞溅到对面的山崖上，扬起阵阵烟尘。国务院派来了专家组，西藏自治区政府杨松副主席坐镇指挥，武警总部警种部周爱民部长、武警交通第一总队王志亭参谋长亲临一线指挥战斗。

抢险方案敲定后，汪海决定抓住早晨山体相对稳定的时机穿越塌方区，去下游指挥。他从一中队挑选了20名身强力壮的老兵，乘冲锋舟走水路向塌方区进发。快到大坝时，下游的观测哨通过对讲机，向他发出了山顶有石头下落的警报。他指挥舵手赶紧掉转船头往回撤，刚撤出不远，山石砸在湖水里，击起十几米高的水柱。大约等了20分钟，塌方停止。他们继续前进，在塌方体对面的山脚下了船，按既定队形从大坝上通过。他们脚下全是散落的石头，深一脚、浅一脚，不时有人摔倒，但谁也不敢多停留一秒钟，大家只有一个心愿：快点冲过去！闯过去后，老兵们东倒西歪地躺在地上，心扑通扑通乱跳，好几个老兵的脚脖子扭伤了，脚被锋利的石头划破了。

为了及时打通道路，解救被堵的近千辆军地车，抢险指挥部决定：尽快炸开塌方形成的大坝，放掉被堵的河水，修复淹没的道路。炸坝的前提是先在乱石纵横的坝体上修一条机械进场便道，难题是塌方仍在继续，施工极其危险。

必须首先排除山上的险情。支队长陈光永率领排险突击队上山了。第一天，他们背着钢钎、帐篷等排险和生活物资，经过五个小时的攀登到达山顶。陈光永指挥官兵一边搭帐篷，垒灶生火做饭，一边察看地形，制定排险方案。吃罢午餐，突击队员在光秃秃的山顶上沿滑坡面打下十根钢钎，作为固定桩。陈光永系上保险绳，带人下到山体滑坡面开始排险。滑坡面的石质非常松散，上面稍有动静，就会带动坡面上的石头滚落。第一天倒是顺利。第二天中午，天色越来越暗，狂风裹挟着雨点随之而至，山石纷纷而下。为了战士们的安全，陈光永组织官兵撤回。可回到营地一看，帐篷被风卷走，已不见踪影。风雨过后，他们才在山沟里找到帐篷，但帐篷已被风撕成碎片，无法使用，官兵们只能背靠着背在湿漉漉的山上熬了一夜……

在塌方不停、飞石不断的险恶条件下抢修便道，不仅需要不怕死的精神和战胜困难的勇气，更需要科学严谨的态度和周密可行的方案。四支队副参谋长张成海和一中队中队长周学枝在海通沟抢险中，主动请战，带领突击队担负起这一艰巨的任务。

这是一次面对死亡的考验，也是一次智勇双全的战斗。经过仔细观察，他们发现，山顶松散的石头在早晨相对稳定，两次塌方之间有

20 分钟至 1 个小时的间隔，中午烈日炙烤时和午后刮风时则是塌方易发时段。他们决定，抓紧早晨这一段时间炸开巨石，开掘通道，冒险进行施工。他们在塌方区对面的山腰和坝体两端设置观察哨，紧紧盯住塌方区的顶部，一有山石滑动，立即发出警报，官兵在山石滚落前的 20 秒钟宝贵时间里，迅速撤离到安全地带。就这样，一连七天，塌方来了他们就撤，停了就上，每天爆破十多次，每次装填 20 炮，硬是从乱石堆中炸开了一条宽 5 米、长 150 米的机械进场通道。

每次哨声一响，大家拼命地往山上爬，就像壁虎一样紧贴在山壁上，石头从头顶呼啸而过。有一次撤退时，眼看石头飞了过来，跑已来不及了，战士们干脆就势躲在一块大石头后面，头顶上轰隆隆一片声响，四周石头乱飞，有的战士衣服被石块划破，有的战士手脚被飞石砸伤。

汪海说，他翻越二郎山的次数已经多得记不清了，但最令他难忘的是 1998 年 7 月份那次夜闯二郎山，而且还是雨夜。

他与总工程师王海林、参谋长蒲仕光和后勤处处长安树文同车下成都，下午 6 点多钟到达康定。按常规晚上应该住下来，但考虑到二郎山路段实行"单日进双日出"的交通管制，如果今天不过去，到明天就还得等一天，于是几人决定夜闯二郎山。他们从康定出来一个多小时后到达泸定，天黑时进入二郎山盘山道。开始没有遇到什么麻烦，可是快到山顶时，他们隐约看见前面车辆排成长龙艰难地挪动，毫无疑问，前面堵车了。下车一问前面的司机，才知道山那边一直在下大雨，路窄泥泞，不时有车滑进边沟。司机说，他早晨从泸定出发，现在才走到这里，比蜗牛还爬得慢，一点办法都没有。

无奈，他们也只能跟着前面的车子一点一点往前挪动，直到深夜 12 点才挪到山顶。这时雨越下越大，路也越走越难。下到半山腰，车子再也走不动了。此时电闪雷鸣，暴雨如注。假如这时塌方或泥石流突袭，躲都没地方躲，几十辆车和上百名军民只能坐以待毙。而这个地方正是塌方和泥石流多发区域。他们赶忙下车，冒雨分头跑到前面疏导车辆，组织大家把抛锚的车修好，把滑进边沟的车拖上来，把路上塌下来的山石和倒下的树木清理掉，十分艰难地一步一步向前推进。早上6点到了新沟镇，他们这才放下心来。因为到了这里，就说明他们已经走出了危险区。

中午，他们在邛崃的一家小餐馆吃饭时，别人看见他们一身泥水，7月份还穿着毛衣毛裤，就小声议论说，他们肯定是刚从西藏下来的，这些当兵的真可怜！

22. 亲爱的战友，让我怎能忘记你

"尽管我离开川藏线三四年了，但一些人一些事始终让我难以忘记。现在还留在川藏线上的战友，我还有机会和他们见面，已经转业和退伍的战友，想见他们就很难了。还有那些已经牺牲的战友，更是……"

汪海说不下去了。尽管他低着头，尽管房间的灯光很暗，但我还是能感觉到他的眼睛里饱含着泪水。过了一会儿，等情绪稳定后，他才继续他的讲述。

2001年12月，由于部队精简整编，支队班子成员中有五名同志接到了转业通知，当这些与他在川藏线上同甘共苦、出生入死的战友们将要离开部队的时候，他伤感不已。因为他们大都是支队组建时就一起任职的，军旅生涯20多年，大家一起工作、生活、成长、进步，把青春年华都献给了部队，献给了高原。如今他们都已经40多岁，尽管高原很苦，但无论是从感情上，还是从第二次就业的压力上，大家都不愿意离开川藏线。支队参谋长蒲仕光，1976年3月入伍，在高原工作了26年，面对这次重大的转折，他什么也没说，打点行装，准备告别部队。此时此刻，作为政委的汪海，心里确实很难受。他清楚，他们与部队有着深厚的感情，他们已经把自己的生命和所有的感情都融进了川藏线。可大局当前，他能说的和能做的很少，只能是"执手相看泪眼，竟无语凝噎"。

汪海说："他们一走，我心里感到空荡荡的，像被谁挖走了一大块。好久没跟他们联系了，也不知道他们现在生活得怎么样了，能不能适应内地的气候，能不能适应地方复杂的人际关系和新的工作岗位。他们在高原生活得太久了，无论是身体上还是心理上，都适应了这片纯净的土地，我真担心他们回去后会不适应……"

我们说着说着，不知怎么就说起了然乌沟。

然乌沟我熟悉，多次路过那里。然乌沟给我的印象是：狭窄的山谷，可怕的雪崩。然乌沟两边重叠起伏的山峦高达六七千米。每到冬春两季，狂风肆虐，大雪常常一下就是十天半月，路面积雪一米多高，过往车辆和人员被困受阻不说，最叫人心惊胆战的是山顶上的积雪终年不化，堆积到一定程度就会发生雪崩。1996年3月，这里发生了川藏线建成以来最大的惨剧。连降了十几天的大雪，把几十辆南来北往的车阻隔在然乌沟里。26日中午，一场特大雪崩发生了，15辆汽车和56个人被冰雪掩埋，无一人生还。当时养护支队还没有组建。那年10月，中共中央、中央军委决定组建养护支队，也许与那场惨烈的雪崩有关。

最让汪海难忘的是一个叫苏成云的战士。他是六中队的一名士官，推土机手。1998年4月18日，他驾驶推土机在安久拉山路段清理冰雪后往中队返。4月的安久拉山，天寒地冻，滴水成冰，苏成云小心翼翼地驾驶着推土机在冰雪路上行进。在通过一段悬崖地段时，他发现路上有一条很长的冰带，便加大油门想推掉它。但事与愿违，他不仅没有推动冰带，反而使推土机横向滑移，连机带人掉进河中。

中队长李仕林左等右等未见苏成云回来，感觉情况不妙，立即带人沿路寻找。从中队找到工地没见着人，也没见着推土机。这下可把他吓坏了，毫无疑问，苏成云出事了。李仕林沿着公路边跑边找，大声呼喊着苏成云的名字。后来终于看见推土机七零八落地散落在几十米深的河道中，再仔细一看，苏成云躺在河中的大石头上向他招手。

用胸膛行走西藏

当战友们将苏成云救上岸时,他几乎失去知觉,湿透的衣服已经结成冰甲。经过医生的精心救护,一个星期后,苏成云除胳膊骨折不能活动外,身体基本恢复正常。原来,推土机在摔下去的时候,驾驶室与机体分离,他随着驾驶室一直滚到河中,凭着求生的本能他从驾驶室爬出来,拼命爬到河中的一块巨石上,才保住了生命。

还有一个离奇的故事。

帕隆沟被称为川藏线一级天险,险就险在这段公路修筑在悬崖峭壁上。上面是悬崖,下面是湍急的帕隆藏布江。每到雨季,奔腾的江水拍打着两岸,浊浪滔天,声如雷霆。1999年11月8日,八中队指导员罗献云带领官兵在这里抢修道路,当他奋力搬动一块大石头时,由于用力过猛,一头栽下悬崖。战友们吓坏了,不少人失声痛哭,拼命呼喊:"指导员,指导员!"中队长找来两捆铁丝,一头拴在腰际,一头让战友们拉着,急忙下悬崖寻找。下到70多米的地方,发现罗献云两个肩膀被石头挡住,头卡在石缝里,人倒挂在山崖上,满身是血,不省人事。他把罗献云背上来,送到波密县医院。经过半个月的抢救,罗献云才从昏迷中苏醒过来,但他几乎变成了植物人。后来罗献云被转送到四川大学华西医院,经过整整一年的救治,才逐渐恢复知觉和记忆。据他回忆,在刚摔下去的刹那,他隐约感觉到身体被树枝挡住又弹起,后来就什么也不知道了。

说起李名成,汪海又一次眼睛湿润了。

汪海说:"这个来自河北蔚县的小伙子,从1986年起,就一直驾驶着推土机在青藏高原上筑路,风吹雪打11年,不知道跨过了多少险滩急流,没想到最后永远倒在了川藏线,倒在了公路养护这个没有硝烟的战场上……"

1997年1月,由于西藏左贡电站泄水闸冻结,河水漫过大坝结成冰,抬高库区水位,造成沿河公路被淹,200多米长的路基浸水一米多深。眼看春节就要到了,满载着货物的车辆被堵在路两头。汪海乘坐丰田越野车勘测这一段"水路",虽说车子冲过去了,但河水漫过引擎盖没到挡风玻璃上，水里的冰块将车灯撞得粉碎。但不管多么困难，都必须保证过往群众安全通过，顺利返乡。李名成主动请缨，驾驶推土机在水中拖车，一连数天早出晚归，脸冻肿了，手冻裂了，他从不叫一声苦，每天直到拖完最后一辆车才回中队休息，过往的司乘人员无不深受感动。可是，谁也没想到，10日晚8点多钟，当李名成拖完最后一辆车返回中队时，由于推土机液压装置在水中泡得太久，造成转向失灵，推土机翻下30多米的悬崖，李名成壮烈牺牲……

追悼会上，左贡县县长哽咽着说："李名成为了人民的利益献出了宝贵的生命，他是武警部队培养出来的好战士，是西藏高原这片神奇土地上的不朽忠魂！"

第七章　跨越帕隆天堑

第二天早上，我们和汪海主任分手，继续沿川藏线东进。两个小时后，顺利翻越色季拉山，到达东久桥。

这里是四支队竹东段养护保通的起点，终点是竹巴龙。也就是说，从这里开始，我们就走进了帕隆天堑。

西藏公路建设资料记载：竹巴龙至拉萨 1285 公里当中，共有各种自然病害 2011 处，其中 80% 以上都在部队养护保通的竹东段内，该段平均每公里有病害两处之多。

据某山地灾害与环境研究所调查：这段公路有崩塌、滑坡和流沙 128 处，泥石流 500 多处，泥石流沟 246 条。

汪海主任昨天所说的塌方，就发生在前面。

23．关于帕隆天堑

果然，过了东久桥六七公里，路就不通了。200 多米长的一段路基，一夜之间坍塌得无踪无影。大队长张长杰带领八中队官兵正在抢通便道。他指着前面的路说："昨天白天，刚修好这段路，昨晚又发生了大坍塌，整个路基都不见了。我们只能从山上重新开出一条便道，让车辆通行。"我问大约需要多长时间，他说最快也得一个多小时。

两台推土机轰隆隆在前面开辟道路，战士们跑前跑后地搬着石头，平整着刚刚开出的毛路，工地上忙碌而有序。一个叫陈亮的战士蹲在山崖边上正在做午饭，三块石头上架着的高压锅噗噗冒着热气。我走过去蹲在他旁边，跟他聊了起来。

陈亮说："这里几乎天天都有险情，不是塌方就是泥石流，我们中队在这里专门设了一个排险点，吃住都在工地上。由于雨水比较多，帐篷里很潮湿，被子就没有干过，衣服洗了等不及干又穿在身上，天天一身水一身泥的，有时想索性就不换了。可不换还不行，排

大队长张长杰指着前面的路说："昨天白天，刚修好这段路，昨晚又发生了大坍塌，整个路基都不见了……"

长说过路的人多，不能影响武警形象，还得换。所以几乎天天换湿衣服……"

陈亮指着面前的这段路说："这段路的路况目前是川藏线上最差的，眼下还没有办法彻底治理，连从拉萨和北京来的专家也没办法，只能是塌了清，清了塌，勉强维持。这段路折腾得我们够呛！说实话，对这段路，我们是既爱又恨。爱是因为我们为这段路付出了很多，跟路结下了深厚的感情；恨是因为它一年四季频出状况，没有个消停，一直在折腾我们。"

我没想到一个战士能说出这么一番话来。

对于这段路，我查过有关资料。帕隆沟长十几公里，受古冰川的影响，终年有流水注入帕隆藏布江。这里山高谷深，相对落差在 2000 米至 4000 米之间，重力作用异常突出。川藏公路通车时，帕隆沟建成一座三孔木桥方便车辆通过，20 世纪 60 年代中期改建为一孔跨径 32 米的钢筋混凝土双曲拱桥。1983 年 7 月 29 日，帕隆沟第一次暴发泥石流，冲毁双曲拱桥，冲走推土机两台，汽车一辆，房屋十间。1984 年 7 月 26 日，与头一年仅三天之差，该区域再次暴发泥石流，冲走刚架起的钢架桥一座。一个星期内，泥石流相继暴发十余次。8 月 6 日傍晚，部队和养护职工正在抢修桥梁，泥石流突然暴发，六人遇难。8 月 23 日，大规模泥石流暴发持续 23 小时，冲毁帕隆村和道班房，将帕隆藏布江壅堵成堰塞湖，冲毁公路六公里。从此，帕隆沟的泥石流再也没有停歇过。1985 年 5 月 29 日，帕隆沟暴发泥石流，冲走钢桥。6 月 18 日至 20 日，最大的阵发性泥石流倾泻而下，冲走了建在高地上的道班房、3 台推土机和被阻隔在沟里的 80 辆满载物资的车辆。这是川藏线建成以来发生的最大的灾害。后来在抢通这段路的三个月时间里，先后有 3 人牺牲，10 多人身负重伤……

一个多小时后，便道抢通了，我们继续前行。道路镶嵌在悬崖绝壁中，车子忽上忽下，一路颠簸，十分难走。大约走了 25 公里，我们到达了门巴村。村头有座钢丝木板吊桥通向江对岸，吊桥距帕隆藏布江江面 30 多米，桥面很窄，只能供人马通行，桥上挂满了五颜六色的经幡。

战士陈亮蹲在山崖边上做午饭，三块石头上架着的高压锅噗噗
冒着热气

这里是徒步考察雅鲁藏布大峡谷的最佳起点。从这里出发,沿帕隆藏布江东岸蜿蜒的山路,步行 30 多公里,就到了扎曲村,那里是俯瞰大峡谷马蹄形大拐弯的最佳位置。

再往前走,就进入帕隆天堑最危险的地段——通麦至门巴村段,也就是川藏线上有名的十四公里便道。

1967 年 8 月,一支公路考察队 20 多人在这一带勘探,突然遭遇了特大山体崩裂。闷雷似的巨响震彻河谷,地动山摇,电闪雷鸣,灰尘弥天。巨石、树木裹挟着泥沙,像猛兽一样扑了下来,吞噬了九位科学家的生命。同时遇难的还有经过这里的解放军运输团的十名官兵。中央军委发布命令,授予十位烈士"川藏运输线上十英雄"光荣称号。当地群众在通麦桥头为他们竖起了一方两间房子大小的石碑,纪念他们对西藏人民做出的贡献。2000 年 4 月,一场震惊全国的易贡大滑塌,将这方巨大的石碑和通麦大桥一起卷走了。

现在的通麦大桥是简易的钢架桥,每天由八中队的两个战士把守着。在通麦大桥桥头,我停下来与两个战士握手。我问他们一直守卫在这里孤独不孤独。一个战士说:"说不孤独是假的,但我们俩都已经习惯了。上次中队换我们回去,我们很不习惯,又要求回来了。我们已经习惯每天晚上听着哗哗的江水声睡觉,中队晚上太静了,听不到喧闹的河水声反而睡不着。"

24. 这里就是香巴拉

八中队营地坐落在一处空地上。那块空地被原始森林环绕着,远处是皑皑的雪山,左边是公路,右边几十米远的下方是帕隆藏布江。营房呈马蹄形修建,灰瓦白墙,院子里的花坛开满了许多高原特有的鲜花,其中格桑花最为艳丽。

饭还没有熟,中队长高国太带着我在营区周围参观。走出一个小门,眼前竟是一个很大的"后花园"。园中有花圃,有草地,有菜棚,有果园,还有中队饲养的一群鸡鸭。

高国太指着菜棚和果园，边走边给我介绍："这些蔬菜和果树，都是战士们用自己从老家带回来的菜籽和树苗栽种的。你看，这是山东的苹果，这是甘肃的桃子，这是陕西的石榴……现在中队的蔬果70%以上可以自给自足，去年光桃子我们就收了1000多公斤……"

能在海拔3000多米的地方种出这么多的蔬菜和果树，令我十分惊讶。八中队的官兵不光能在最危险的环境里出色完成任务，而且还能在这么艰苦的条件下自给自足改善自己的生活，真是不简单！

走进一座凉亭，我们在环形的木凳上坐了下来。四周开满了鲜花，红的、黄的，香气四溢。我在高原上行走了一个月，还是第一次见到这么美的地方，禁不住贪婪地深吸一口气，想将这新鲜的空气和扑鼻的香气多吸一些到自己缺氧的肺里。

高国太说："这亭子也是战士们自己设计，自己建造的。怎么样，不比北京颐和园的差吧？"

不得不承认，这里确实很美。我说："香巴拉也不过如此。"

高国太自豪地说："我们这里就是香巴拉。"

香巴拉是一个理想中的王国，是一个美丽的传说。据藏经记载，香巴拉王国隐藏在西藏雪山深处的某个神秘的地方，整个王国被双层雪山环抱，有八个呈莲花瓣状的区域，中央又矗立着环形雪山，那里有卡拉巴王宫，王宫里面居住着国王。王国的所有居民有着善良的本性，超凡的智慧。他们摈弃了偏见和贪欲，千百年来，一直过着世外桃源般的快乐生活。传说释迦牟尼圆寂时，将佛陀密法传授给了香巴拉王国的第一位国王苏禅德喇。

午饭很丰盛，而且很有意义。豆角、茄子、白菜、土豆是战士们自己种的，鱼腥草是炊事班班长从旁边的山上采来的，鱼也是他们从帕隆藏布江里抓的。

午饭后，我和十几个官兵坐在后花园的凉亭里，开了一个小型的座谈会，主要是想让他们给我讲讲故事。

韩安钢两年前调到八中队，先是当排长，今年刚提的副中队长。

他是从地方入伍的大学生。他的叔叔韩举文是交通部队的老兵，他早就听叔叔说过川藏线很苦，但他没有想到会这么苦。他说川藏线上最难的两个点——十四公里便道和102塌方区，这两个点都由他们八中队来养护保通。这是支队对他们的信任，也是对他们的考验。他说，102塌方区的山顶上有一个湖，一到雨季，湖水就溢出来，造成泥石流和塌方。中队配了一台挖掘机，他们十几个战士一直守护在那里，吃住在路上，随塌随清，养护保通。我问他那里的战士多长时间轮换一次。他说很少轮换，因为他们都不愿意被换到其他地方。我问为什么，他指着一个战士说："你问他吧。"

那个战士叫王周祥，上午从102塌方区回中队取东西。王周祥说："我对102的塌方规律比较了解，其他战友去不了解情况，会更危险；我在那里待习惯了，回到中队老想着102，晚上睡不好觉，还不如待在102心里踏实。"

士官田纪波说，一次，帕隆天堑有五处塌方，30多米长的一段路基眨眼就不见了。支队要求他们五天内抢通。路没了，他们只有背着炸药从山上绕过去，为了抢时间，每人一次背两袋。累是当然很累，但他们不怕累，主要是太危险了。天下着大雨，山上根本没有路，只能手脚并用地爬行，上面还经常有泥沙和石头往下滚。就这样，他们硬是在山上重新开出了一条便道，只用三天就完成了任务。之后，他躺在床上昏睡了整整一天一夜，起来时腰疼得站都站不直。

士官李海接着说，那次可累惨了，也吓惨了！开始，看着山上一个劲地往下滚石头，他不想背炸药，万一炸药被石头砸了不就完了。他还没结婚，还不想这么早就牺牲。可是后来他看见中队干部都卷起裤腿带头背炸药，他很不好意思，也跟着上了。

刘金飞去年入伍，他毕业于重庆大学，学的是计算机应用专业。他说上高中时，他的理想是考上大学；考上大学后，他的理想又变了，一心想当兵。大学毕业后，他在一个单位工作了一个月，就当兵上了西藏。刚到部队时，他感到工作很危险，生活很单调，有种失落感，有些后悔。后来跟战友们相处时间长了，思想就慢慢转变了。听指导员说，中队以前有个老兵，年底同时接到两个通知，一个是支队通知他留守，一个是女朋友让他回去结婚。他选择了留守。结果第二年回去，女朋友变成了别人的新娘。这事听起来不太新鲜，却对他震动很大。

最后他说："这么多战友都能在这里默默奉献，我为什么就不能？我的愿望是明年考军校，只有考上军校，才可能长期在川藏线上干下去。"

这说法不无道理。

25. 川藏线上有个好八连，好八连有个赵指导员

下午，我拜访了易贡乡党委书记多吉次登，他用上好的酥油茶招待了我。一提起八中队，多吉次登就很激动。

"我参加工作 26 年了，没有见过这么好的部队。如果没有他们养护保通这段路，我们全乡群众的生产和生活物资都无法进出。他们在这里发挥了很大的作用，给我们很大的支持和帮助。南京路上有个好八连，我们川藏线上也有个好八连。为什么会这么好？因为他们的干部好，指导员赵文胜就是个好干部！"

可惜，赵文胜到内地学习去了，我无法采访他。但从战士们嘴里，我知道了赵文胜的一些事情。

战士们说，他们指导员虽然是从地方大学入伍的学生兵，但在危险面前一点都不含糊，总是冲锋在前。去年 5 月，一块重达 40 吨的巨石从山顶滑落，砸塌了 30 米长的路基，赵文胜带领中队官兵迅速赶到现场。虽然塌方地段地势险要，但山顶石质松散，滑坡不断。面对这种情况，他让战士们先躲到安全地带，自己一个人冒着生命危险，进场观察地形。他在石头上安装炸药，实施爆破。

在一次施工中，一堆近 20 立方米的沙石从山上向战士陈向军扑来，赵文胜一边喊着闪开，一边扑上去用身体保护陈向军，在两个人

倒地的瞬间，沙石从他们身边飞泻而下，冲到了帕隆藏布江里，溅起几米高的浪。赵文胜的肩膀被飞石击中，鲜血直流。

一次，天刚蒙蒙亮，102塌方区出现塌方。当时雨下得很大，赵文胜带领抢通突击队赶到了现场，他指挥推土机抢险。就在即将抢通时，一块重约三吨的巨石带着泥土突然呼啸而下，他大喊一声："危险，快撤！"战士们迅速撤离，他站在最前面，来不及跑，便顺势躲在推土机的侧面。石头从他头顶翻滚下去，战士们都惊呆了，以为指导员完了。可是烟尘一过，他又站起来指挥抢通了。

赵文胜看起来粗犷，心却很细，特别关心战士。中队有三个单独执勤点，每个点上条件都很苦，特别是驻扎在102塌方区的执勤点，住的帐篷里至今没有通电，战士们基本过着白天战塌方、晚上数星星的生活。由于这里雨季长，有时一个月也见不到一次太阳，所以气候异常潮湿，到处是毒蚊子和蚂蟥。人到哪里，毒蚊子就跟到哪里，落在身上一咬一个包。蚂蟥更叫人心惊胆战。蚂蟥从树上悄无声息地掉到人身上，钻进肉里吸吮血液，拽都拽不出来，只能使劲拍打，或者用烟头烫。有些战士的身上长满了湿疹和毒疮，有的还患上了关节炎。看到这些情况，赵文胜专门跑到八一镇，为战士们买了烘干炉和杀虫剂等日常用品，送给战士们。

一个战士有一天突然卧床不起，问他是不是家里有事，他不吭声；问他是不是和女朋友吹了，他不说话。赵文胜耐心地询问后，才知道他患了疥疮，下身都烂了，怕人笑话，一直不好意思请假治疗。赵文胜答应一定替他保密，还亲自陪他上医院进行了治疗。

一个战士已订婚三年的未婚妻，因为长年见不了面而提出分手，这个战士一时想不通，思想包袱很重。赵文胜先后给这个战士的未婚妻去了八封信，介绍这个战士在部队的出色表现，以及对她忠贞不渝的爱情。三个月之后，姑娘终于回信了，与战士恢复了恋爱关系。去年，这个战士回家办了喜事。

中队有一个叫郭宗榜的战士，文化水平比较低。刚到中队时，小郭的学习笔记一句话里就有三个错别字。赵文胜在工作之余，每天教他认十个生字。通过一年多的努力，小郭文化水平提高很快，还学会了写文章，成为中队的新闻报道骨干。甘肃籍战士王富成为了转士官，给赵文胜送了 2000 元钱，他当即拒绝，并对王富成进行了严厉批评。之后赵文胜又三次找小王谈心，跟他讲：想留队没有错，但要靠工作成绩，靠平时的表现，靠歪门邪道是走不通的。后来小王思想转变很大，工作非常积极，年底被评为"优秀士兵"。小王从赵文胜手中接过奖状时，激动得流下了热泪。

这几年，八中队多次被评为先进中队，赵文胜也两次荣立三等功，多次受到上级表彰。

多吉次登说得对，从赵文胜的身上，我看出了八中队有这么强的凝聚力和战斗力的原因。

第八章　滞留扎木镇

从通麦东行就到了波密县人民政府驻地扎木镇。"波密"在藏语中意为"祖先"。这里海拔只有2700多米，气候宜人。帕隆藏布江穿镇而过，两边的山上是茂密的原始森林。从扎木镇西望，可以看见远处皑皑的雪峰。西方游客把扎木镇称为"西藏的瑞士"。

四支队机关就驻扎在镇子南边的山脚下。

我原计划在扎木镇只待两天，结果却在这里滞留了一个星期。滞留不是因为路断了，而是因为我病了。

也不是什么大病，就是感冒了。但就是这次感冒，让我一直咳嗽了一个多月。都怪我太大意了。我以为，从阿里无人区走出来了，在我熟悉的川藏线不会有什么危险。所以，我完全放松了警惕。在波密县城山脚下的支队机关吃过晚饭，我和支队长陈光永、政委李西平仰躺在山下的一片草地上，看着湛蓝的天空上缓缓移动的白云，聊着川藏线上我知道的和不知道的事情，不知不觉忘了时间。直到我感觉脊背有些凉意，才赶快爬起来。

但是已经迟了，高原的寒气已经侵入了我的肌体。我打了一个结实的喷嚏，感冒了。当天晚上开始发烧，输液。

我知道，感冒不仅仅是因为我在草地上躺了那么一会儿，主要是因为我在高原上艰难行走了一个多月，身体已经基本被掏空了。这种时候，任何一点风吹草动都会把我击倒。

一连几天，在支队机关的招待所里，我一边输液，一边采访。

26. 就因为喜欢这身军装

支队长陈光永不善言辞，说话很简洁，一件事用几句话就概括了。

他说，海通沟抢通时，支队五个常委都到了，他是突击队队长。他用绳索把自己吊在空中排险，经常有石头从头顶坠落，很危险。在最艰难的时候，晚上他没有脱过衣服，在山上的草地上睡了五个晚上，由此落下了风湿病。

安久拉山的那次大雪灾，陈光永带领突击队吃住在山上，他们用推土机推出了 40 公里的道路。他的脸全是肿的，除了眼睛周围由于戴着墨镜没有脱皮，其他地方全脱了皮，嘴唇裂开好大的血口子，鼻尖不停地流脓水。

2002 年冷曲河路段大塌方，地方一辆邮政车被压在下面，车里的四个人全死了。陈光永带着部队抢通时，山上还在不停地坍塌。他正在一线指挥，战士张军朝他喊："支队长，快跑！"他刚跑开，山石就擦着屁股塌了下来……

问到他的妻儿，他的回答更简洁：当兵 26 年，一直两地分居。现在是三地分居，他在川藏线，妻子在宁波，孩子在杭州上学。26 年来，妻子只来过部队一次，住了十天就走了，因为当时他要带车队去执行任务。

妻子在经济发达的沿海城市，他却一直坚守在偏僻的川藏线。我问他为什么。他想了想，只说了一句话："也许是因为喜欢这身军装吧。"

对我说同样话的还有一个人，他叫陈发林，安徽人，毕业于西安公路学院，是支队的参谋长。陈发林在部队 12 年，没有买过一身西服，回家探亲也不穿便装，觉得穿军装自在，心里舒服。他一个同学在辽宁创办了自己的企业，承包高等级公路建设项目，五六年下来净资产就超过了千万。这个同学多次劝他脱下军装加盟他的公司，许诺每个月给他在部队一年的工资。他一直没有答应，原因很简单，就是喜欢这身军装。

他的岳父也喜欢他穿军装的样子，可能就是因为这一点，他和岳父感情很深，甚至超过了自己的父亲。去年他休完假离开家时，71 岁的老岳父落泪了。岳母说很少看见老伴落泪。岳父患了哮喘，也许在分别的那一刻，老人已经感觉到了这是他们的永别。果然，回到部队不久，他就接到了岳父病重的电报。当时部队施工刚刚展开，作为参谋长的他怎么能走开？他一直拖到 5 月才离开川藏线，准备回家看望岳父。可走到半路，他就接到了妻子的电话，说老人已经去世了，临终前一直说想见他。他赶到邦达，飞机延误，又急忙掉头往回走，从拉萨飞回老家，岳父已经下葬。

27. 1800 公里的路程，车队走了 38 天

后勤处处长陈新宏的家境，可能是全支队最好的，但他自己并没有钱。在他们那个大家庭里，他属于穷人。

陈新宏的家在福建石狮，家人、亲戚和朋友都在做生意。弟弟一年少说也能挣一两百万，有个高中同学现在至少有两千万的资产，就是妻子一年的进项也比他五年的工资总和多。以前妻子还不大埋怨，这几年眼看周围的人一个个发了起来，妻子心理失衡，有时也发牢骚："嫁给你们当兵的有什么好？要钱没钱，要权没权，一年四季还不沾家……"

陈新宏对我说："有时候，我心里也确实感到失衡，都是一样的人，人家都在发财，凭什么我们就该待在这个地方受罪！但静下心来想想，人生有限，不可能什么欲望都能满足，只要干好一两件事也就行了。我们既然选择了军人这个职业，就应该尽职尽责地把它干好。"

说起令他最难忘的事，陈新宏说："那要数 1998 年 5 月带车队进藏。我们从波密到成都走了 7 天，可回来却走了 38 天，简直是一次艰难的长征！"

那时，陈新宏是保障中队的中队长。他带领 18 个兵、16 辆车下成都拉运油料。回来走到理塘时，听说前面发生了塌方，车队只能在理塘停下来。他带一个车到前面去探路，果然塌方了，而且土方量很大，几十辆车堵在那里，看样子没有十天半月是过不去了。他们在理塘等了一个星期，前面传来消息说，一个月后路才能通车。可部队急需油料，不能再等了。他打电话请示支队，提出从北线绕过去。北线很危险，多年来很少有车队经过，但也没有别的办法，支队同意了他的请求。

　　他带领车队返回新都桥，由此向北，进入北线。此时正是雨季，他们对路况又不熟，一路上大小塌方不断，他们不得不经常停下来自己抢通。这样走走停停，十天后才到了江达。过了江达，车队中一辆车的车轴断了，他又派人返回江达去买配件，车队在一座海拔4000多米的山上住了一夜，直到第二天下午才把车修好。

　　路上空寂无人，几十公里遇不到一户人家，饭馆更是很少看见。他们只能从河里取水，用水桶煮方便面吃。到达摩拉山时，遇到了大雨，路上全是红泥巴，又是上坡路，车子直甩屁股，稍有不慎就有可能滑下山崖。下山的时候又遇到了泥石流，车队被迫停下来，在泥石流区域提心吊胆地过了一夜。天亮后，他步行十几里找到一个道班，把路上的险情用电话告诉了昌都养路总段。

　　第二天早上，养路总段段长带着人和机械赶来抢通。谁知道抢通了一半，机械坏了，只能人工抢通。他们和工人一起施工，一个个跟泥猴似的。山上的泥石流还在不断地往下流泻，刚清出一段，转眼又被泥石流淹没了。他们一直干到傍晚，才勉强通车。路上的黄泥巴有半个卡车轮胎高，战士们站在半腿深的泥浆里，垫一层石头，过一辆车。剩下最后两辆车时，泥石流越来越汹涌，车再也无法通过了，官兵只好又在山上过了一夜。那天夜里，一直在下雨。第二天又开始新一轮抢通，连拖带拉，总算把一辆车开出了泥石流区。最后一辆车由于在泥浆里不停打滑，离合器摩擦片被烧坏了，车子陷在泥坑里动弹不得。修了一天没修好，大家又在山上过了一夜。直到第四天傍晚这辆车才修好，但还是开不出泥坑。后来，附近的藏族群众得到消息后，开着一辆东风卡车赶来，前面车和二三十个人拉，后面三四十个人推，好不容易才将车子弄出泥坑……

　　他们到昌都后，才知道去邦达的路也断了。车队又在路上耽搁了一个星期。后来听说路通了，可走到塌方区跟前还是过不去，又在那里住了两天两夜。

　　第38天，他们终于走出了北线，安全到达邦达。当时部队已经没油料了，他们回来得正是时候。支队领导得知车队安全返回后，激动得不得了，发来慰问电，号召全支队官兵向他们学习。

一位跑了几十年川藏线的地方藏族司机，听说他们这次经历后，很是惊讶，敬佩地说："我从来不敢走北线，还是你们当兵的胆子大、能吃苦、技术好！"

28. 几乎被泥石流卷走的一所小学

7月28日，在床上躺了三天的我，再也躺不住了。吃过早饭，卫生队的医生给我输完液，我便把四支队政治处翟清江主任找来，要求去武警交通希望学校看看。翟主任劝我病好了再去，我说感冒咳嗽是

放学了，孩子们欢快地冲出校门

我的老毛病，没有十天半月是好不了的，我不能就这样一直等下去。武警交通希望学校是我这次采访的重点，无论如何我是要去的。翟主任见我如此执着，只好陪我一起去。

路上，翟主任告诉我，1996年部队进驻川藏线后，就把扶贫帮困和捐资助学当作义不容辞的责任。当时在全线开展了想人民群众所想，急过往人员所急的"五个十工程"。具体地说，就是救助十名失学儿童，帮扶十户贫困家庭，照顾十位孤寡老人，建立十个编外兵站，选派十名校外辅导员。后来，这项活动被不断丰富和扩展。现在支队所属部队已经与沿线13所学校建立了共建关系，出资改善了教学设施；先后帮助4个县13个乡村的160多名失学儿童重返校园，累计共有500多名学生受到过资助。今年，有29名学生考上了内地中学的藏族班，4名学生还考上了大学。

翟主任说："我们今天要去的这所小学，就是13所小学中的一所。原来这所小学很简陋，教室是房顶盖着油毡的木板房，有些孩子从不通汽车的山区步行30多公里来读书。学校没有宿舍，家长们就自发地从家中扛来木料，盖起了简易木板房。部队刚来时，老政委汪海去看过，小木屋缝隙很多，透光又透风，除了一排通铺上面放着几块破旧的毡子和被子外，几乎再没有什么东西。学校没有食堂，学生靠家长每周送来的糌粑维持生活，每年有不少学生因家庭贫困辍学。

"老政委从学校回来后，心情很沉重，立即召开党委会，号召机关官兵为这所学校捐款，党委成员带头捐款，每人负责帮助一个失学儿童。一年后，在部队的帮扶下，学校的生活设施彻底改变了。可是到了2000年，学校附近突然暴发了泥石流，乡政府的供电站被冲走了，学校也差一点被淹没，当时泥石流距孩子们的教室只有十几米远。孩子们在泥石流频发区域学习和生活，实在太危险了！支队领导与县里商量，准备把学校搬迁到一个安全地带。县里很支持，于是在一片茂密的森林旁边为孩子们选了新的校址。支队出动两个中队的兵力和机械设备，筹集资金65万元，很快为孩子们建起了新的学校。"

后来，翟主任说起了王康。王康是中队的卫生员，全国民族团结进步先进个人。1991 年，他因家境贫寒，没有读完高中就当了兵，他知道中途辍学和无钱看病的痛苦。在中队与聋哑村开展的共建活动中，王康主动担任了村小学的辅导员和汉语老师。他白天施工，晚上上课，捐款捐物，帮助困难家庭，资助失学儿童。他还在村里办起了牧民夜校，讲授食用菌、蔬菜种植技术和卫生防疫常识，与村民们一起搭建塑料大棚，帮助村民种植蔬菜。一天深夜，一个藏族小伙翻山越岭来到中队，说他阿妈高烧两天，昏迷不醒，请求部队前去抢救。此时王康也正在感冒发烧，但他二话没说，跋涉两个多小时，赶到藏族老阿妈家，输液抢救，守护了整整一天一夜，直到老人苏醒才返回中队。

15 公里的路程，很快就到了。首先映入眼帘的是小学门口醒目的"武警交通希望学校"木牌。车子刚驶进大门，一个藏族姑娘就急急地朝我们跑了过来。

翟主任介绍说："这是校长央珍。"

我很惊讶，这个看上去二十岁出头的小姑娘，怎么会是校长？看见我们，央珍很高兴，脸上洋溢着遮掩不住的笑容。央珍把我们领进校长室，倒上酥油茶。我惊奇地发现，这个地地道道的藏族姑娘普通话说得非常流利。谈话中我才知道，央珍是从内地大学毕业回来教书的。别看她只有 24 岁，教龄已经四年了。央珍告诉我，她刚毕业时只有 20 岁，在一个叫八盖的地方教书。那所小学很闭塞，离家很远，从易贡骑马要走三天才能走到。她在那里工作了三年，每年都要这样进进出出四五趟。来回的路上荒无人烟，晚上只能把马拴在树上，自己睡在马旁边过夜……

我问央珍："现在你们学校有多少学生，多少老师？"

央珍说："12 个老师，150 个学生。"

我问她："有没有家庭困难的学生？"

央珍说："有四支队官兵的帮助，现在少多了。"

"最困难的是哪个?"我问。

央珍跑出去,把一个女教师叫进来,对我说:"这是三年级的班主任卓玛拉姆,最困难的学生是她们班的拉珍。"

卓玛拉姆说,拉珍是住校生,是她班里家庭情况最困难的学生,也是学习最好的学生。她数学考第一,语文也考第一。她家在索通村,家里有七个孩子,其中五个是女孩,现在只有两个在上学。

我扭头问央珍:"住校生是不是费用要高一些?"

央珍说:"也不高。我们藏区的学生,国家实行'三包'。就是包吃、包住、包学费,每个学生一个学期国家有 250 元的补助,基本上够用。住校的学生每人一个学期只交纳一车手扶拖拉机的柴火和 70 元的生活费。但有些学生家庭很困难,连 70 元都交不起,再加上要买衣服等生活日用品,更是难以负担。当然,这几年附近群众的生活越来越好了,经济收入也高了,家庭困难的只是少数。"

我对央珍说:"从现在开始,拉珍的一切费用由我来承担,我要一直供她考上大学。"

正说着,下课铃声响了。央珍让卓玛拉姆把拉珍叫来。

十岁的拉珍羞怯地走进来,站在那里搓着衣角。校长把我要供她上学的消息告诉了她,拉珍更害羞了,脸红红的,低头不语,只是偶尔抬头羞怯地瞥我一眼。我突然觉得这个小女孩跟我有了某种亲密的联系,有了某种不解之缘。

我从衣兜里掏出 800 元钱,交给校长央珍,说这是我资助小拉珍的第一笔费用,每年的这个时候,我会按时把她的费用寄到学校来……

下午,我和李西平政委走访县政府。县里的其他领导都下乡去了,主管民政工作的副县长旺堆接待了我们。

旺堆县长说:"四支队驻扎在这里,对波密县的经济、文化、安定团结等方面起到了特别重要的作用。他们捐资助学,投入了很多的资金,把古乡小学建成了武警交通希望学校,还在学校捐建了一个电视卫星接收站。古乡是我们波密县最穷的地方,他们点名要帮扶古乡,扶助穷困户 20 多户,帮他们解决了吃、住问题。他们把每月 14 日定为敬老日，部队领导和官兵都到敬老院送菜、做饭、打扫卫生。更重要的是，部队还出动人员、机械和资金，帮我们县发展区域经济。现在我们县经济水平与九年前相比，可以说是有了一个翻天覆地的变化。九年前人均年收入 1000 元左右，去年我们人均年收入突破了 3000 元。再比如城镇建设，九年前不要说高楼大厦，就连水泥路面都没有。我是 1992 年从学校毕业分到波密县的，那时候波密县街道两旁全是木板房，现在你看看，大部分都是楼房，最高的五层……

"他们把川藏线当成了一条传播精神文明的通道，官兵们在用生命维护这条生命之路的同时，也用忠诚和真情维护着人民的根本利益，维护着军队的形象和党的形象。"

旺堆副县长说得好啊！这是另一种维护，也是最根本的维护。

第九章　走出香巴拉

7月2日，我感觉病情好一些，便离开了波密，在支队副政委郑友忠的陪同下，沿川藏线继续往东前进。

从波密走出100公里，感觉越走越荒凉，森林也在明显减少。我知道，前面等待我的，还有"死亡之谷"然乌沟、怒江大峡谷、安久拉山、东达山、海通沟、海子山和二郎山，这些都是我要跨越的天堑。我也知道，我正在一点一点地走出神秘的香巴拉。

29. 他在"死亡之谷"走了300多个来回

两个小时后，我们到达然乌湖。

将近湖口，远远就能听见潺潺流水声，转过一个弯，眼前蓦然出现一面平展展的湖镜，远处的雪山和天上飘动的白云倒映在上面，如诗如画。然乌湖在波斗藏布江的上游，由于多年前暴发过一次特大泥石流，被泥石堵塞了沟口，形成了一座大坝，湖水被围，造就了这个长20公里的美丽的湖泊。

绕过湖泊，车子进入一条狭窄的山谷。这就是被人们称为"死亡之谷"的然乌沟。1953年修筑这段公路时，成千上万名解放军战士在这里的绝壁上悬空打眼放炮，先后集中了一个师里石方作业最好的32个连队，日夜突击，提前完成了筑路任务。1996年，这里发生了一次特大雪崩，使56人丧失了生命。几十年来，共有多少人在这里丧生，现在已无法统计。

然乌湖边有个岔路口，向东是川藏公路，向南约170公里处，就是察隅。察隅地处横断山山脉西边的高山峡谷地区，南面与缅甸接壤，东面与云南相连，地势起伏很大，这里四季温和，降水充沛，河流密布，日照充足，风景十分迷人，有"西藏江南"之称。

过了岔路口，继续沿川藏线东行。车子穿行在然乌沟里，我不能不想起一个人。这个人刚刚被评为"中国武警十大忠诚卫士"，而且是以最高票数当选。

他就是五中队中队长刘红春。可惜这次上来见不到他，他正在北京参加表彰大会呢。不过两个月前，我在成都采访过他。

刘红春所在的五中队，连续四年被评为"基层建设标兵中队"，还荣立了集体三等功。他本人也先后荣立了一次一等功，一次二等功，四次三等功，并被武警总部表彰为"基层建设先进个人"和"优秀基层干部标兵"。

几年前，然乌沟发生了50年不遇的特大雪灾，路面积雪最厚处达三米多深，100多辆车和300多名群众被困雪中。刘红春带领官兵立即投入抢险战斗。为确保抢险万无一失，他大胆使用先爆破炸冰、再排除积雪的方案，带领十名骨干攀上悬崖，打眼爆破，把松动的冰层和积雪全部炸落。然后他又踩着没膝的积雪，在前面给推土机探路，好几次险些滑下山谷。深夜，气温降至零下30多摄氏度，抢险也推进到最危险的路段，路上铺着一米多厚的积雪，推土机随时都有掉下深渊或被雪崩吞噬的危险。推土机手犹豫了，刘红春跳上推土机，指挥部队继续前进。就这样，他们用了22个小时，在雪地里杀出了一条"雪路"。一连几天，刘红春带领战士们冒着零下30多摄氏度的严寒，在"死亡之谷"往返13次，累计行程600多公里，将所有遇险群众从死神手中营救出来。

刚抢险回来的刘红春，得知在安久拉山山顶有一辆大客车滑下山沟，乘客生死未卜。他来不及休息，立即组成抢险突击队，背着药品、干粮徒步向安久拉山进发。当时，大雪弥漫，天地间灰蒙蒙一片，根本辨不清方向、找不到路，稍不留心就会滑下悬崖。刘红春和战士们就手脚并用，向山顶爬去。汗水和着雪水，使衣服结成了冰甲，每挪一步都要大口喘气。经过12个小时的艰难爬行，他们终于找到了滑下山沟的那辆大客车，将已经昏迷不醒的藏族司机和所有乘客营救出来。60多岁的藏族老人扎西激动得老泪纵横，反复说道："土基其！土基其！"

2002年7月初，怒江沟段发生大面积泥石流和山体滑坡，一辆客

刘红春站在推土机上，指挥部队抢通道路

用胸膛行走西藏

车翻下悬崖，20 多名伤者危在旦夕。为及时把伤员抢救出来，刘红春冒着随时被飞石击中的危险，把绳索拴在自己的腰上，带领八名骨干下到 50 多米深的崖底，把伤员一个一个背到安全地带。

2003 年 6 月，由于山洪突然暴发，一辆由八宿开往波密的大客车被冲进河中，30 多名群众的生命受到严重威胁。刘红春带领官兵以最快的速度赶到现场，他不顾自己患有严重的关节炎，第一个跳入刺骨的河水中，把受伤群众一个一个抱上来。等最后一个受伤人员被救上来时，由于体力消耗过多以及关节炎复发，刘红春一头栽倒在地上。

重庆交通学院毕业的刘红春，不光在抢险救灾中冲锋陷阵，而且还是一个特别喜欢研究施工难题的人。为寻找治理川藏线病害的办法，他研读了大量的公路病害防治专业书籍，记下了 100 多万字的笔记。为掌握公路病害第一手资料，他不惧流沙飞石，带上水壶、干粮沿线实地测量，采集数据。三年下来，他在险象环生的"死亡之谷"走过不下 300 多个来回。这段路上哪个地方有坑，哪个地方有坎，他都清清楚楚。尤其对流沙、泥石流、塌方等灾害都有翔实的记录。在此基础上，他探索出了"季节性公路病害的防治方法""冬季路面雪毁的防护与治理措施"等养护保通方法，并在支队得到推广。他的"石槛技术治理山体滑坡""梯级消能原理防治雪崩""锚索加固边坡施工法"等七项科研成果在西藏自治区交通厅公路养护会议上交流后，受到专家的好评。

我问过刘红春，是什么力量让他在这生死川藏线上一干就是十年？刘红春说："是一种生死与共的团队精神！战士们比我更辛苦，我常常被战士们的献身精神所打动，所激励。"

接着，他给我讲了三件事。头一件事，是他大学毕业入伍不久的一次爆破作业。点燃导火索，他和老兵周敬福迅速撤离，躲在一个弯道处的汽车后面。炮响了，周敬福推了他一把，没等他反应过来，一块碗口大的石头落在了他刚站着的地方。要不是周敬福推他那一把，那天他就没命了。

　　还有一件事，在一次雪灾抢险中，他突然发现雪地上有一滴一滴殷红的血迹。他大声问战士，谁在流血？没人吭声。他顺着血迹走了十几米，来到士官梁志伟跟前。梁志伟一手拼命刨雪，一手捂着口鼻。梁志伟因疲惫劳累、高原缺氧导致流鼻血。刘春红让他回去休息，他就是不肯，最终只进行了简单处理，又投入了战斗。这件事令刘红春十分感动。

　　第三件事，是有一年他带着两个新战士去营救被大雪围困的三个藏族群众。为了轻装上阵，他们走时只带了少量干粮和几个苹果。那天的风雪特别大，寒风裹挟着雪粒直往嘴里灌，让人时常有窒息的感觉。他们在大雪中从上午一直走到下午，干粮吃完了，腿冻得像冰柱，没有了感觉，每走一步都十分艰难。他担心两个新战士支撑不住，路过一个废弃的土房子时，他想停下来休息一下再走，可两个战士反而做他的工作。一个战士拿出仅剩的一个苹果，苹果早已冻坏，变了颜色。战士递给他说："中队长，你吃吧，我们年轻，能坚持！"他把两个战士紧紧地搂在怀里，泪水止不住地流了下来。三个人继续前进，终于在天黑前救出了遇险群众。可他们的脸和腿脚都冻伤了，几个月也没能好。

　　采访中，刘红春提到了妻子。认识妻子前，他谈过一个女朋友，两个人说好那年国庆节结婚，但当时川藏线发生了山体大塌方，他带领部队抢险，回不去，结果和女朋友吹了。后来他通过别人介绍认识了现在的妻子。说是介绍，也只是信上介绍，看过照片，两个人并没有见面。八个月时间，刘红春共收到女友的 68 封信。刘红春说，68封信他一直保存着，那是他的精神支柱。那年年底他们才第一次见面，可一见如故，很投缘，两个人很快就结了婚。现在他们的女儿都已经三四岁了。这桩婚姻，看起来似乎很草率，但刘红春却十分满意。

　　他说："也许是老天厚爱我，让我遇上了这么好的妻子。"

　　妻子辞了工作，一个人带着孩子，生活很艰难。没有了工作就没有了经济来源，妻子开了一个奶屋。由于一个人忙不过来，奶屋很快也倒闭了。她现在带着孩子，天天给人家送奶上门，挣些零花钱贴补家用。

提起妻子和孩子，刘红春眼睛湿润了。他说，妻子是个十分坚强的人，再苦再累从不流泪，也不给他说。妻子说，只要他在部队好好干，将来能有出息，她就心满意足了。

行走在然乌沟里，我始终警惕地抬头望着悬崖上面，担心有塌方、雪崩或泥石流发生。还好，什么也没有发生，我长长地舒了一口气。

可是，麻烦跟着就来了。

30. 在怒江峡谷，我们遇到了八处泥石流

五中队营地，在八宿县城以西几公里的地方。走进营区，一片寂静，没有看见一个人影。过了一会儿，通信员才从后面的菜地跑过来，说怒江峡谷那边发生了泥石流，部队去抢险了。

我们没有停留，驱车向工地驶去。

八宿县城很小，开车两分钟就穿过去了。

前行七八公里，遇到几十辆被堵的过往车辆。车子开不过去，我们只有下车步行。没走多远，就看见了抢险的部队，几台"两头忙"（能挖能推的一种小型施工机械）突突突地冒着黑烟推着路上几尺高的壅堵泥沙。官兵们卷着裤腿，跟在后面用铁锹清理着路面。

副指导员黄明、副大队长刘万林和五中队副中队长施光富等干部在一线指挥。看见我们，他们跑了过来。

黄明报告说："昨天夜里下了一夜的大雨，早上起来暴发了泥石流，共计八处。我们已经干了快三个小时了，抢通了六处，还有两处，估计要不了一个小时就能全部抢通。"

我和郑副政委站在泥沙里，一起指挥部队抢险。

藏族群众站在远处唱起了民歌，歌声很优美，随风飘荡在怒江峡谷：

从雪山那边飞来一只绿色的神鹰，
绿色的神鹰啊，
它翅膀上闪动着美丽的亮光，
它身上驮着幸福的种子……

唱完一首，又唱一首：

太阳出来的地方，
晴空垂下白帐，
不，那不是白帐，
那是我可爱的家乡。

太阳出来的地方，
云里挂起了帐篷，
不，那不是帐篷，
那是金珠玛米驻扎的营房……

歌声中，官兵们越干越起劲，不到一个小时，路就抢通了。黄明看了看手表说："一共用了三个半小时。"五中队到底不一样，这么快就抢通了。我问黄明："以前像这种情况，抢通需要多长时间?"黄明说："至少一天，有时需要两三天，甚至一个星期。现在我们加大了机械化施工程度，抢通时间大大缩短了。"

我们站在路旁，目送过往的车辆通过。几乎每一辆车经过官兵们身边时，都要鸣笛致意，有的司机还伸出头来，向官兵们竖大拇指呢。最后一辆卡车上拉了二十几个藏族群众，车子经过时，车上的群众高声呼喊，一个劲地向官兵们挥手……

越过泥石流多发区，车子顺着怒江峡谷前行十几公里，我们来到了怒江大桥。车子驶出隧道，驶在怒江大桥上，望着桥下汹涌的怒江和两岸陡峭的山崖，我无法想象，当年解放军是如何在这里架起了这座如虹的桥梁。

半个世纪前，修筑这段路的时候，勘查队员无法攀登测量，只在图纸上画出了七公里的"飞线"。筑路司令部的穰明德政委和张忠司令员亲自站在怒江边上督战。师长甘炎林和技术人员通过调查研究，提出了跨越怒江的方案：第一步，设法把钢丝绳拉过江去，架设便桥，施工部队才能开向西岸；第二步，查明路线的走向和桥位，分布兵力，架桥越过怒江天险。

渡江的唯一工具，是一条从藏民那里借来的牛皮船。放下江去的牛皮船犹如一片树叶，拖着的一根钢丝绳，像一条长长的尾巴，在江里摆来摆去，随波逐流。激流扯断了钢丝绳，牛皮船翻滚着顺江而下，转眼就没了踪影。唯一的渡江工具可不能被江水冲走！六名战士登山攀崖，急追了十几公里，才在一个浅水湾把牛皮船找回来。经过四天的拼搏，他们才将牛皮船划到西岸。又经过 76 天的奋战，战士们才在怒江上架起了一座钢架桥。后来，钢架桥又改建成钢筋水泥桥。在这里，先后有三位官兵献出了年轻的生命……

这是一段被尘封的历史。滔滔的怒江水，在日夜诉说着当年战士们的不屈和悲壮。

四中队有一个排，驻扎在嘎玛沟。在这里，战士们给我讲起了在怒江峡谷中的惊险经历。

2003 年 3 月，怒江峡谷积了十几厘米厚的雪。由于路滑，防滑链已失去作用，陆军汽车团的一辆军车翻了。指导员带着操作手于军清，开着装载机前去营救。装载机在冰雪路上打滑，好几次都滑到了沟边，但都有惊无险。陆军车队拉着水泥，于军清一边往前拖车，战士们一边往车下撒水泥防滑，一直折腾了五个小时，才将那辆车拖出险境。

老兵曹虎虎说，怒江峡谷有一次发生了 20 多处雪崩，几乎每公里就有一处，积雪达一米多厚，陆军的两个汽车团被堵。他们用炸药炸雪，用推土机推雪，在雪地里整整干了十几个小时，才把路抢通。

士官孙英说，2002 年建军节前一天，怒江峡谷发生了大塌方。中队正在紧急抢险，身后又发生了塌方，他们被堵在了中间，一天一夜没吃没喝。中队长刘万林冒着生命危险，跋山涉水，用牦牛驮，自己背，弄来了食品和蔬菜，才使中队坚持到最后胜利。

2001 年从地方大学入伍的一排排长龙永清，才到部队第一年就被安排在山上留守。那个冬天，他第一次经历了"炮火"的洗礼。当时路上全是冰雪，足有 30 厘米厚。他们破冰开路，铁锹挖不动，就用炸药炸。那个冬天，他不知道放了多少炮，耳朵几乎都被震聋了。一次，他眼看远处一辆过路车滑进了雪沟里，他们跑过去营救。车上的人一个肋骨断了，一个胳膊骨折。他们将伤员送到县医院抢救，路上有好几次差点翻车。现在想起来他还有些后怕。

三级士官田震在川藏线上待了十年，他对这段路再熟悉不过了。他说冬季和夏季是事故多发期，冬季冰雪路很危险，夏季雨水多，塌方、泥石流频发。有一年冬天他在山上留守，一天夜里，中队突然来了两个藏族人，一个满脸是血，用手捂着一只眼睛；一个一只手抱着另一条胳膊，看样子那条胳膊已经断了。藏族人一进门就扑通跪在地上，哭喊着说："金珠玛米，赶快去救救他们吧！"一问才知道他们的车刚才翻到了江里，车里还有三个人没有出来。

排长陈晓光带着他和其他留守的战士，急忙驾车赶去营救。来到江边，他们看见一辆吉普车四轮朝天漂浮在江中央。七八个战士都不会游泳，但救人要紧，排长不假思索地说了一句："下！"带头把绳索一端拴在腰上，另一端拴在车子轮胎上，下到江里。其他战士也学着排长的样子跳进刺骨的江水里。他们在水中用力打开车门，一顶藏式帽子浮出水面，接着，他们从车里拖出两个大人和一个小孩。可惜，由于溺水时间太长，他们已经停止了呼吸……

31. 东达山的夜晚静悄悄

晚上 9 点，我们到达左贡县。

天下大雨，街道上的积水有十几厘米深。离三中队还有几公里，估计中队已经吃过晚饭，我们不想去麻烦他们，就在街道边上小饭馆简单吃了点饭，才赶到东达山下的三中队营地。

经过十几个小时的长途奔波和沿途采访，加之感冒咳嗽还没有好，我感觉一阵头痛，身上禁不住打起了寒战。尽管我不想让基层的同志看出我的力不从心，但我知道，如果不输液，我可能会又一次倒下。没办法，我只好实事求是，继续输液。我一边输液，一边在昏黄的灯光下，跟中队的官兵们聊天。

三级士官张飞在高原已经待了 12 个年头，今年可能就要转业回乡了。我问他，当了十几年兵，面临转业，心里有什么想法。

他说："也没有其他想法，就是有些舍不得离开部队、离开东达山。我毕竟把人生最好的时光留在了这里，哪能说走就走呢？如果部队需要我留下来，我会继续留下来，留多久都没意见。可是，现在想留恐怕也留不下来了。一是'铁打的营盘流水的兵'，谁都会有转业复员的那一天，这是部队建设的需要；二是我现在身体不行了，在高原待久了，患了慢性支气管炎，严重时连气都喘不上来……

"在高原，我没有留下什么遗憾，就是有时心里感到有些委屈。这种委屈又无法对人说，也无法去发泄。也许是因为我这人太敏感了吧。我每次坐飞机上高原，到邦达下飞机的时候，看见空乘人员都在恐惧地吸氧，心里就感到很委屈。我不是心态不好，不是看人家吸氧心里不舒服，我只是在那一刻想起了东达山上的战友们。我们常年在比邦达海拔高出 1000 多米的地方施工，很少有人吸过氧。不是没氧气袋，是谁都不想娇惯自己，是谁都想把氧气袋留给最需要的战友。

"我们都是人哪！难道我们的生命就不是生命？我知道，军人就意味着奉献。奉献没什么，但感到委屈的是，许多人并不理解我们。我每次休假回家，走出成都机场时，都会招来许多人像看怪物一样的目光，因为在盛夏我身上还穿着毛衣毛裤。有些人看着我们傻，坐车或买东西时，总想在我们身上捞点便宜。捞了便宜还不说，还要小声讥讽我们是'傻大兵'……"

中队长周学枝打断了张飞的话："别说这些事了。有首《什么也不说》的歌里不是唱了嘛，'你下你的海呦，我蹚我的河；你坐你的车，我爬我的坡。既然是来从军呦，既然是来报国，当兵的爬冰卧雪算什么'。这歌词写得多好啊！"

中队长这么一说，战士们又讲了许多发生在东达山上的故事。当时我的左手因为连续输液已经肿了，只能在右手上输液，所以无法记录。可能由于大脑缺氧，过后许多事都想不起来了。

但有两件事，我记住了。

排长刘爱民本来早已与在四川省都江堰市当音乐教师的未婚妻高逸商定好，2003年元旦休假结婚，部队也批准了他的婚假。但就在他要回去的前一天，突然下了一场大雪，公路被冰雪覆盖，部队投入了抢险保通战斗，他又留了下来。婚期推迟到春节。谁知春节临近，东达山又一次连降大雪，路被封堵，他只好给未婚妻发去电报：婚期另定。接到电报，高逸决定上西藏完婚。她带上结婚用品，从成都乘机飞到邦达，又换乘一辆过往车辆，一路东寻西找来到三中队。

后来，他们的婚礼就在大雪覆盖的东达山上举行。战士们剪了一个大大的红喜字，贴在门口，并在东达山上的冰雪上，用铁锹刻下一行大字：

祝刘排长新婚幸福！

没有婚纱，没有殿堂，没有婚礼进行曲，有的只是满世界的冰雪。但新娘高逸很满足，她望着眼前一片银白色的世界，望着冰雪上战友们用铁锹刻下的真诚祝福，她满含热泪，依偎在丈夫胸前。

刘爱民悄声对高逸说："对不起，委屈你了……"

高逸说："别这么说，我喜欢这样。这是世界上最浪漫的婚礼。"

一个战士拿着他们的结婚证，装模作样地问他的排长："你愿意娶高逸为妻吗？"

刘爱民拥着高逸的肩膀说："我愿意！"

"高逸，你愿意嫁给刘排长吗？"

高逸深情地望着刘爱民说："我愿意，一辈子都愿意！"

但是，不是所有的有情人都像刘爱民和高逸那么幸运。听战士们讲，一个名叫黄朔的士官的故事就很悲惨。十年前，黄朔当兵走的时候，他的未婚妻兰在火车即将启动的那一刻，抓住他的手不放，哭着说："你可要早点回来啊，我在家等你……"

可是走上高原的黄朔后来选择套改了士官，留在了川藏线。

有一年的冬天，黄朔在山上留守。东达山上足足下了半个月的大雪，气候异常寒冷。两年没见到黄朔的兰，一个人悄悄上路了，她要把自己嫁给那个回不了家的人。当黄朔得知消息时，兰已经在进藏的路上。黄朔又惊又喜，他担心身体瘦弱的兰无法翻越那几座海拔4000多米的高山，担心心爱的人被大雪阻隔在途中的什么地方。黄朔搭乘一辆便车去迎接他的新娘。当他们在路上相遇时，没有上过高原的兰，已经被强烈的高原反应击倒了。黄朔抱着浑身战栗、呼吸急促的兰，拦了一辆过路车赶到百里之外的县医院，可是尽管医生全力抢救，兰还是走了……

兰，成了黄朔心中永远的新娘。

32. 从觉巴山到海子山

第二天早上，我们翻过东达山，走过一个较为平缓的山谷，然后开始翻越觉巴山。

觉巴山尽管海拔不高，只有3911米，但山与谷之间落差很大，公路一直在山崖上曲折盘旋，头顶悬崖突兀，脚下白云翻滚，往下看一眼，令人头晕目眩。

转过一道急弯，眼前突然出现一片绿色。原来是二中队的七八个官兵正在路上清除坠落的石头，李仕林也在其中。我和李仕林并不陌生，本书的开头我就提到过他，他在2000年的那场大雪灾中有非凡的作为。那时他在然乌湖，是六中队的中队长，现在他是一大队的大队长了。我同他们一起将一块两三个磨盘大的石头推下山去，这才坐在路边的一块草地上，与他攀谈了起来。

李仕林1984年从四川江津入伍来到西藏，跟随他以前所在的三

战士们在觉巴山上清除坍塌在路上的石头

用胸膛行走西藏

支队先后转战青藏线、那昌线（那曲到昌都）；1990 年进入川藏线，开始对重点路段进行整治；1996 年养护支队组建时被作为骨干调了过来，在川藏线一干就是 14 年。他说自己这些年在西藏吃了许多苦，总是不顺：志愿兵转干，转了四年才转成。跟他同年入伍的许多战友已经到了团职，可他现在还是个营职。

他叹了口气说："这都是命！我看来只能留在川藏线，只能待在基层。现在，我的年龄快到营职干部的最高服役年限，也许你明年来就看不到我了……"

听他这么说，我心里一阵酸楚。

说起那次雪灾，李仕林摆摆手说："那都是过去的事了，再提也没有什么意思。任何一个干部，在那种情况下都会和我一样去努力完成任务的。倒是有一件事，让我一直忘不了，因为那是我第一次在战士面前流泪。当时雪很大，有一米多厚，路上堵了许多车，我们开着推土机在前面开道，两边的雪墙有一人高，推土机拖着过路群众的车，一辆连着一辆，像火车一样。一直拖了 20 多公里，直到凌晨 4 点才把群众护送过去。我们回到中队，清点人员时，发现少了一人。战士陈学东没有回来。我吓坏了，冰天雪地的，他会不会出事？我赶忙和操作手张平安开着推土机顺原路去找。找了十几公里，才在然乌沟积雪最厚的地方找到他。他趴在雪地上，人已经冻僵了，身后是一条长长的雪印。我抱起他，发现他目光呆滞，已经不会说话了。我当时就哭了，眼泪唰唰地流。后来我才知道，他怕群众掉队，一直跟在车队最后面。后来越走越累，与车队的距离越拉越大，慢慢就掉队了。最后的十多公里，他是一直爬着过来的……"

说起遇险，老兵史延林说，去年 7 月，他带着全班在山上装养护料，突然发生了塌方。哨音一响，他们都撤了，站在最里面的罗海燕没来得及撤，被塌下来的沙土埋住了。他们赶紧扑上去营救，又怕伤着罗海燕，不敢用铁锹，只能用手拼命地刨。有人把指甲盖都刨掉了。罗海燕被大家从沙土里挖出来时，口鼻里全是沙土，已经昏了过去，腿被压伤了。幸亏身体没被石头砸到，否则事情就大了。等罗海

234

燕苏醒过来，史延林才发现自己的腿一直在发抖，手也在不停地哆嗦。

战士严军接着说，一个月前，他和贾淞在山路上养护。贾淞身体比较单薄，当时太阳很毒，他们干的时间又很长，贾淞突然就晕倒在地上。他把贾淞抱到路边，怎么也叫不醒。中午的山路上空无一人，孤立无援，他心里很害怕。后来，他跑到山上一户藏族人家里，要了一壶酥油茶，端回来喂贾淞喝了。过了一会儿，贾淞才苏醒过来。

我问战士们："在这里施工苦不苦?"

新兵杜学彬说："苦是有些苦，但现在已经习惯了。更重要的是战友们都能相互关心、相互帮助，在这样一个温暖的大家庭里生活，施工再苦也不觉得有多苦。"

他说，去年年初，家里打来电话说父亲病了，要住院动手术。当时他上川藏线才一个多月，本来看到中队驻扎在这么荒凉的地方，自己身体又有高原反应，心情就不好。听到父亲病了，需要一大笔钱，心情就更不好了。班长看出他情绪不对，问了几次，他才对班长讲了实话。班长报告给排长，排长连夜召开老兵骨干会，商量捐款帮助他父亲治病。大家当晚就捐了1600元。后来中队知道了，中队的战友们又捐了5000多元。将收到的捐款统计整理后，指导员就把这笔钱寄到了他家。

告别二中队的官兵，我们继续前行。下了觉巴山，穿过如美沟，便到了芒康县城。

芒康是川藏线和滇藏线的交会处。从这里沿金沙江向南，就进入了云南的德钦、香格里拉。滇藏公路是目前内地连接西藏的四大干线之一。西藏解放前，云南到西藏仅有一条山间驿道。藏族人和纳西族人赶着牦牛、骡马，翻越红拉雪山、白马雪山，把西藏的药材、土特产运到云南的丽江和大理，然后驮着茶叶、百货返回西藏，来回一趟往往需要数月。这条古老的驿道，就是著名的茶马古道。

滇藏公路在国防上有着重要的地位和作用，所以西藏解放后不久，部队开始修筑这条公路。部队在前面修路，滇西民工在后面运粮支援。民工沿金沙江而上，每运一趟粮都要一个多月，运粮队自身还要消耗所运粮食的三分之一。所以，公路修筑工程进展十分缓慢，中途停工两次，第一次修筑用了五年，第二次修筑用了六年，直至1976年才全线通车。

一中队就驻扎在芒康。中队只有通信员和炊事员在，其他人都上了工地。

在海通沟，我们见到了施工的官兵。突然想起从波密出发时李西平政委给车上装了两个西瓜，我让驾驶员陈文拿出来，招呼战士们围坐在路边吃西瓜。战士们很感动，却不好意思吃。我说："我们马上就要走出西藏了，到了四川西瓜有的是，而你们在这里难得吃上西瓜，来吧同志们，你们帮我们消灭了它。"

吃着西瓜，副中队长沈跃波给我介绍这段路的情况：海通沟塌方路段有40公里，有五个滑坡群，两处干塌地段，其中一处看不见石头从什么地方落下来，战士们称它"飞石区"。一到雨季，部队几乎天天都在抢险。以前这里每年有几十辆过往车辆被山石砸毁，十几个人被砸死。现在经过部队的整治好多了，但塌方还是不断，危险随处都有。

一次，他在指挥施工，塌方下来了，他让战士们撤，自己往旁边一跳，一块桌子大的石头砸在了他刚站的地方，他腿都吓软了。前几天正在施工，塌方又来了，装载机前后四块玻璃全被飞石砸碎了，操作手的脸也被划破了。去年10月，他站在装载机上指挥清理塌方，突然发生了滑坡，他和装载机一起被沙石推下河去。幸亏操作手机灵、反应快，赶紧放下铲斗，铲斗插进河边的泥沙里，才使自己没有滑进河里去。他们俩站在河边，半天没有说话。那天正好是他的生日，但他并不知道。天天在工地上抢险，已经没有了时间概念。晚上回到中队，妻子打电话来，他才想起。

沈跃波说："也许是死神见那天是我的生日，动了恻隐之心，才没有把我带走。"

战士高志荣说，他刚入伍的那年6月，他们排住在山上保通，凌

在海通沟工地，战士们一边吃着西瓜，一边聊着路上的故事

晨两三点钟，突然听到一种怪声，排长喊道："快跑，洪水来了！"他们赶快从窗户跳了出去，拼命往山上跑。回头一看，房子被洪水冲走了一半。他们在山上搭起帐篷，一住就是三个月。当时路被洪水冲断了，他们那里成了孤岛，中队派人翻山越岭给他们送物资，他们坚守在工地，继续抢险保通。等洪水回落了，他们又回到原来的房子。他们在那间半边房子里住了三四年，去年才盖了新房子。

下午，我们走出海通沟，跨过金沙江大桥，进入四川境内。也就是说，我们已经走出了四支队养护保通的竹东段。

但在海子山上，我们又一次看见了交通部队官兵的身影。他们是二支队三大队十中队的官兵。他们像穿山甲一样忙碌在海拔 4000 多米的海子山的半山腰上，完成着一项穿透海子山的艰巨工程。

他们在打隧道——列衣隧道。

在隧道洞口，我们见到了刚从里面出来的二支队参谋长王多。这个个子不高、满身污泥的人，看上去并不起眼，可他在川藏线上却很有名。因为在川藏线上，他和他的部队啃过许多硬骨头，由他指挥施工的工程都被评上了优良工程。每当他完成一项工程任务，带领部队准备离开时，当地群众都会自发地站在公路两旁，手捧哈达、青稞酒，依依不舍地为他们送行。几天前，我们路过左贡县城时，还曾经看见几年前当地政府和人民为王多他们竖立的石碑，上面写着：交通武警情系左贡，优质工程惠泽人民。

王多说，这个隧道全长两公里多，三年工期，现在部队从山体两端日夜掘进，准备年底前打通，提前一年完成任务。隧道通车后，翻越海子山的路程会缩短 40 公里。

望着列衣隧道，我想起了另一个隧道——二郎山隧道。

33. 二郎山，最后一道屏障

两天后，我们翻越了二郎山。

准确地说，是穿越了二郎山。我们穿越了那个让原来的盘山公路缩短了 25 公里的著名的二郎山隧道。

这是我这次西藏之行的最后一道屏障。

二郎山地处川藏交通要道，海拔 3000 多米，山势陡峻，雨雾弥漫，道路弯多，极易发生事故。历史上的二郎山地区全是原始森林，很少有人涉足。早在清朝末年，四川总督赵尔丰第一次主持修筑成都至康定的道路，但因缺乏技术，开工不久他便知难而退，望山兴叹。民国初期，四川军阀打着"治国安边"的旗号继续修筑，但几年下来劳民伤财、路不成路，反惹得民怨沸腾，也只好草草收工。1935 年，红军长征来到二郎山山下，蒋介石想使红军在大渡河成为第二个石达开，亲自飞到成都督战，命令薛岳的工兵部队在二郎山上修路。可开工不到两个月，红军飞夺泸定桥，翻过夹金山，蒋介石计划落空，工程又草草停工。抗战全面爆发后，国民政府为稳固后方，先后调集 13 万民工开山筑路，以伤亡 6000 多人的代价勉强在二郎山上修出了一条便道。官僚巡察战果，坐着小汽车在路上颠簸了六天才到康定，其间许多路段无法通行，只有靠人力将小车抬过去。之后，由于多年放弃养护，使先天不足的道路呈现出千疮百孔的状况，公路两边沟渠堵塞，路基荒草丛生，一些坍塌严重的路基仅仅遗留不到一米的痕迹，根本无法通车。

真正征服二郎山，是在中华人民共和国成立之后。解放军和上万民工以惊人的毅力，用血肉之躯，硬是在二郎山的花岗岩山体中开出了一条像样的公路。

1950 年 3 月下旬，一个晴朗的早晨，一支部队从百丈场向二郎山进发。6 月，又一支部队从邛崃高埂出发，每人负重 60 公斤，经过八天的艰苦行军，在蒙蒙细雨中赶到二郎山脚下的滥池子。这些部队，在抗日战争中开辟过豫皖苏根据地，在解放战争中开辟和保卫过许多解放区，还曾渡江南下，解放九江，开辟了鄱阳分区，战功显赫。在二郎山，他们再一次显示了英雄部队的本色，在较短的时间内，就打通了二郎山这阻隔在内地和西藏之间的第一道屏障。

几十年来，这条路为支援西藏经济建设、巩固西南边防，发挥了不可替代的作用。但是，由于这段道路异常险峻，山上雨雪交加，塌

方、泥石流不断，车毁人亡的事故经常发生，每年交通中断将近 90
天，成了一条季节性公路。

据交通部门统计，从 1975 年到 1983 年八年间，仅在二郎山东
段，就发生车祸 136 起，死亡 104 人。当地流传这样一句话："车过
二郎山，如闯鬼门关；过了断魂岩，迎面老虎口；逃过落命坡，又有
鬼招手；万幸不出事，冻得浑身抖。"

经过勘查论证，国家决定在二郎山修建一条隧道。这条隧道全长
4176 米，当时在全国来说，这条隧道突破了"五个最"：里程最长、
地质最复杂、海拔最高、地应力最大、埋藏最深。尤其是断裂带、松
散堆积层等复杂地质环境让人头痛。

如此艰巨的任务谁来承担？当然还是部队，武警交通部队！

二郎山隧道施工期间，我曾经三次来到这里采访。至今，有些
人、有些事还记忆犹新。

隧道施工任务主要由两个中队承担，一中队的任务是掘进，二中
队的任务是衬砌。一中队中队长孙树，高大威猛，说话快人快语，办
事干脆利落。每次掘进放炮，他都亲自装药，亲自点燃导火索。遇到
危险，他始终都是冲锋在前。在一次掘进中，洞里二氧化碳气体过
量，许多战士中毒跌倒，他凭借强壮的身体，在 20 分钟内先后从洞
里背出 13 名战士，直到将最后一个战士背出洞口，他才一头栽倒在
地。二中队中队长段正川，是 1982 年入伍的老兵。他的特点是心细，
工作标准高、要求严。他们中队承担的衬砌任务，技术含量很高，从
沙石、水泥的比例，到混凝土的搅拌时间，都得一丝不差。他天天跟
班作业，每一道工序都严格把关。由于长时间在潮湿的山洞里施工，
他患了严重的关节炎，走路一瘸一拐的……

当时施工很艰难，也很危险。危险不只是在洞里，就是在洞外，
也会遇到飞来横祸。我曾经在工程指挥员梁甲龙简陋的办公桌上，看
见过三块石头。一问才知道，那是三块"天外来物"。有一天，他正
在工棚看图纸，三块石头从天而降，一块砸在铁皮柜子上，把柜盖砸
了一个坑，一块砸在桌子上，还有一块砸在他的腿上，石头的尖角扎

进肉里，血马上就涌了出来……

在工棚里，我曾经见到过一个女孩。她叫姜燕琴，是西南师范大学心理学专业的在读研究生。她是利用假期上山来看望男朋友的。她的男朋友也姓姜，是一中队的副中队长。她说，刚上来那几天，一听到洞里放炮，就吓得浑身哆嗦，生怕他出事。待了几天就习惯了，不再害怕了。有时听不到炮声，反而更担心，担心他们遇到哑炮；有时夜里睡不着，就数洞里的炮声，数来数去没有了睡意，睁着眼睛一直到天亮。第二天早上，看见自己的男友从洞里走出来，她心里才能踏实。快开学了，她还不想离开二郎山。我问她为什么，她说过两天就是中秋节了，她想和她的恋人一起看看二郎山的月亮。

在工地上，我还听到过一个女中尉的故事。我不记得她的名字了，只记得她是财务科的会计。她和丈夫原来都在二郎山工作，他们就是在隧道口结的婚。后来，丈夫因工作需要调走了。当时她已经有了六个月的身孕，按规定她可以休假了，但为了赶在休假前把报表编制好，她连续加了四个夜班，结果因劳累过度，晕倒在工棚里。送到雅安医院一检查，孩子保不住了，只好做了引产手术。为了二郎山隧道，一个幼小的生命就这样无声无息地消失了……

二郎山隧道口有两方石碑，一方刻着修筑隧道的经过，一方刻着《歌唱二郎山》这首歌。站在石碑前，我思绪万千，仿佛又看见了官兵们忙碌的身影，听到了隆隆的开山炮声，耳边响起了那首熟悉的歌曲：

> 二呀么二郎山，
> 哪怕你高万丈，
> 解放军铁打的汉，
> 下决心坚如钢，
> 要把那公路修到那西藏……

34. 走不完的西藏

2004 年 7 月 8 日，我顺利到达成都，完成了这次历时 38 天的西藏之旅。三个月后，我又要上西藏了……

明天，也就是 2004 年 10 月 13 日，我将飞抵拉萨，从那里再一次走进我熟悉的川藏线。

跟每次进藏一样，我心里有种按捺不住的激动，如同就要回到阔别已久的故乡。脚还没有迈出家门，心已经离开身躯，飞到那个让我牵肠挂肚、魂牵梦萦的圣洁无比的地方。

我的灵魂在微微颤动，我的心脏擂鼓似的嘭嘭直响。我知道，我的灵魂又要经受一次洗礼了。

但我不知道，这次去西藏，我又会遇见什么。

2004 年 10 月 12 日深夜　定稿于北京惠新西街
本书 2005 年 1 月由解放军文艺出版社首次出版